QUI ?

Après avoir été grand reporter, Jacques Expert a été producteur et rédacteur en chef pour TF1, puis directeur des Magazines de M6 et directeur général adjoint de Paris-Première. Il est aujourd'hui directeur des programmes de RTL. Il est également l'auteur de la série « Histoires criminelles » sur France Info.

Paru dans Le Livre de Poche :

Adieu

Ce soir je vais tuer l'assassin de mon fils

La Femme du monstre

La Théorie des six

JACQUES EXPERT

Qui ?

SONATINE ÉDITIONS

ISBN : 978-2-253-17608-4 – 1re publication LGF

Prologue

J'aime beaucoup jardiner.

Ça me détend...

Quand je travaille, je me donne du mal, j'aime bien l'effort physique... Je transpire, je perds des calories, mes enfants sont contents, ils m'encouragent à faire de l'exercice. « À ton âge, c'est important, il faut ménager ses artères. On veut un grand-père en pleine forme ! »

Je leur réponds que je ne suis pas si vieux, qu'il n'y a pas urgence. Mais je dois le reconnaître, « papi », c'est vrai que ça me plairait bien. Je suis convaincu que ma femme fera une bonne mamie, elle aussi... Elle est comme moi, elle a toujours aimé les enfants.

Il serait temps qu'ils s'y mettent ! Surtout ma fille aînée qui approche de la trentaine. Elle a eu un compagnon, un brave gars, pendant un bon moment, mais ils se sont séparés l'an passé. Depuis, rien en vue. Sa mère et moi, nous commençons à désespérer, pourvu qu'elle ne reste pas vieille fille ! Mon cadet, lui, j'ai renoncé à compter ses conquêtes ! C'est ma fierté, celui-là, un vrai don Juan...

Mais surtout, quand je jardine, j'oublie tout. Tout. Pas seulement mon boulot, les petits tracas du quotidien, les traites pour finir de payer le crédit de notre logement. On l'a acheté il y a des années, et on a cet emprunt sur le dos, je commence tout juste à en voir le bout. Mais quand je suis dans mon jardin, je ne pense plus à tous ceux qui m'emmerdent. Pourtant, il y en a un paquet.

J'efface mon passé. J'oublie même que ma vie n'a pas été ce que j'aurais espéré quand j'étais jeune. Dans quelques années, je serai à la retraite, mais « je la voyais pas comme ça, ma vie », comme dit la chanson ! Parfois, j'ai du mal à me persuader qu'il faut bien s'en satisfaire et que même si tout ça n'est guère réjouissant, au final, le bilan n'est pas si mauvais. La vie passe tellement vite... On fonce vers la vieillesse sans s'en apercevoir.

Et puis j'ai mon petit lopin de terre... Oh, pas bien grand, mais suffisant ! À mon âge... je fatigue plus vite qu'avant.

J'ai passé ce premier dimanche d'avril à préparer mon potager, tout au fond de la parcelle. Je sais que ma femme préférerait qu'on y fasse creuser une piscine. Elle rêve d'y voir barboter un jour ses petits-enfants. Pas trop grande, hein ? Six mètres sur trois ou quatre. C'est bien assez pour faire trempette, et je pourrais en dégoter une aux alentours de 8 000, 10 000 euros. J'ai fait mes comptes, on peut se la payer. Jusqu'à présent, j'ai réussi à résister, mais je sais qu'il faudra bien que je cède. Ma femme a une qualité : elle parvient toujours à ses fins. Elle y met le temps qu'il faut mais elle ne renonce jamais.

Mais moi, pour l'instant, je n'ai pas envie de sacrifier mon jardin, le seul endroit où je me sente vraiment bien. Dans mon potager, je cultive des haricots, des choux de Bruxelles (j'adore !), des petits pois (j'ai une revanche à prendre : je les ai ratés l'an passé), des melons, des oignons, du persil et toutes sortes de plantes aromatiques, des courgettes, et bien sûr des tomates. Pour le simple plaisir de les voir pousser.

Ce matin, il faisait un beau soleil de début de printemps. J'ai dit à ma femme que je déjeunerais sur le pouce.

« La journée est trop belle, il faut que j'en profite. Et puis tu les aimes bien, mes légumes, avoue !

— Toi et ton jardin ! » a-t-elle lancé sur un ton exaspéré.

Mon fils s'est mis à rire.

« Tu as raison d'être jalouse, maman ! Tu sais comment papa fait rougir ses tomates ? En se mettant tout nu devant ! »

Il est marrant, mon fils. Il est comme son père : un blagueur ! Mais ça n'a pas fait rire ma femme, je ne sais pas pourquoi. Depuis ce matin, je ne la sens pas dans son assiette. Ça dure depuis plusieurs jours, des semaines peut-être, qu'elle est comme ça, pas dans son assiette. Je lui ai demandé ce qui lui arrivait, mais elle m'a répondu : « Rien, ça va passer. » Je n'ai pas insisté, c'est une question de patience, je me suis dit...

Pour la dérider, je la charrie à mon tour :

« Tu veux changer de mari ? Essaie, ne te gêne pas, mais je te préviens, tu risques de tomber sur pire ! On sait ce qu'on perd, mais pas ce qu'on trouve ! »

Elle a soupiré, résignée, en regardant mon fils, et lui a ajouté, hilare :

« Quitte-le, maman, il n'y a plus rien à en attendre, de ce vieux ! »

Vers midi, je les ai rejoints dans la véranda. « Tu as

vu tes mains ? » a râlé ma femme. Pour ne pas la mettre davantage en rogne, je suis allé me décrasser à l'évier de la cuisine. Je suis revenu en faisant les marionnettes avec mes mains toutes propres.

Elle m'a gratifié d'un : « C'est bien. » Je lui ai présenté mon front et elle a bien été obligée d'y déposer un baiser rapide. Avant de me repousser en disant que je transpirais comme un bœuf.

Décidément, aujourd'hui, elle n'est pas comme d'habitude. Il y a un truc qui la turlupine, je ne sais pas quoi. Ça commence à m'agacer, mais, bah ! ça lui passera, j'imagine.

Elle avait préparé des moules marinières avec des frites et nos deux enfants étaient là pour déjeuner avec nous, ce qui arrive de plus en plus rarement. Vous savez comment c'est, avec les gosses : dès qu'ils sont en âge, ils fichent le camp. Du moment que papa continue à assurer côté finances...

Finalement, je suis resté trop longtemps à table et j'ai oublié que je voulais terminer mon travail avant que la nuit tombe. Mais je me suis laissé emporter par l'ambiance familiale et par le petit rosé de Provence dont, je dois dire, nous avons tous un peu abusé. La patronne n'est certainement pas une cuisinière hors pair, mais son gâteau au chocolat est un vrai délice, et elle connaît mes péchés mignons. J'ai même pris le temps de m'offrir un cigarillo, du coup, un autre petit plaisir qu'elle me reproche avec une obstination d'autant plus admirable que je m'en moque totalement. Ça fait des années qu'elle me répète que je m'empoisonne et que je vais choper un cancer du poumon. Je lui réponds à chaque fois que, depuis le temps qu'elle me bassine avec ça, je devrais être mort et enterré, et elle réplique : « Continue, je serai bientôt débarrassée. »

Ma gosse et mon fils rigolent. Ils adorent quand on se prend le bec tous les deux.

J'ai réussi à me faire violence pour me lever de table, tout en piquant une dernière part de gâteau que j'ai avalée debout.

« Allez, je vous plante pour aller planter !

— Bravo, papa ! s'est exclamée ma fille. Toujours un bon mot ! 1-0, hein, maman ? »

Sans répondre, ma femme s'est levée et a commencé à débarrasser.

Même mes gosses l'ont trouvée bizarre : « Qu'est-ce qu'elle a, maman ? m'a demandé ma fille. Vous vous êtes engueulés ?

— Non, je sais pas ce qui lui prend. Ça lui passera... »

Je l'aime bien, ma femme. Nous sommes ensemble depuis longtemps maintenant, je ne voudrais plus changer de bonne femme... On en a vu, des choses, ensemble, notre complicité, c'est du solide, vous pouvez me croire. Mais aujourd'hui, je le sens à des détails, sa façon de me regarder, le ton qu'elle a, elle n'est pas comme d'habitude. Tendue, voilà, c'est le mot : tendue.

Elle est revenue servir le café et elle a pris les gosses à témoin :

« À part son jardin, je me demande ce qui intéresse votre père. »

Je n'ai pas saisi si elle était sérieuse ou si elle plaisantait, j'ai préféré rigoler :

« Mais toi, mon amour ! »

Je me suis penché pour l'embrasser sur le front.

J'aime bien son petit parfum ambré. Elle n'en a pas changé depuis que nous nous connaissons.

« Tu pues la sueur ! Et le tabac !

— Fais sentir ? » a dit ma fille.

Je me suis penché vers elle pour l'embrasser. J'aime ça. Ses cheveux sont si soyeux.

Le téléphone sonne dans le salon. Ma fille se précipite, comme quand elle était petite, elle aime répondre la première pour savoir qui appelle. C'est une curieuse, ma grande fille. Elle est revenue avec le combiné et me l'a tendu.

« C'est pour toi, papa.

— Qui c'est ?

— J'en sais rien. »

Je prends l'appareil.

« Allô ? »

J'entends une voix que je ne reconnais pas :

« N'oublie pas de regarder la télé ce soir, à dix heures et demie. 22 h 26, très précisément. Nous avons rendez-vous, toi et moi. D'ici là, bon jardinage. Profite, ça ne va pas durer !

— C'est quoi, cette histoire ?

— Tu ne le sais pas ? Ne t'inquiète pas, tu comprendras très vite. »

Je n'ai pas le temps de réagir. La voix mystérieuse a déjà raccroché.

Ma femme demande :

« C'était qui ?

— Aucune idée. Je n'ai rien pigé. »

Je m'adresse à ma fille :

« Il a demandé à me parler ?

— Oui, c'était un homme ? Pour moi, c'était une voix de femme.

— Une femme ! Attention, papa ! Pas de bêtises ! » plaisante mon fils.

Je me tourne vers ma femme qui hoche la tête d'un air consterné. Pourquoi paraît-elle si triste, d'un coup ? Non, pas triste, vraiment bizarre.

Je ne vais pas me laisser gâcher la journée. Alors je lance en ouvrant la porte-fenêtre de la véranda :

« Ne t'en fais pas, je ne te trompe qu'avec mon jardin. D'ailleurs, j'y retourne ! »

Mon fils m'avait promis qu'il viendrait me donner un coup de main, mais je l'attends toujours, bien entendu ! J'ai été énervé tout le restant de l'après-midi, mais ce n'est pas à cause de ça. Je n'ai pas cessé de penser à ce foutu coup de fil.

Il est un peu plus de 18 heures et je ne suis pas mécontent de moi : j'aurai fini à temps. Je suis en train de finir de planter des tomates tout au fond du jardin (bien respecter un espace de trente centimètres entre chaque plant) quand j'entends mon fainéant de fils m'appeler. Il se dirige vers moi, ma femme à ses côtés.

« Papa !

— Oui ? »

Je me relève péniblement, j'ai le dos en compote. Il me voit grimacer et prend sa mère à témoin. Je vais y laisser ma santé, dans ce jardin à la con. *Je réplique :*

« Tu seras bien content de les manger, mes haricots et mes tomates du jardin, non ?

— Tu parles ! Ils seront tout pourris, comme l'an passé.

— N'importe quoi ! »

Je lui rappelle que seuls quelques plants de tomates cerises avaient été attaqués par des chenilles et recon-

nais que, d'accord, j'avais raté mes petits pois. Mais tout le reste avait été sauvé.

« Vous en avez bouffé, de mes haricots, et, si je me souviens bien, je ne vous ai pas entendus vous plaindre !

— Allez, te fâche pas, c'était pour rire !

— Oui, ben, moi, ça ne me fait pas rire. Pourquoi vous me dérangez en plein boulot ? »

C'est mon fils qui m'annonce ce que je sais depuis plusieurs jours déjà :

« Ce soir à la télé, il y a "Affaires non résolues". C'est le reportage sur l'affaire de Carpentras. On vient de voir la bande-annonce. »

Je ne peux pas leur dire que je l'ai déjà repéré dans les programmes télé et que ça fait des semaines que j'en attends la diffusion. Les équipes ont tourné pendant des semaines dans le coin. Faudrait être « miro » pour n'avoir rien vu. Comme si ça allait servir à quelque chose, sauf à faire remonter toute cette merde.

Ils sont tout près de moi, elle examine mes plantations avec le plus grand intérêt, mais je vois bien qu'elle a la tête ailleurs. Je la connais par cœur, ma femme.

Je dis :

« Ah bon ? C'est à quelle heure ? »

Il répond :

« 22 h 30.

— Oh, à cette heure-là, je dormirai ! Le travail de paysan, ça fatigue son bonhomme.

— Tu vas rater ça ? »

Il ajoute :

« Tu m'étonnes, papa, tu ne peux pas l'avoir oubliée, cette affaire, si ? En tout cas, moi, je n'ai pas oublié, je vais regarder.

— Vous étiez tout petits, murmure ma femme. Tu te souviens de tout ça ?

— Tu penses, ça nous a tous tellement marqués, réplique mon fils. Comment veux-tu qu'on ne s'en souvienne pas ? »

Il reste silencieux un instant et ajoute :

« J'y ai pensé pendant des années. Même aujourd'hui, ça m'arrive d'y penser encore.

— Moi aussi, je crois que je n'oublierai jamais, intervient ma fille, qui nous a rejoints. L'assassin n'a jamais été retrouvé, papa. Et Laetitia, je l'aimais comme une sœur. »

Elle semble au bord des larmes.

Je n'en reviens pas. Je n'aurais jamais imaginé que cette histoire restait si présente dans leur mémoire. Bien sûr, ça a été des moments dramatiques de notre vie de famille. Mais c'est si lointain, et nous nous sommes tellement appliqués à ne jamais en parler avec eux, ma femme et moi. Je pensais un peu naïvement qu'ils avaient tourné la page.

Ma femme a un air grave.

« C'est vrai, l'assassin de cette pauvre petite n'a jamais été arrêté, ma fille. Il est toujours en liberté quelque part. Rien que d'y penser, ça me rend malade. » Le ton qu'elle a en prononçant ces mots. On dirait presque un reproche.

« Mais moi aussi, qu'est-ce que vous croyez ? rétorqué-je. Les flics ont vraiment été nuls sur cette affaire.

— Bon, alors, vous allez regarder l'émission ? demande mon fils.

— Bien sûr », répond ma femme sans me laisser le temps de dire un mot.

Je me tais, et je me retourne vers ma parcelle de jardin, fin prête désormais pour tout donner au printemps. « J'ai bien bossé, aujourd'hui. » Je me parle à moi-même, ignorant le regard de ma femme posé sur moi.

Ma fille déclare d'un ton dur qu'elle va regarder, elle aussi. « Je ne veux pas rater ça ! » Pourtant, ce sont de sales souvenirs qui vont resurgir. J'observe ma femme. Je vois de la tristesse, mais aussi de l'inquiétude dans ses yeux. Surtout de l'inquiétude. Je lui demande :

« Tu savais qu'il y avait une émission sur cette histoire ?

— J'avais oublié. »

Je réalise soudain qu'elle me ment. Je le sais, quand elle me ment.

« Cette affaire a bouleversé notre vie, hein ? » murmure-t-elle. Elle parle si bas que je me demande si les autres l'ont entendue. Mais mon fils dit : « Oui. Tu sais tout de cette histoire, hein, papa ? »

Consciencieusement, comme toujours, je nettoie et range mes outils dans le cabanon avant de tous les rejoindre au salon pour l'apéritif. Après une pareille journée, je n'ai pas volé mon whisky. Je trinque avec mon fils à la bonne santé de mes tomates, lui et sa sœur ne vont pas tarder à rentrer chez eux, me laissant seul avec leur mère.

J'attrape une cacahuète, j'ai la tête ailleurs.

Si je connais bien l'affaire ? Ça, oui, je la connais. Puisque c'est moi qui ai violé et tué la petite.

ELLE, 22 h 25

Elle lui a fait à manger, ou plutôt elle a accommodé les restes de midi, elle sait bien faire ce genre de choses. Il s'est étonné qu'elle touche à peine à son assiette. « Je n'ai pas faim », a-t-elle dit, et il n'a pas insisté.

Elle espérait que le dîner serait silencieux. Mais il n'a pas cessé de parler de son jardin (« ça va bien donner cette année ») et des gosses. Il se fait du souci pour leur avenir. Elle lui a rappelé l'émission de télé et, à sa grande surprise, il ne s'est pas dérobé. « Je ne veux pas rater ça, a-t-il lancé d'un ton assuré : J'ai envie d'entendre quelles conneries ils vont encore raconter. »

Il soupire.

« Je suis sûr qu'ils vont parler de moi. Je vais encore y avoir droit.

— Probable, en effet... »

Il l'impressionne. Cette façon qu'il a eue, cet après-midi, de faire semblant de n'être au courant de rien. Et maintenant, tout le contraire.

Mais elle non plus, cette émission, elle ne veut pas la rater. Pour rien au monde. Cette perspective l'obsède depuis des semaines. Depuis qu'elle a vu les équipes de télévision recommencer à arpenter la ville et le quartier du Grand-Chêne, s'introduire chez les uns et les autres, traquant avec espoir des témoignages inédits. Des révélations. Qu'espéraient-ils pouvoir trouver, tant d'années après ? Tout a changé ici, depuis cette époque...

Un miracle ? Que quelqu'un se lève et révèle le nom de l'assassin de la pauvre gosse ?

C'est si loin maintenant, cette histoire. Même ici, ils sont bien peu à s'en souvenir avec précision. Les parents de la gamine, les malheureux, une poignée d'habitants qui vivent encore dans le lotissement, quelques autres qui sont partis vivre ailleurs... Certains sont morts, beaucoup ont disparu de la circulation. Elle n'a plus de nouvelles de la plupart d'entre eux. C'est si vieux, tout ça...

Ils ne sont que deux à connaître la vérité. Son mari. Et elle.

Mais lui, il ignore toujours qu'elle sait.

Elle sent la peur la gagner, alors elle fait le vide. Elle souffle un grand coup. Elle se sent forte. Elle prend la télécommande d'un geste ferme, elle allume la télé et elle l'appelle pour qu'il la rejoigne.

« L'émission va commencer ! »

Au moment où apparaît le générique, il vient s'asseoir, à l'autre extrémité du canapé.

« Voyons ça », dit-il.

Il ne l'entend pas soupirer un grand coup, comme si, à l'instant où tout va débuter, elle allait puiser au fond d'elle-même l'énergie dont elle a besoin.

Le miracle, elle l'espère de toute son âme, est pour maintenant. Bientôt, c'en sera définitivement fini avec l'horreur.

22 h 26

Antoine Vasseur entend Eugénie, sa femme, lire à haute voix le titre de l'émission : « Affaires non résolues ». Elle commente de sa voix haut perchée : « Quand on y pense, c'est quand même incroyable que l'assassin de la petite n'ait jamais été arrêté. Hein, Antoine ?

— Ouais », grogne-t-il.

Il voudrait qu'elle la ferme, mais elle continue.

« Tu te rends compte ? Il est toujours en liberté, l'ordure. Si ça se trouve, il est en train de regarder la télé en ce moment, avec sa petite famille. Comme si de rien n'était. D'y penser, ça me dégoûte. Pas toi ? »

Elle a toujours été ainsi : bavarde et péremptoire. Agacé, il tente de la faire taire :

« Écoute donc...

— Ah ça, pour écouter, je vais écouter, Antoine ! Je suis impatiente de voir ce qu'ils vont raconter. Pas toi ?

— Alors écoute donc ce qu'ils racontent, si ça te passionne tellement, putain !

— Oh, ne t'énerve pas !

— D'ailleurs, depuis quand elle te passionne à ce point, cette histoire ?

— Tout ce qui te concerne m'intéresse, mon amour, raille-t-elle.

— Qui me concerne ? Qu'est-ce que tu racontes ? C'est nouveau, ça !

— Quand je pense qu'il est en liberté quelque part, reprend-elle sans répondre. Tu crois qu'il regarde la télé, ce soir ?

— Que qui regarde la télé, bon sang ?

— Eh bien, l'assassin !

— Mais qu'est-ce que tu veux que j'en sache ! Tais-toi, s'il te plaît, tais-toi ! »

Il se ressaisit et ajoute sur un ton enjôleur, en lui caressant la cuisse :

« Ma chérie...

— Arrête ! Tu me chatouilles », siffle-t-elle sèchement, en repoussant sa main.

Antoine est occupé à suivre ce qui se passe à la télé. Il ne voit pas la brève lueur de dégoût dans le regard d'Eugénie.

Sur l'écran apparaît un grand type, plutôt jeune, les cheveux peignés en arrière. Il est monté dans le clocher de la cathédrale et, de là, il domine la ville. Il la montre d'un large geste de la main. Puis il parle, face à la caméra : *« À Carpentras, le temps n'a rien effacé. Tout le monde se souvient qu'ici, il y a dix-neuf ans, une petite fille fut enlevée, en plein jour, puis violée et assassinée par son agresseur. Le monstre qui a commis ce crime n'a pas été arrêté. Le meurtre de cette enfant reste à ce jour une affaire non résolue.* » Le jeune type est remplacé par la photo d'une fillette, souriante, l'air sage, ses jolis cheveux blonds soigneusement lissés sur ses épaules menues.

« Elle était si mignonne, commente Eugénie. Je me souviens d'elle comme si c'était hier. Pas toi ? »

Elle le fait exprès ou quoi ? se demande-t-il.

« Qu'est-ce que tu racontes ? Elle habitait à deux pas de chez nous, c'était la fille d'un copain, elle jouait avec nos gosses. Si je me souviens d'elle ? Évidemment, que je me souviens d'elle ! Ça te va, comme réponse ?

— C'est vrai qu'à l'époque, le lotissement, c'était comme une grande famille. On se connaissait tous. » Elle semble presque nostalgique.

« Il faut oublier tout ça, Eugénie, bon Dieu ! Le passé, c'est le passé ! réagit-il.

— Non, je n'oublierai jamais cette époque », tranche-t-elle.

Pas un commentaire à l'écran, seulement une musique douce qui monte lentement et enfin, après quelques secondes, le type, toujours posté en haut de la cathédrale, reprend : *« Elle s'appelait Laetitia, elle avait 10 ans seulement quand on lui a arraché la vie. Françoise Loubet était son institutrice à l'école Jules-Ferry. »* Une femme d'une cinquantaine d'années, assise dans une classe aux murs couverts de dessins d'enfants, témoigne face à la caméra, elle désigne du doigt un petit bureau au deuxième rang. Elle s'exprime d'une voix infiniment triste, comme si sa petite élève disparue hantait toujours les murs de sa classe : *« Je me rappelle Laetitia, elle était assise là, au second rang. Avec ses longs cheveux blonds, toujours bien peignés. Elle était gentille, attentive, bonne élève, toujours prête à rendre service. Elle avait un côté petite fille modèle, tellement polie. Elle allait passer au collège sans souci. Sa mort nous a tous traumatisés, et la fin de l'année scolaire a été un calvaire pour ses camarades et aussi pour moi. Je ne sais pas comment nous avons réussi à reprendre les cours. Ce drame est encore si présent dans l'école, j'ai l'impression que c'est arrivé hier. Et c'est pourtant si vieux... »*

« Françoise Loubet, poursuit le journaliste, *a refusé de quitter son école. Chaque année, à la date anniversaire de l'assassinat de l'enfant, elle raconte à ses élèves l'histoire de Laetitia et leur fait observer une minute de silence. »*

Il est visible que l'enseignante est au bord des larmes. Elle parvient à articuler : *« Je refuse qu'on l'oublie, même dix-neuf ans après. »* La caméra abandonne l'institutrice et se tourne vers l'entrée de la classe : dans un cadre accroché au mur apparaît le visage de l'enfant assassinée.

Retour au présentateur, toujours dans son clocher. Du doigt, il indique à la caméra le chemin à suivre à travers les toits jusqu'à la périphérie de la ville. L'image contourne des immeubles, zoome et s'arrête sur un lotissement aux maisons fatiguées. *« C'est ici, dans le lotissement du Grand-Chêne, qu'avait grandi Laetitia, fille unique de Vincent et Nathalie Doussaint. L'affaire remonte au 14 mars 1994. Dans moins d'une année, il y aura prescription. Alors, sauf élément nouveau, l'instruction sera définitivement close et ce crime odieux sera une affaire classée. Celui qui a tué Laetitia Doussaint restera impuni. À jamais. »*

Antoine Vasseur avait 35 ans à l'époque. Il habitait au 9, rue Mozart, dans le lotissement. Technico-commercial chez Gaboriaud SA, une entreprise de composants électroniques, marié, père de famille, il menait alors une vie tranquille au côté de sa femme et de ses deux gosses.

Il a fait du chemin, depuis. Il a maintenant 54 ans. Il est toujours chez Gaboriaud, mais finis, désormais, les déplacements incessants de ville en ville. Il est à la direction générale, chargé de la force commerciale de l'entreprise, le numéro trois ou quatre de la boîte. Une réussite qui le satisfait, il a de quoi être fier de lui et, de toute façon, il ne montera pas plus haut. C'est le vieux Deltil qui dirige l'affaire, épaulé par son fiston, qui assurera la succession. Antoine gagne bien sa vie, il a déménagé dans une villa cossue, à l'autre bout de la ville, dans les beaux quartiers, il a une place avec son nom au parking, il touche la participation, et seuls les anciens continuent à le tutoyer. Et, surtout, la boîte marche du feu de Dieu, avec un taux de progression annuel aux alentours de 20 %, ce qui lui garantit d'aller peinard jusqu'à l'âge de la retraite. Il a déjà tout prévu. Sa retraite, il la passera à Sainte-Maxime, au soleil. Il vient de racheter à son frère et sa sœur leur part d'héritage sur la maison familiale. Celle-ci était restée inoccupée depuis qu'ils avaient été obligés de placer leur mère en maison de retraite, après le décès de leur père. Non pas qu'elle commençait à perdre la boule, la vieille, elle est même toujours bien alerte, aujourd'hui encore. Mais Antoine avait réussi à la persuader qu'elle serait bien mieux là-bas que toute seule, dans cette grande maison. Trop vaste pour elle désormais. « Je n'ai pas envie de te savoir isolée ici, maman, lui avait-il dit. S'il t'arrive le moindre pépin, comment tu vas faire ? Tu y as réfléchi ? » Il lui avait rappelé son âge, 75 ans, à l'époque, il y a bientôt huit ans... Elle avait compris qu'elle était devenue vraiment âgée, son fils avait raison. De toute façon, Antoine a toujours raison !

C'est ainsi qu'ils l'avaient placée aux Acacias, à la sortie de Carpentras, la meilleure institution de la région. « Tu seras à côté de tes enfants », lui avait-il promis pour la convaincre. Elle paie, en pension complète, 2 100 euros par mois. Antoine, qui est pourtant un cador en la matière, n'avait pas réussi à marchander. La directrice avait été inflexible. Ils avaient déjà de la chance qu'une place se soit libérée et qu'ils soient recommandés par monsieur Deltil. « Les places sont très rares dans la région, surtout dans les bonnes maisons », lui avait-elle expliqué d'un ton cassant, il avait compris qu'il n'avait pas intérêt à faire le mariolle. C'était ça ou se retrouver avec sa mère à la maison ! Il voyait d'ici Eugénie...

Antoine, son frère et sa sœur paient à tour de rôle la moitié de la pension. Le reste, sa mère s'en charge avec sa retraite. Elle y tient, elle ne veut pas vivre à leurs crochets. « De toute façon, je n'en ai plus pour longtemps. Vous serez bientôt débarrassés de moi ! » Tous les trois lui avaient assuré qu'elle finirait centenaire. « Quelle horreur ! » avait-elle répliqué. Elle était on ne peut plus sincère, elle a horreur de la vieillesse, trop peur de finir maboule ou grabataire. Elle déteste l'idée de pouvoir devenir, un jour, un poids pour ses enfants.

Mais Antoine n'est pas mécontent, sa mère a fini par le reconnaître, aux Acacias, elle n'est pas à plaindre. Elle dispose d'un charmant deux pièces parfaitement équipé. Elle a été autorisée à apporter tout le mobilier de son ancienne chambre. Non seulement le lit, mais aussi l'armoire et le petit guéridon. La table de la salle à manger n'a pas pu entrer, trop longue, et il a fallu la céder à un brocanteur, pour une bouchée de pain. Ces gens-là sont pires que des chacals, avait pensé Antoine quand il avait revu la table de son enfance, en vente cinq fois plus chère que le prix qu'il en avait obtenu. Oh, il ne s'était pas privé d'aller dire sa façon de penser à ce fumier ! L'autre était dans ses petits souliers.

C'est qu'il a le sang chaud, Antoine. Comme il a coutume de le dire : « Quand Antoine Vasseur se fâche, on s'en souvient ! » À vrai dire, quand il s'énerve, il devient vite incapable de se maîtriser. Mais quoi, ce n'est pas si fréquent.

Il avait bien arrangé tout ça, avec son frère et sa sœur. Les 150 000 euros qu'il leur avait donnés à chacun pour la maison allaient bien les aider, non ? Et puis c'était ça ou « vendre et se ruiner en impôts ».

Ils avaient un peu rechigné sur le montant. Ils avaient consulté les annonces dans la région et s'étaient vite rendu compte que la maison avait été sous-évaluée par leur frère. Mais Antoine leur avait affirmé qu'il ne pouvait pas faire davantage et, pour les faire taire, il leur avait donné une bonne partie de leur argent en liquide, pas d'impôts à payer, qu'est-ce que vous dites de ça ? Il leur avait assuré que la maison restait « un peu à eux », ils pourraient y aller toutes les fois qu'ils le voudraient ! Bon, pour l'instant, ce n'était pas possible, car il louait à un couple d'Anglais à la retraite, 1 800 euros par mois. Mais lui non plus, il n'en profitait pas, hein ?

Aujourd'hui, madame Vasseur a 83 ans et elle est toujours d'attaque. Elle est satisfaite, ses trois enfants ne sont pas bien loin. Mais elle s'inquiète pour les deux plus jeunes. Michel est au chômage et Martine vient de divorcer. Et, pire, elle n'a pas d'enfant.

« Elle a bien fait, son mari était un sacré con », avait résumé Antoine. Mais quand même, une femme, seule, à son âge... Elle aurait dû le quitter plus tôt, elle aurait pu refaire sa vie. Elle avait convenu avec son aîné qu'elle allait avoir du mal à trouver un successeur. Elle n'était plus très jolie... Et de toute façon, elle ne l'avait jamais été, ils n'avaient pas besoin de dire les choses, ils se comprenaient. « Ingrat », c'est le terme que sa mère employait toujours pour parler du physique de sa fille. Enfant, adolescente, femme mariée sur le tard, elle a toujours eu ce physique « ingrat ». Et sa mère avait toujours trouvé miraculeux qu'elle ait pu se trouver un mari et qu'il reste aussi longtemps avec elle.

En revanche, madame Vasseur mère avait mal vécu la séparation d'Antoine avec Eugénie. Pour aller se coller avec « cette fille ». Sa mère n'a jamais prononcé le nom de Christine. Pas une fois. « Cette vulgaire secrétaire », « cette briseuse de ménage », comme elle avait dit un jour à son fils. Alors qu'elle aimait beaucoup Eugénie. « Qu'est-ce que tu peux bien faire avec une fille qui a vingt ans de moins que toi ? s'offusquait-elle. Sûr qu'elle te laissera tomber quand tu seras vieux ou quand elle t'aura pompé tout ton argent ! » Sa mère avait été jusqu'à donner raison à Eugénie d'avoir filé avec les gosses, et d'avoir demandé le divorce et une pension alimentaire exorbitante. Dieu soit loué ! les choses étaient rentrées dans l'ordre : après une année passée loin de la maison, Eugénie était revenue avec les enfants. Quand Christine avait quitté Antoine pour se mettre à la colle avec un comptable.

Il avait supplié sa femme de revenir. Antoine n'était pas fait pour vivre seul.

À l'époque, le retour d'Eugénie surprit tout le monde. On l'avait trouvée bien bonne, pour ne pas dire autre chose, de reprendre son cavaleur de mari.

Eugénie avait exigé trois choses : qu'elle n'entende jamais prononcer le nom de sa pute, qu'il ne voie plus le bâtard qu'il lui avait fait et qu'ils quittent ce quartier de merde. En ces termes. Il avait tout accepté, sans discuter, et, en apparence, leur vie avait repris comme avant, comme si cette fille et son fils n'avaient jamais existé. Même leurs enfants ignorent qu'ils ont un demi-frère, vivant quelque part du côté de Marseille. Chez les Vasseur, cette histoire reste taboue.

Le visage d'Antoine apparaît sur l'écran. Dans le haut de l'écran est incrustée une mention : « Archives France 3 ». Dans un bandeau, en bas, son nom : « Antoine Vasseur, ami du père de Laetitia ». Les images datent de mars 1994. Antoine se regarde : il pointe du doigt un fourré de fougères et de branchages. Il s'entend dire : « C'est là que nous l'avons découverte. » Il porte un treillis vert, sa tenue de chasseur. Ses cheveux longs sont retenus par un catogan.

« J'avais oublié que tu avais une aussi belle crinière », le complimente Eugénie, un brin perfide.

Antoine se souvient de ce reportage, il était passé aux actualités régionales le lendemain de la mort de la gamine. Il avait accepté d'accompagner une équipe de la télé régionale sur les lieux du crime. Sur l'écran, il continue à parler : « J'ai vécu la journée la plus horrible de ma vie. Je crois que je ne pourrai jamais l'oublier. »

Antoine, avec les gendarmes et la plupart des voisins

des Doussaint, avait participé aux battues dans les bois et les champs qui entouraient le lotissement du Grand-Chêne. Sur l'image, il a les yeux rouges et fatigués de celui qui n'a pas dormi de la nuit.

« Tu n'as pas tellement changé ! » ironise encore Eugénie.

Elle ajoute d'un ton plus grave :

« Quel enfer, ces journées ! »

Puis s'étonne :

« Je ne me souviens pas que tu avais parlé à la télé. Tu as eu le courage de leur répondre ? Tu m'étonneras toujours ! »

Il ne relève pas.

Armés de lampes de poche, ils s'étaient séparés en petits groupes et réparti l'immense territoire à fouiller. C'est son groupe qui avait découvert le corps, à l'aube. Il ne se rappelle pas tous ceux qui avaient participé aux recherches, des hommes, uniquement. Il se souvient qu'il faisait équipe avec un gendarme. Il s'était épuisé la nuit durant à retenir son berger allemand, qui ne cessait de tirer sur sa laisse avec frénésie ; avec Éric Bidault, un gars qui était arrivé seulement quelques mois plus tôt dans le lotissement, et qui avait été le premier inquiété par les enquêteurs ; Simon Doussaint, l'oncle de la fillette, et un ancien voisin, un instit dont il n'arrive plus à se souvenir ni du nom ni du prénom. Ça l'agace, il l'a sur le bout de la langue.

Tous apparaissent à l'écran, tour à tour, sur une série de photos en noir et blanc. « *Ces clichés*, poursuit le présentateur, *ont été pris par Guillaume Trochet, le correspondant du journal* La Provence, *qui s'est mêlé aux recherches la nuit du drame. Ils montrent les membres du petit groupe qui a découvert le corps de Laetitia, à l'aube du 15 mars 1994, après une nuit de recherches épuisantes.* »

Un vieux type apparaît, assis à un bureau, s'adresse à la caméra, le bandeau indique que c'est Guillaume Trochet.

« *Cette nuit-là, je m'en souviens comme si c'était hier. Quand je suis arrivé, j'ai immédiatement compris* », témoigne Trochet. Il tient en main les photos prises ce matin-là et les pose l'une après l'autre devant lui. « *J'étais jeune, à l'époque, je débutais presque. Le mince espoir que nous avions tous, moi le premier, de retrouver la petite vivante s'est envolé d'un coup. J'avais passé la nuit au plus près de ces hommes, et j'étais comme eux abasourdi et tellement triste. Je ne sais toujours pas comment j'ai trouvé la force de prendre cette série de clichés.* »

Trois hommes se tiennent de dos, la tête dirigée vers le bois. Antoine, les mains dans les poches de son treillis, est au milieu. Antoine reconnaît Bidault à ses côtés, et Doussaint, un peu à l'écart sur la gauche. Un seul est de face, et regarde fixement intensément l'objectif, comme s'il refusait de se retourner vers la scène du crime. Antoine reconnaît Lemoual. « Hervé. Hervé Lemoual ! » Le prénom du quatrième lui est revenu d'un coup.

« C'est qui celui qui regarde vers nous ? demande Eugénie. Je ne me souviens plus de son nom.

— Lemoual, Hervé, répond Antoine d'un ton bref. L'instit !

— Exact ! Il est super *strange* ! s'exclame-t-elle. Tu ne trouves pas ? »

Cette manie exaspérante d'employer des mots étrangers...

Il se découvre sur des images d'archives, en train de raconter comment le chien du gendarme a tiré son maître vers un bout de tissu imprimé, à demi enterré. Il est face à la caméra et parle : *« L'oncle de la petite nous a dit que c'était le chemisier qu'elle portait la veille. Personne n'a dit un mot, mais à cet instant, nous avons tous compris. En une fraction de seconde. »*

« Le corps de Laetitia Doussaint gisait à quelques dizaines de mètres de là, mal dissimulé sous des branchages jetés à la hâte », conclut le reporter.

Dans le silence de la maison retentit soudain la sonnerie du téléphone. Antoine sursaute violemment.

« Eh bien, ironise Eugénie en se levant pour décrocher. Qu'est-ce qui t'arrive ? Tu as eu peur ? Ah, c'est ta fille chérie qui appelle.

— Qu'est-ce que tu racontes encore, j'ai été surpris, c'est tout, grommelle-t-il. Passe-la-moi. »

Il saisit le combiné, il entend sangloter sa fille.

« C'est toi, Pamela ? Qu'est-ce qui ne va pas, ma belle ?

— C'est cette émission, papa, ça me fait peur. Tout me revient en mémoire et je n'arrête pas de pleurer en pensant à Laetitia. C'était ma copine, tu te souviens ?

— Bien sûr que je me souviens, ma chérie, comment j'aurais pu oublier. Vous étiez si mignonnes, toutes les deux. Allez, éteins la télé et va te coucher. Oublie tout ça, c'est mieux, crois-moi.

— Je ne peux pas. Je veux regarder jusqu'au bout, et tant pis si je pleure !

— Faut pas pleurer, c'est vieux, tout ça.

— Tu crois qu'ils vont arrêter l'assassin, un jour ?

— Malheureusement, non, je ne crois pas...

— C'est dégueulasse !

— Je sais, mais c'est trop tard.

— Les flics, c'est vraiment des nuls... »

Puis elle ajoute, riant entre ses larmes :

« Il avait de beaux cheveux, mon papa, quand il était jeune... Mais tu es encore plus beau aujourd'hui !

— Ris, ma grande fille, ris ! »

Puis il raccroche, sourire aux lèvres. Eugénie s'étonne :

« Eh bien, vous vous amusez bien tous les deux, ça vous fait rire, tout ça ? »

Il réplique, cinglant :

« Tu ne peux pas comprendre. »

Elle se le tient pour dit.

Elle connaît les limites à ne pas franchir avec son mari.

ELLE

Tout au long de la journée, les souvenirs de leurs années de vie commune l'ont submergée. Ils ne l'ont plus quittée. Ainsi que ces questions, tenaces, obsédantes, qu'elle retourne encore tandis que défilent sur l'écran les images du Grand-Chêne, ces questions auxquelles elle n'a jamais pu apporter de réponse : comment a-t-elle pu rester avec ce monstre ? Le laisser lui faire l'amour et même y prendre du plaisir ? Élever avec lui leurs enfants ? Faire des projets d'avenir ? Partir en vacances ? Recevoir des amis ? Rire souvent ?

Comment a-t-elle pu continuer de vivre avec lui ?

Dès l'instant où elle s'est installée au Grand-Chêne, elle n'avait pas aimé l'endroit. Trop éloigné de la ville, avec ses pavillons étriqués, ses voisins envahissants.

Ses mauvaises ondes.

Lui, au contraire, il s'y était plu immédiatement. Il se sentait bien, ici, libre, avec ces grands espaces de champs et de forêts qui étaient là, à la lisière du lotissement. Il lui avait reproché de ne pas chercher à s'intégrer, de rester à l'écart. Elle se souvient qu'il lui avait dit qu'elle devrait savoir d'où elle venait plutôt que de faire sa grande dame.

Un jour, un dimanche après-midi, quelques mois

avant le drame, une petite voisine qui venait souvent jouer à la maison l'avait aidé à jardiner, avec leurs deux enfants. Elle les entendait rire. En les rejoignant avec un plateau chargé de verres, elle avait surpris son regard. Fixé sur les cuisses maigrelettes de la gamine. Elle avait vu comment, à la dérobée, il glissait des yeux concupiscents sous la robe de la petite.

Elle n'avait fait aucune remarque, elle avait dit, d'une voix forte :

« Qui veut une menthe à l'eau ?

— Tout le monde ! avait-il répondu avec un grand sourire.

— Je n'ai pas soif, avait dit la petite fille.

— Tu n'aimes pas la menthe, Laetitia ? » avait-il demandé.

Elle n'avait pas aimé le ton de sa voix, sa sollicitude sonnait faux.

« Si, mais je n'ai pas soif, avait répété la gamine.

— Tant pis pour toi ! »

Il avait bu son verre d'un trait et lâché un petit rot qui avait fait éclater de rire les trois enfants.

L'image de son mari reluquant les petites cuisses de Laetitia l'avait tellement torturée qu'elle n'avait pas dormi de la nuit, endurant ses ronflements bruyants et surveillant les soubresauts de sa nuit agitée.

Lorsque le calvaire de leur petite voisine avait été révélé, elle avait aussitôt repensé à cet épisode. Mais imaginer que c'est lui qui avait pu martyriser ainsi une gosse ? Elle avait refusé de s'y résoudre. Pas l'homme qu'elle connaissait, qu'elle avait aimé et qui lui avait donné deux enfants. Pas celui qui partageait sa vie.

Elle avait lutté pour enfouir ses doutes, elle s'était

sermonnée. Mais ils revenaient sans cesse l'assaillir. Toutes ces années, ils revinrent, continuellement, lorsqu'elle s'y attendait le moins. Ces interrogations lui pourrissaient la vie. Les soupçons la rongeaient, petit à petit. Malgré elle, elle restait à l'affût d'un signe, d'une erreur, qu'il n'a jamais commis.

Puis la certitude de son innocence reprenait le dessus et elle se sentait infiniment soulagée, heureuse...

Mais son répit ne durait jamais très longtemps et elle sombrait à nouveau.

Lui, il ne s'est douté de rien, de ces interrogations qui n'ont jamais quitté sa femme.

Elle, pendant toutes ces années, elle a guetté le faux pas. Il ne l'a jamais commis.

Il peut encore le faire. Ce soir. Le flic le lui a assuré encore cet après-midi, quand elle l'a appelé en cachette. « S'il doit craquer, ce sera ce soir. Nous serons, vous serez, délivrés. » Il a insisté sur le mot « vous ».

Alors, une dernière fois, elle a promis de jouer le jeu, de suivre son plan. Ce qu'il exige d'elle est épouvantable mais elle veut en finir. Cela dure depuis dix-neuf ans, il faut à présent que ça s'arrête. Elle est décidée à courir ce risque. À l'affronter.

Puisque c'est lui, l'assassin.

22 h 29

«Nous avons retrouvé Antoine Vasseur, un ami de la famille qui montrait dans un reportage de 1994 le bois où avait été retrouvé le corps de Laetitia. Il faisait partie du groupe qui a découvert la dépouille de l'enfant. On le voit sur cette photo, le deuxième en partant de la gauche, en pantalon de treillis. Depuis, ce cadre commercial de 54 ans a quitté le quartier du Grand-Chêne. Il vit toujours à Carpentras, mais à l'autre extrémité de la ville, dans un quartier pavillonnaire. Il a accepté de nous rencontrer pour évoquer cette nuit que personne n'a oubliée.»

« Nous sommes vraiment allés au bout de nos forces, fanfaronne Antoine face à la caméra, *mais aucun de nous n'a voulu abandonner. »*

Il est vêtu d'un costume clair, avec une cravate rayée rouge et blanc. *« Nous devions bien cela à la famille de la petite,* poursuit-il. *Plus la nuit avançait, plus nous nous attendions au pire. Pourtant, quand nous avons découvert le corps, je n'arrivais pas à le croire... Personne ne pouvait y croire. Cela paraissait si irréel. Un drame pareil ne pouvait pas arriver ici. Pas au Grand-Chêne. »* Puis, après un bref silence, il conclut, bouleversé : *« Pas à nous. »*

« Hé ! Regarde, c'est Tonio ! Qu'est-ce qu'il a changé ! »

Hervé Lemoual n'en revient pas. Il reconnaît à peine son ancien voisin de la rue Mozart. Il a crié si fort que sa femme, Aliette, assise à ses côtés sur le canapé, a sursauté. À l'époque, Antoine Vasseur était « Tonio », pour eux tous. Il habitait au 9. Lui, au 5. C'était une grande gueule, plutôt sympa. Il se rappelle qu'ensuite Vasseur a quitté sa femme pour se mettre avec sa secrétaire, « une jeune nana plutôt jolie ». Quand elle s'est barrée, Eugénie est revenue et elle l'a forcé à changer de quartier. C'est Tonio qui lui a dit qu'ils allaient déménager, « pour madame, le Grand-Chêne n'était pas assez bien ». Hervé se souvient que Tonio avait filé droit comme un toutou.

C'est comme ça qu'Hervé voit les choses. Elle se prenait pour une dame. « Madame de mes couilles, ricane-t-il. Avec elle, il ne doit pas rigoler tous les jours ! Quelle plaie, cette bonne femme ! »

Il n'a pas revu Tonio depuis si longtemps. Une dizaine d'années, en y réfléchissant.

« Il est drôlement élégant ! » remarque Aliette d'un ton railleur.

Hervé prend sa femme à témoin :

« Putain, c'est dingue comme le temps passe vite ! J'ai l'impression qu'il a quitté le Grand-Chêne hier. »

Bizarrement, il ne l'a plus jamais croisé.

« Eh ben, il n'a plus un poil sur le caillou !

— Ça lui va pas si mal, ironise Aliette. Qu'est-ce qu'il est devenu moche !...

— C'est vrai qu'il n'est pas jojo.

— Tu te souviens comme il était beau autrefois ?

— Oui...

— C’est pas comme toi, il plaisait aux filles, lui !
— Qu’est-ce que tu en sais que je ne plaisais pas ? »

Hervé, lui, est resté dans le même quartier, dans la même rue, au même numéro. Quand Aliette et lui se sont installés, il y a un peu plus de vingt-cinq ans (« Putain, ce que ça passe vite ! »), le lotissement du Grand-Chêne était pimpant. Flambant neuf. Ils s’étaient endettés jusqu’aux oreilles mais, à l’époque, ils étaient convaincus qu’ils faisaient un bon investissement. Les pavillons étaient spacieux : une belle cuisine, un vaste living-room, comme on disait alors, trois chambres, une au rez-de-chaussée et deux à l’étage, un garage où il range ses outils et tout son bordel, et un jardin de bonne taille où il a son coin à lui.

Et puis c’était presque la campagne, ici. Le quartier, construit aux marges de la ville, s’ouvrait sur les champs et des petits bois. Les gens se connaissaient tous. Hervé et Aliette avaient été parmi les premiers à s’installer ici et ils les avaient vus arriver les uns après les autres. C’était loin de la ville, mais les pavillons étaient modernes et à portée de leur bourse. « C’est un excellent investissement », leur avait assuré le promoteur. Tu parles !... Ils s’étaient bien fait baiser. « Elles ne valent plus un clou, ces baraques. Vasseur s’est barré au bon moment, constate Hervé avec dépit. Il a vendu avant que les prix dégringolent. »

Il se rappelle le jour où les Doussaint étaient venus se présenter. Ils avaient fait le tour du lotissement, maison après maison, avec leur petite, elle devait avoir 5 ou 6 ans. Hervé l’avait prise dans ses bras. La petite gesticulait pour descendre, mais il avait réussi à l’embrasser. Un gentil couple, les Doussaint. Ils paraissaient si amoureux l'un de l'autre, si heureux. Ils racontaient partout qu'ils n'y croyaient plus, cela faisait des années qu'ils cherchaient un endroit pareil. « Il est idéal pour les enfants, avait dit le père. Notre petite Laetitia pourra y jouer en toute liberté, en toute sécurité. »

Le quartier les avait adoptés tout de suite, eux, et leur jolie petite fille.

Les cris, les rires, les jeux des enfants, c'était un enchantement quotidien, se souvient Hervé. La mort de la gamine avait tout changé et le quartier avait dépéri, petit à petit.

En revoyant Tonio, Hervé se rappelle les apéros, les « barbeucs » chez les uns et les autres... Tout le quartier s'était mobilisé quand la petite avait disparu. Lui aussi, comme les autres, il avait participé aux recherches. Il a raison, Tonio, la nuit avait été terrible. Hervé se souvient de la peur, de la rage qui les faisaient avancer, rien n'aurait pu l'empêcher de continuer. Il avait tenu jusqu'au bout de cette nuit infernale.

Ce soir, alors que Vasseur raconte aux journalistes leur acharnement à chercher, Hervé ne se rappelle que les larmes. Les siennes, celles d'Aliette quand il l'avait rejointe et lui avait appris qu'il avait trouvé la petite morte... Et surtout la douleur de la maman. Immense, tellement violente qu'il avait fallu la conduire à l'hôpital. Il se souvient aussi de Vincent Doussaint, qui hurlait qu'il ferait la peau au tueur de sa fille. Et plus tard, la foule aux funérailles de la petite. Il était arrivé trop tard, il n'avait pas pu pénétrer dans l'église. Il se souvient de ces journalistes qui se glissaient partout, et auxquels on finissait par raconter n'importe quoi...

C'est tout cela qui lui revient en mémoire d'un coup. Il en suffoque presque. Aliette s'en aperçoit mais elle reste muette dans son coin. Il lui prend la main. Elle ne réagit pas, se laisse faire, comme à contrecœur. Pourtant, il a tant besoin de sa chaleur. Cette histoire l'a tellement fait souffrir et, maintenant, cette émission vient réveiller toute cette douleur, qu'il n'est jamais vraiment parvenu à apaiser. Il serre Aliette contre lui. Il attire son visage vers sa bouche. Elle ne résiste pas, mais détourne légèrement son visage, comme sans le vouloir, et son baiser se pose à la commissure de ses lèvres.

Ces jours, ces semaines de folie, il n'a jamais pu les oublier. C'est tout ça qui a provoqué sa longue dépression. Il s'en est sorti, il se sent en pleine forme. Il lui arrive même de se dire qu'il est heureux. Dommage que le pavillon qu'ils n'ont toujours pas fini de payer ne vaille plus grand-chose, il est trop grand pour eux deux, à présent que les enfants sont partis. Ils ont bien tenté de le vendre, mais le prix qu'on leur en proposait était si dérisoire qu'ils ont renoncé.

Et de toute façon, où irait-il ? Il est condamné au Grand-Chêne à perpétuité, se désole-t-il un peu. Hervé Lemoual se le répète souvent : il s'est résigné à sa vie depuis longtemps.

Depuis l'assassinat de la gamine, il y en a tant qui ont abandonné le Grand-Chêne. Le lotissement a bien changé. Il a été rattrapé par la ville, par les cités d'à côté, bourrées d'immigrés. Plus un Blanc ne veut vivre ici.

Instituteur à Jules-Ferry depuis vingt et un ans, il les a vus s'installer par vagues, les immigrés. Autrefois, il n'y en avait pas un seul dans sa classe. Aujourd'hui, ils sont en majorité, des Arabes, des Noirs et, maintenant, des Chinois. Homme de gauche, engagé dans son syndicat, il a fait de son mieux pour les intégrer, aider ceux qui parlent à peine le français. Il a vu beaucoup de ses collègues demander leur mutation. Lui, il a choisi de rester au nom, comme il s'en vantait, du droit au savoir pour tous. Au nom de l'école de la République. Ah, il en a eu, des débats, sur ce thème ! Rien que pour cela, il aurait très bien pu devenir directeur. Mais il y a eu un problème, un dérapage, qui lui a ôté toute chance d'évoluer au sein de l'Éducation nationale. Une bêtise, qu'il se reproche encore...

Il ne sait toujours pas ce qui lui avait pris. Un matin, il y a cinq ans, il était en retard et se dirigeait vers l'école en conduisant avec nervosité, quand, au stop, à l'angle de la rue Debussy, il avait senti un choc à l'arrière de la voiture. Un type venait d'emboutir sa Mégane, ces choses-là arrivent toujours au bon moment, bien entendu. Le conducteur était un Africain, qu'il avait immédiatement reconnu : ses trois enfants étaient arrivés dans l'école au mois de septembre. Hervé avait baissé la vitre, fait un geste apaisant de la main, rien de grave, et avait pris un constat dans la boîte à gants avant de descendre. Sa voiture n'avait presque rien, une chance, mais celle du type était salement amochée à l'avant. Le problème, c'est que le gars avait refusé de remplir le constat, il affirmait que ce n'était pas lui qui était dans son tort, et la discussion avait très vite dégénéré. Hervé avait soudain senti la moutarde lui monter au nez, et il avait perdu le contrôle. « Connard de négro ! s'était-il entendu crier, ici, on est en France, retourne dans ton pays de merde ! » D'autres insultes avaient suivi, il ne comprend toujours pas aujourd'hui comment il a pu proférer des choses pareilles. Et devant des gens, qui plus est. Plusieurs personnes avaient témoigné en faveur du Noir, comme on pouvait s'y attendre, puis des associations de lutte contre le racisme s'en étaient mêlées, et Hervé avait été traîné plus bas que terre. Le tribunal avait statué sur une amende de 900 euros pour insultes racistes, avec sursis, heureusement. Mais la leçon avait porté. Désormais, s'il peut lui arriver de maugréer contre les Arabes et les Noirs qui ont investi les pavillons au hameau du Grand-Chêne, c'est seulement en présence de sa femme. Il faut dire qu'il y a parfois de quoi, à croire qu'ils font fuir les habitants du quartier pour se retrouver entre eux ! Dans sa classe, il y a maintenant une majorité d'enfants d'immigrés. Il se plaint souvent qu'ils parlent à peine le français : « Je n'arrive à rien avec eux », peste-t-il.

Même Aliette, qui n'est pourtant pas raciste, et toujours aimable et polie, parle parfois des « bicots » ou des « négros »... Hervé la réprimande, mais il doit bien reconnaître que, durant toute cette affaire, elle ne l'a pas lâché. Elle était plus indignée que lui, et lui reprochait de se laisser faire. D'accord, son mari était parfois un peu nerveux, mais raciste, jamais de la vie ! Elle n'aurait jamais épousé un homme raciste ! Elle n'avait jamais digéré cette condamnation qui, inscrite de manière indélébile dans le dossier d'Hervé, lui avait fait perdre tout espoir d'être inscrit sur la liste d'aptitude au poste de directeur. Il avait même été exclu du syndicat, où on ne voulait pas de « fachos » (lui, un facho !), et il en gardait un sentiment d'injustice et de honte dont il ne se remettrait sans doute jamais. Lui, l'ardent défenseur de l'école de la République, refuse de se reconnaître dans l'homme qu'on décrit : un forcené qui tient des propos racistes. Il n'éprouve rien contre ces étrangers, sauf qu'ils sont envahissants et se croient tout permis. Il s'est énervé contre cet Africain, et alors ? Cela peut arriver à n'importe qui, même aux donneurs de leçons qui l'ont montré du doigt. Une victime, voilà ce qu'il est. Une simple victime.

Tout ça, c'était bien après sa dépression. Heureusement qu'Aliette l'avait soutenu à cette époque, sinon, qui sait ? il aurait peut-être sombré à nouveau. Elle avait été formidable, ne lui avait fait aucun reproche, elle l'avait seulement encouragé à cesser de se monter la tête pour un oui ou pour un non. C'est vrai qu'il s'énervait facilement, pour des broutilles, pour n'importe quoi. Aujourd'hui encore...

Il sait bien la raison de tout ça. Le fantôme de Laetitia le hante toujours. Il a tout tenté pour le faire sortir de sa tête, mais il revient, inéluctablement. Le jour, et surtout la nuit. La petite fille martyre se tient au bord du lit, attendant en silence qu'il se réveille. Elle ne bouge pas, ne dit pas un mot. Elle se contente de le regarder, souriante. Il sort brutalement de son cauchemar, trempé de sueur. Il croit avoir poussé un cri, mais, par bonheur, Aliette ne s'est pas réveillée. Ces nuits-là, il ne parvient pas à retrouver le sommeil, et finit toujours par prendre un cachet qui l'aide à sombrer.

Il ne parle jamais de ces crises de terreur. À personne, pas même à sa femme, surtout pas. Il craint trop de ranimer ses inquiétudes et ses doutes. Oh ! elle n'a jamais rien exprimé clairement, mais Hervé sait qu'elle s'est posé des questions, par le passé. Aujourd'hui, il en est sûr, elle a tourné la page.

Aliette travaille à la crèche municipale. Elle s'occupe des petits, de 7 heures du matin à 15 heures. Ils ne gagnent pas des fortunes, ils se sont sacrifiés pour que leurs gosses aient une bonne éducation, et, un jour, un bon boulot. Leur réussite est leur fierté. Le cadet termine son droit à Avignon et leur aînée est professeur des écoles. « Puisqu'il ne faut plus dire "instituteur", comme avant. C'est pas assez chic », se lamente-t-il souvent.

Le petit bois qu'Antoine Vasseur a montré tout à l'heure sur des images d'archives n'existe plus, remplacé depuis longtemps par une cité d'immeubles hauts d'une dizaine d'étages, déjà presque à l'abandon où, comme dit Aliette, « ils » s'entassent, font des mômes, touchent les allocs et le chômage. Pourtant, Hervé saurait le retrouver les yeux fermés. C'est à combien ? À peine un kilomètre et demi de chez lui ?

À l'endroit précis où ils ont retrouvé le corps martyrisé de la petite il y a dix-neuf ans a poussé une de ces putains de tours. Le lieu du crime a été englouti dans les fondations d'un immeuble crasseux. Du petit bois où il faisait bon se promener et chasser, il ne reste rien.

La stèle qui avait été mise là en mémoire de l'horrible assassinat a disparu, elle aussi. Seuls demeurent, pour une poignée de gens, les souvenirs funestes de ce drame, que l'émission de ce soir réveille.

Tout lui revient, une fois de plus, dans les moindres détails. C'est son groupe qui, après des heures de recherches harassantes, avait découvert le corps. Aucun d'entre eux n'avait osé s'approcher. Il était bien là, le petit corps, mal dissimulé sous des branchages.

Le berger allemand avait hurlé à la mort et son maître avait dû le frapper sur la gueule pour le faire taire. Puis, incapable de résister à l'animal qui tirait comme un fou en direction de son objectif, le gendarme s'était avancé, seul.

Comme les autres, Hervé avait entrevu, dans le faisceau des lampes torches, quelques mèches de cheveux blonds. On ne voyait qu'elles tant elles brillaient dans les lumières. Par réflexe, il avait détourné la tête et il n'avait plus voulu regarder. C'est ainsi que le photographe l'avait saisi : le regard vide, effrayé, perdu.

Le seul du groupe à regarder fixement l'objectif.

Le commentaire poursuit : « *Sous les branchages, l'enfant était entièrement dévêtue, le corps couvert de boue et de terre. Son visage était méconnaissable. L'enquête a révélé que l'agresseur avait frappé la fillette avec une pierre. Les enquêteurs ont fouillé la zone avec minutie pour retrouver celle-ci, en vain. On a supposé que l'assassin avait pu l'emporter avec lui.* »

Hervé se souvient qu'il avait fallu empêcher les parents de la petite de s'approcher. Ce sont les cris, à glacer le sang, de Nathalie qui l'avaient prévenu qu'ils étaient arrivés sur place. Il l'avait vue sortir de la nuit, courant si vite que son mari était resté plusieurs mètres en arrière. Plus loin derrière, il avait aperçu une poignée de gendarmes en uniforme tentant de barrer le passage à la petite foule des gens du quartier qui était accourue. Le capitaine s'époumonait, en pure perte : « N'avancez pas ! Restez où vous êtes ! » Mais en vain, et le groupe l'avait débordé.

Hervé s'était joint à ceux qui essayaient de retenir

les gens. Curieusement, le père s'était laissé faire, mais Nathalie leur avait échappé, peut-être parce que personne n'avait véritablement osé la toucher, s'interposer devant sa douleur. Il avait entendu son hurlement, il l'avait vue écarter les branchages, découvrir le visage détruit de son enfant morte, il l'avait entendue sangloter, le cadavre dans ses bras, sans bouger, pendant de longues minutes. Puis elle avait reposé délicatement le corps, avant de s'effondrer. Il avait fallu lui prodiguer des soins sur place avant de l'emmener en ambulance. Le père avait assisté à tout cela, toujours ceinturé par les gendarmes. Il hurlait : « Laissez-moi ! », il les insultait. Eux tentaient de le calmer, ils répétaient : « Monsieur Doussaint, s'il vous plaît », sans se plaindre des coups qu'ils recevaient. L'un d'eux, un capitaine, lui en fit la promesse, ils arrêteraient le salaud qui avait fait ça. Mais Vincent Doussaint ne voyait que le corps martyrisé de Laetitia et n'entendait que les pleurs de sa femme qui enlaçait Laetitia, sa chemise blanche couverte du sang de son enfant.

« Je le tuerai », avait crié Doussaint, avec une détermination qui les avait tous glacés. Ensuite, il ne faisait plus que répéter ça : « Je le tuerai, vous m'entendez, je le tuerai. » Et à un moment, Simon, son frère, qui s'était laissé tomber sur une souche d'arbre et qui pleurait, avait commencé à murmurer, d'abord comme pour lui seul, puis de plus en plus fort : « À mort. À mort ! » Et la trentaine d'hommes et de femmes qui étaient là avaient hurlé avec lui : « À mort ! » La forêt n'était plus qu'un grand cri de haine et de douleur.

Ils partageaient à cet instant la même douleur et la même rage : tous connaissaient la petite, la fille unique des Doussaint. Et le cadavre massacré qu'ils avaient aperçu aurait pu être celui de leur enfant.

Hervé se souvient parfaitement d'avoir hurlé avec les autres. Entraîné par la furie qui s'était soudain emparée de leur petit groupe, il avait, lui aussi, réclamé la tête du tueur. Lui, qui avait été un militant de la première heure contre la peine de mort.

Il se dit qu'il a bien fait de refuser de parler aux types de la télé qui sont revenus il y a quelques mois à peine fouiller dans ces mauvais souvenirs. Qu'est-ce qu'il aurait bien pu leur raconter ? Que cette affaire continue à hanter ses jours et ses nuits ? Que toutes ces années n'ont rien effacé ? Raconter les épreuves, tout ce par quoi il est passé ?

Revivre tout ça ce soir est une souffrance. S'il n'avait tenu qu'à lui, il aurait éteint la télé, et serait allé se coucher. Mais Aliette a tant insisté pour qu'ils regardent qu'il n'a pas osé s'y opposer. Il ne peut pas le lui dire, mais cette plongée dans son passé le terrifie.

Il a gardé la main posée sur la cuisse de sa femme, comme un réconfort. Aliette semble tout à coup prendre conscience que son mari est touché par ce qu'il voit. Elle sort de son mutisme, dans l'espoir de faire diversion.

« Vasseur n'a pas beaucoup changé depuis le temps, sauf les cheveux ! plaisante-t-elle d'un ton forcé. Il doit faire du sport, lui... » Elle dit cela sans que ce soit un reproche à son mari empâté, avec son ventre gonflé qui déborde de son tee-shirt, jusqu'à laisser apparaître son nombril.

« Et le jardinage, qu'est-ce que tu en fais ? réplique-t-il. Ça vaut tous les sports de la terre !

— C’est pas pareil, conteste-t-elle. C’est pas du vrai sport !

— Eh bien, toi aussi, tu devrais t’y mettre, au sport ! Tu n’aurais pas pris ces quelques kilos !

— Tu es vraiment méchant, parfois !

— Oh, je plaisante !

— Je n’en suis pas si sûre... Tu veux savoir ce que je pense ?

— Allez, vas-y ! lance-t-il avec agacement.

— Tu n’es pas aussi gentil que tu voudrais le laisser croire.

— Ne dis pas n’importe quoi... Passe-moi plutôt du gâteau. »

Elle lui tend une part du gâteau de midi, qu’il saisit avec gourmandise. « Au point où tu en es », glisse-t-elle, délibérément blessante.

Mais il est déjà ailleurs.

La photo de l’enfant s’impose à nouveau sur l’écran, puis fait place à Françoise Loubet, une de ses collègues de Jules-Ferry.

Hervé Lemoual l’écoute parler : *« C’était une si jolie petite fille. Un vrai petit ange. »*

Il avait été son instituteur pendant une année, quand elle était en CE1. Il l’aimait bien. Une élève appliquée, gentille, polie. Et, comme l’avait dit Françoise, si jolie. Dans sa classe, les autres gamins disaient qu’elle était sa chouchoute.

Il se souvient aussi des larmes de sa femme lorsqu’il était rentré, épuisé, de cette nuit épouvantable.

22 h 31

«Tu te rappelles comme elle était gentille, cette petite ? dit Annie Bidault, de cette voix douce et à peine audible qu'elle a toujours. Son institutrice a raison, c'était un ange, hein, Éric ?»

Elle est ainsi, Annie, toujours douce, gentille. Et tellement discrète. Combien de fois, depuis toute gamine, elle a entendu cela ? Gentille et discrète. Trop discrète, même, lui reproche-t-on parfois. « Tu devrais apprendre à t'imposer davantage. Montrer que tu existes », l'enjoignent ses amies. Mais Éric réplique toujours : « On ne la changera pas, mon Annie. »

Quand on l'entend parler de la sorte, on se dit que ces deux-là sont faits l'un pour l'autre. C'est l'eau et le feu, les extrêmes s'attirent... voilà ce que les gens disent d'Éric et Annie Bidault. Elle si timide et si réservée, tandis que lui est ce qu'on appelle une « grande gueule ». Un bon vivant, très expansif, Éric, jusqu'à en être fatigant, parfois.

Lorsque l'émission avait commencé, elle s'était levée, restant debout, un peu en retrait, dans le dos de son mari. Elle répétait qu'elle était fatiguée et qu'elle voulait aller se coucher, mais il avait insisté pour qu'elle reste avec lui. « C'est du passé, tout ça, viens là ! » lui avait-il dit en tapant sur sa place habituelle sur le canapé pour l'encourager à s'asseoir. Il ne supportait pas de la sentir ainsi derrière lui.

Elle s'est résolue finalement à lui obéir : « Puisque tu insistes », a-t-elle soupiré, et elle s'est discrètement installée à l'autre bout du canapé de toile rouge, usé jusqu'à la corde. Ils ne se sont jamais décidés à le changer, personne ne sait trop pourquoi. « Avec le temps, on s'habitue au pire. » Annie a souvent cette réponse un peu énigmatique, quand ses enfants insistent, pour la centième fois, pour que leurs parents se débarrassent de cette vieillerie.

Puis il avait ajouté d'un ton coupant : « Je n'y comprends rien. Tu n'as pas arrêté de me saouler avec cette émission et maintenant tu ne veux plus regarder ! »

Il lui prend la main et la serre, sans doute un peu trop fort car elle pousse un petit cri. « C'est vrai, Laetitia était un petit ange », renchérit-il.

Il sait bien à quel point cette affaire a bouleversé sa femme. Ils ont traversé tant d'épreuves durant toutes ces années. Quand ils croyaient être enfin sortis du cauchemar, de nouveaux éléments surgissaient, encore et encore, comme une mauvaise herbe.

Annie a souffert, plus que son mari, à l'évidence. Lui a cette chance : les vicissitudes de la vie ont peu de prise sur lui. « La merde glisse sur moi comme l'eau sur les plumes d'un canard », a-t-il coutume de dire.

Et, de la merde, il en a mangé, par tonneaux. Heureusement qu'il est solide, car avec tout ce qu'il a eu à endurer, n'importe qui à sa place aurait pété les plombs. Lui n'a jamais craqué, et c'est là sa force. Il s'est toujours relevé, ne s'est jamais laissé abattre.

Avant, pendant et après la tempête, Éric Bidault a gardé un moral d'acier. Il se dit de temps à autre qu'il a eu de la chance d'avoir cette femme à ses côtés pendant toutes ces années, et se demande comment elle a eu la force d'affronter tout ce qu'on leur a fait subir.

Ils sont mariés depuis vingt-huit ans, elle en avait 18, à l'époque, et Éric a été le seul homme de sa vie. Ils s'étaient connus dans une boum, comme on disait dans ces années-là. Éric n'était pas spécialement beau, mais il faisait rire tout le monde, et elle avait été conquise, aussitôt. Il avait 20 ans et travaillait déjà, il était manutentionnaire dans une papeterie. Plus tard, il avait suivi une formation pour devenir cariste. Il aime bien raconter leur première rencontre, à chaque fois qu'ils se retrouvent avec leurs amis : « Elle était toute menue, comme maintenant. J'ai flashé tout de suite sur ce petit bout de femme et je l'ai draguée. Pourtant, c'était pas mon genre, de draguer les filles. » Là, les copains protestent, ricanent, se moquent... Il lance : « Bande de connards ! », et embrasse sa femme sur la bouche avec vigueur. « Ça vous apprendra ! » conclut-il toujours, déclenchant un éclat de rire général.

Lorsqu'ils se sont mariés à la mairie d'Amiens, Annie était enceinte de Sophia, leur aînée. Mickael est arrivé quelques années plus tard. Le deuxième accouchement avait été difficile et les médecins lui avaient conseillé de ne pas avoir d'autre enfant. Pour elle, deux, c'était déjà bien, mais lui en aurait voulu deux de plus. Il s'était entêté pendant des années avant de renoncer, quand Annie avait fait sa troisième fausse couche. Du coup, il soutenait que deux gosses, c'était le nombre idéal. Elle se rappelle son malaise un jour, lors d'un repas de famille avec ses parents, quand, de but en blanc, il avait déclaré que, au fond, deux, c'étaient moins de soucis que trois. « Et puis s'il y en a un qui meurt, il en restera quand même toujours un ! » Cela avait jeté un froid, d'autant qu'il avait parlé en présence des enfants, mais, devant l'effarement général, Éric s'en était tiré avec un gros éclat de rire : « Allez, c'était pour déconner. Si on ne peut plus rigoler maintenant ! » Puis il s'était rué sur ses enfants pour les couvrir de gros bisous baveux, comme il disait, et s'était mis à raconter des blagues. Il a toujours été connu et apprécié pour ça. Après une ou deux boutades, l'incident était oublié. Typique d'Éric, le champion de la pirouette !

Ils avaient quitté Amiens pour venir s'installer dans un pavillon au Grand-Chêne en septembre 1992. Éric avait trouvé un boulot de cariste dans une entreprise de matériel de sécurité et elle un travail à la cantine des écoles. « On avait besoin de soleil », expliquait-il. Au début, ils étaient locataires, rue Bizet, et lorsqu'une maison avait été mise en vente, au 15 de la rue Mozart, ils avaient saisi l'occasion, n'hésitant pas à s'endetter pour trente ans. Leur pavillon était identique à tous les autres, construit sur une parcelle de cinq cents mètres carrés, avec un grand garage où Éric avait aménagé un établi et un coin pour remiser ses outils de jardin. Entre le garage et la maison se trouvait un patio où ils pouvaient déjeuner à l'ombre. Au rez-de-chaussée une vaste cuisine et un grand salon avec une mezzanine à laquelle on accédait par un bel escalier en chêne, et trois chambres à l'étage. De l'extérieur, il était difficile de distinguer un pavillon d'un autre, seule variait la couleur des murs, « terre de sienne » ou « sable du désert ». Le leur était terre de Sienne, comme celui des

Doussaint, qui se trouvait à l'angle de la rue Gluck. Éric voyait souvent leur gamine passer à bicyclette dans la rue, le samedi, quand il bricolait dans son garage, porte grande ouverte, pour laisser entrer la lumière. Un jour, il l'avait invitée à venir chez eux pour jouer avec leur fille. Sophia était un peu plus petite, mais les deux filles s'entendaient bien et Laetitia était souvent revenue. Il était même arrivé qu'ils la gardent pour la nuit. Parfois, il proposait à la petite et à ses deux enfants de jardiner avec lui.

Les Bidault s'étaient vite intégrés à la vie du lotissement. Annie restait très discrète, presque trop, mais elle était toujours disponible pour rendre service. Éric aurait voulu qu'elle « se lâche », il disait qu'elle n'avait pas l'air de se plaire tellement ici, alors que lui se sentait « comme un coq en pâte ». Mais elle lui assurait que tout allait bien, et il se satisfaisait de ça.

Lui, avec « ses blagues à la con », il faisait rigoler tout le monde, et, quinze jours à peine après son arrivée, il avait été invité à accompagner Vasseur, les frères Doussaint et quelques autres à la chasse. Comme c'était un bon fusil, il avait tout de suite été admis à l'apéro du samedi soir, au Balto, avec des gars du lotissement. Ils se moquaient de « son accent de merde », mais ils adoraient l'entendre raconter des histoires belges en imitant l'accent marseillais. Ils en redemandaient à chaque fois. Au Balto, chacun payait sa tournée, les gars rentraient « pas très frais », et Annie n'aimait pas trop ça. Éric avait été intronisé au « pastaga », on s'en était souvenu longtemps au Grand-Chêne. Ils étaient tous sortis complètement bourrés, et avaient écumé les ruelles du lotissement en chantant des chansons paillardes.

Le reporter revient à l'écran, il marche dans les rues du lotissement et montre les maisons qui ont bien perdu de leur superbe, avec leurs couleurs défraîchies. Il commente, un brin pompeux : *« Le Grand-Chêne était un lotissement paisible, habité par une population de cadres moyens, de fonctionnaires et d'ouvriers. Un quartier sans histoire, dont la vie fut bouleversée à jamais avec ce drame survenu le 14 mars 1994. Il en porte encore les stigmates. »*

« Détends-toi, conseille Éric à sa femme. Je ne t'ai jamais vue aussi énervée. »

Elle se tait, concentrée sur les images.

22 h 32

Simon Doussaint sirote à petites gorgées son troisième whisky de la soirée. Il s'est resservi sous le regard en coin de sa femme, à l'instant où commençait le générique. « À cette cadence, je vais finir bourré ! » ricane-t-il pour lui-même. D'habitude, elle proteste, elle lui reproche de trop boire. Et d'habitude, il lui répond en ajoutant une lampée supplémentaire dans son verre, un geste de défi, histoire de montrer qui est le patron. Alors elle conclut avec un : « Tu vas finir poivrot, mon pauvre Simon. » Mais ce soir-là, elle ne dit rien et il en profite pour remplir son verre. Dès les premières images, il a su que la soirée promettait d'être éprouvante. L'angoisse et la colère liées à la mort de leur petite nièce sont encore terriblement vivaces. Surtout pour Simon. S'il n'avait tenu qu'à lui, il serait allé se coucher directement, il n'a aucune envie de se replonger une fois de plus dans cette histoire. Mais Estelle avait tellement insisté qu'il n'avait pas pu trouver de raison de refuser. Ils avaient dîné rapidement, des restes du déjeuner, sans grand appétit. Il avait vidé consciencieusement son assiette, puis était sorti faire un tour dans le quartier. Il avait besoin de marcher. Depuis trente ans qu'ils vivent ici, cela lui est arrivé si rarement qu'elle s'est étonnée : « Qu'est-ce qui te prend ? » Mais elle n'a pas insisté et, à son retour, elle ne lui a posé aucune question. Elle l'a appelé pour qu'il la rejoigne au salon, et n'a pas dit un mot quand il a sorti un verre et la bouteille de whisky.

Ils sont installés côte à côte dans le grand canapé de cuir blanc qu'ils viennent d'acheter chez Ikéa. Ils se sont endettés, et elle le regrette déjà : le blanc, c'est trop salissant et elle ne parvient déjà plus à enlever les traces de gras qu'il laisse partout. Il a cette fichue habitude de se gaver de chips en regardant la télé.

Sur le canapé, chacun a sa place, lui à droite avec la petite table basse en verre où il peut poser sa bouteille et son verre. Elle, à gauche, avec la même petite table où elle entasse ses revues, « ses trucs à la con de bonne femme », qu'il feuillette parfois d'un air détaché. Elle n'est pas dupe et voit bien la manière dont il s'attarde sur les photos des starlettes à moitié à poil. Elle lui en avait fait la remarque, un soir, mais il ne s'était pas démonté. Il avait continué à reluquer la fille en string, les seins à l'air, et elle l'avait traité d'obsédé. Mais il avait répliqué, brandissant le journal :

« Eh, c'est pas moi qui prends les photos ! Ni qui achète les magazines, hein ? Et dis donc, elle n'a pas l'air très farouche, la demoiselle...

— Tu n'es qu'un sale voyeur ! »

Il n'avait pas cherché à savoir si sa femme plaisantait ou non, et il avait rétorqué en rigolant : « De quoi te plains-tu ? Elles me mettent en super forme, moi ! » Il l'avait attirée contre lui en l'attrapant par les cheveux et elle s'était laissé faire. Elle le traitait toujours d'obsédé, de détraqué, de malade, mais, dans ces moments-là, elle lui appartenait.

Du moins, il en était convaincu.

Il vide son verre d'une longue lampée, guettant une réaction de sa femme, qui ne vient toujours pas. Combien de fois a-t-il eu envie de tout envoyer balader et de la quitter ? Être enfin peinard. Pouvoir se bourrer la gueule sans avoir à supporter ses remarques et ses regards méprisants. C'est pour les gosses qu'il est resté. Deux gosses, c'est une responsabilité. Jamais il ne reconnaîtra que c'est le courage qui lui a toujours manqué pour partir. Jamais il n'avouera non plus qu'il la redoute un peu. Estelle est capable de tout, elle lui aurait fait payer très cher sa décision. Des années durant, il a encaissé ses sarcasmes, ses moqueries, ses piques incessantes, pour tout et n'importe quoi.

Mais aujourd'hui, le temps a passé, et il ne regrette plus d'être resté. Il se dit même ce soir qu'il a bien fait. Qui sait, sans elle, ce qu'il serait devenu ? En dépit de ses attaques et de ses remarques permanentes, sa présence l'a aidé depuis la disparition de sa nièce, pour endurer tout ça. Elle a été son garde-fou, son rempart.

Après le meurtre de Laetitia, il ne se sentait plus capable de rester vivre au Grand-Chêne, et il avait finalement réussi à la convaincre de vendre le pavillon. Ils avaient fait une mauvaise affaire, mais il était tellement pressé de s'éloigner du lotissement. Il avait fini par avoir gain de cause, six ans plus tard, en mai 2000. Ils avaient mal vendu la maison et s'étaient lourdement endettés pour acheter un bel appartement de cinq pièces, dans une rue piétonne du centre-ville. Un rez-de-chaussée très clair, avec un grand jardin.

Après le déménagement, la vie avait repris petit à petit, comme avant. Il était directeur du personnel à la mairie, un poste confortable avec un bon salaire, et elle n'avait pas besoin de travailler. Elle était satisfaite de sa vie de femme au foyer, de pouvoir s'occuper à plein temps de leurs gamins. Et, heureusement, ils arrivent bientôt à la fin de leur emprunt. Bientôt, il en aura fini avec les reproches incessants d'Estelle à ce sujet.

Cette femme est une vraie vipère, se dit-il souvent. Au point qu'il s'est même parfois demandé si la mort horrible de la petite l'avait vraiment touchée. Pendant toutes ces années, elle a continué d'évoquer la mort de leur nièce, avec une impitoyable régularité. Lui, il aurait préféré oublier, mais elle y revenait sans cesse, comme si elle y prenait plaisir. Combien de fois s'était-elle félicitée que le drame les ait épargnés, semblant presque se réjouir de voir partir en lambeaux le couple de son beau-frère ? « Au moins, nous, nous sommes solides, et puis nous avons nos enfants. » Dans les moments où éclatait ainsi sa méchanceté, il fermait sa gueule et la laissait à son triomphe.

Son frère Vincent et sa belle-sœur Nathalie s'étaient séparés deux ans après la mort de leur fille, comme incapables de supporter la douleur de l'autre, en plus de leur propre souffrance. Leurs discussions n'étaient plus que sous-entendus et reproches mutuels. Comment avaient-ils pu laisser leur fille jouer dehors sans surveillance ? Ils l'avaient abandonnée aux mains d'un tueur, et, à présent, elle était morte. Ils l'avaient laissée s'éloigner avec son vélo, seule, et le malheur s'était abattu sur eux. Jamais ils ne pourraient s'en délivrer, c'était comme une cicatrice impossible à refermer. Nathalie avait transformé la maison en mausolée. Les photos de Laetitia occupaient tout un mur du salon. Il était interdit de toucher à la chambre de la petite, où elle s'enfermait pendant des heures. Elle y passait ses nuits, sans parvenir à trouver le sommeil, et elle avait dû être hospitalisée à trois reprises.

Dès qu'il était seul, Vincent revivait chaque détail de cette journée, et il laissait éclater la colère qu'il parvenait à contenir tant bien que mal quand Nathalie était là. Et il vociférait contre la terre entière, et tous ces imbéciles de flics, de gendarmes, de juges. Contre tous ceux qui s'occupaient de l'affaire et qui n'en finissaient pas de merder...

Ils n'avaient pas été capables, non plus, d'affronter ensemble le fait que l'assassin de leur enfant n'ait jamais été arrêté.

Dans les premiers mois après la mort de la fillette, ils avaient tellement voulu croire le juge et les enquêteurs quand ils les assuraient qu'ils avançaient, qu'ils étaient sur le point d'aboutir. Mais l'espoir, qu'ils entretenaient en leur rendant visite quasi quotidiennement, un jour chez le juge, le lendemain auprès des enquêteurs, avait fini par s'éteindre. Vincent s'échauffait très vite, il les menaçait, les traitait d'incapables, disait qu'ils n'en avaient « rien à foutre » que leur fille soit morte. Nathalie les suppliait, pleurait sans pouvoir stopper ses larmes.

Ils avaient fini par lasser les enquêteurs. Les gendarmes puis les policiers qui avaient repris l'enquête ne voulaient plus les voir, refusaient de les recevoir, ne les prenaient même plus au téléphone. Ils avaient tout exploré, les pistes les plus ténues, sans résultat.

Vincent était hors de lui de les voir tous ainsi baisser les bras, de les entendre répéter qu'« il fallait être patient, monsieur Doussaint ». Affirmer qu'« une enquête pareille ne se résolvait pas en un tour de main ».

Puis, quand, cédant à ses demandes répétées, le juge avait dessaisi les gendarmes de l'enquête au profit de la police, Vincent y avait cru de nouveau. Il l'avait dit à son frère : avec eux, ça n'allait pas traîner, il en était sûr. Mais il avait rapidement déchanté, ils étaient aussi incompétents que les autres. Pires, même. « Ils s'en foutent pas mal, que ce fumier soit en liberté. » En désespoir de cause, il avait même écrit au président de la République. Il avait bien reçu une réponse, une lettre standard, sans doute, au ton affreusement impersonnel... Il en avait été si indigné qu'il avait convoqué la presse devant le palais de justice. Là, en présence d'une poignée de journalistes, il l'avait lue à haute voix et l'avait brûlée.

Lui ne pouvait pas renoncer. Nathalie, elle, n'y croyait plus.

Leur vie était un enfer.

Un dimanche matin, sans dire un mot, sans précipitation, elle avait préparé une petite valise et elle était sortie. Elle avait écrit un mot, qu'il avait trouvé, comme abandonné, sur la table de la cuisine : « Je pars. Ma vie ici est trop dure. Je n'espère plus rien. Oublie-moi, s'il te plaît. » C'était quelques jours seulement avant le deuxième anniversaire de la mort de Laetitia.

Vincent avait jeté le mot à la poubelle. Il n'avait pas essayé de la retrouver.

Quelques mois plus tard, il avait quitté Carpentras sans prévenir quiconque. On racontait qu'il revenait parfois se recueillir sur la tombe de sa fille et y déposer un bouquet de roses blanches. Mais ce n'étaient que des racontars. Personne ne l'avait jamais revu. Personne ne savait ce qu'il était devenu. Même pas son frère Simon.

C'est chez eux que Nathalie s'était rendue en premier ce soir-là, quand elle s'était aperçue que sa fille n'était pas rentrée. Il devait être 19 heures, peut-être même 19 h 30. Simon regardait les informations à la télé, un whisky à la main, Estelle s'affairait à la cuisine. Ils l'avaient entendue avant qu'elle ne frappe chez eux, appelant Laetitia, interpellant les rares personnes qu'elle croisait : « Auriez-vous vu une petite fille blonde sur un vélo ? » Elle était entrée sans attendre qu'on lui ouvre, l'air inquiet. Elle espérait qu'elle s'était arrêtée chez sa cousine pour jouer, même si elle n'avait pas vu son vélo à la porte, et avait apostrophé Simon, avec violence :

« Laetitia n'est pas rentrée. Elle est ici ? »

De surprise, il avait lâché son verre, qui s'était répandu sur le tapis, sans se briser, par chance. La première chose à laquelle il avait pensé, c'était qu'il allait encore se faire engueuler par sa femme. Puis il s'était ressaisi :

« Non, on ne l'a pas vue aujourd'hui. Qu'est-ce qui se passe ? »

Il se souvient du regard perdu qu'elle avait eu à cet instant.

« Elle a disparu. Il faut la trouver ! »

Elle avait presque crié. Jamais il ne l'avait vue aussi affolée. Estelle, alertée par le bruit, les avait rejoints. Elle avait saisi sa belle-sœur par les épaules et avait ordonné : « Calme-toi, Nathalie. Dis-nous ce qui s'est passé. »

Une fois encore, Estelle prenait les choses en main.

Nathalie leur avait expliqué que la petite était partie à vélo en milieu d'après-midi, elle voulait aller jusqu'au centre-ville, acheter quelque chose à la papeterie, et elle n'était pas rentrée. Simon avait parlé d'un ton rassurant :

« Oh, elle est partie en vadrouille, elle va revenir ! Où est Vincent ? »

Nathalie avait répondu qu'il était allé voir chez les Lemoual, puis elle avait fondu en larmes, suppliant entre deux sanglots :

« On va la retrouver, hein ?

— Bien entendu », avait affirmé Estelle d'un ton sec. Elle avait donné l'ordre aux enfants, attirés par les éclats de voix, de monter dans leur chambre. « Et sans pleurnicher, avait-elle lancé. On va partir à sa recherche. Simon, sors la voiture. » Tous trois étaient montés dans le break. Dans sa précipitation, Simon avait oublié les clefs. Il avait entendu sa femme siffler : « Quel abruti ! », mais il n'y avait pas prêté attention. Il avait l'habitude, et puis il avait la tête un peu embrumée par les whiskies qu'il venait de boire. Nathalie leur avait demandé de repasser par chez eux. « Si ça se trouve, elle est rentrée », espérait-elle. Mais elle n'était pas là, et Vincent non plus.

Puis ils avaient tourné dans le lotissement, s'arrêtant chez toutes les copines de la petite. Là non plus, personne ne l'avait vue de la journée.

« On me l'a enlevée ! s'était soudain écriée Nathalie, comme frappée par une évidence.

— Ne dis pas de bêtises. On va la retrouver, je te le promets, avait répliqué Estelle d'un ton ferme.

— Non... »

Simon n'a jamais oublié ce « non » prononcé dans un souffle, d'une voix terrifiée, comme si Nathalie avait déjà pressenti le pire.

Ils avaient roulé jusqu'à la ville au ralenti, demandant à tous ceux qu'ils croisaient ou doublaient s'ils avaient aperçu une petite fille blonde à bicyclette. Mais personne ne l'avait vue. Quand ils étaient arrivés chez le papetier, celui-ci était en train de baisser son rideau de fer. Lorsqu'il leur avait appris qu'elle n'était pas passée à la boutique et qu'il ne l'avait pas vue, lui non plus, la panique avait commencé à les gagner. Sa dernière phrase, « elle ne doit pas être bien loin », avait sonné dans le vide.

C'est alors qu'Estelle avait déclaré : « Il faut aller à la gendarmerie. » En entendant ces mots, Nathalie avait poussé un petit cri puis elle s'était mise à répéter sur un ton implorant : « Pourvu qu'il ne lui soit rien arrivé ! Il n'a rien pu lui arriver, n'est-ce pas ? »

Estelle avait posé sa main sur son épaule d'un geste protecteur en assurant d'un ton ferme : « On va te la retrouver, et elle sera quitte pour une bonne engueulade ! » Nathalie avait respiré profondément pour se calmer, puis elle avait renchéri : « Ça, pour se faire engueuler, elle va se faire engueuler ! », puis elle leur avait demandé de retourner à la maison : « Peut-être qu'elle est revenue, maintenant. » Mais ils n'avaient trouvé là que Vincent, totalement désemparé. Il répétait : « Où est ma petite ? Où est-elle ? » Il tremblait tellement qu'Estelle, d'un ton brutal, lui avait ordonné de se calmer. « Ce n'est pas en t'énervant comme ça que tu vas la retrouver, ta fille. »

Il était monté à l'arrière de la voiture et Simon avait foncé à la gendarmerie. Là, on les avait écoutés avec la plus grande attention, et un grand type mince, « sans doute le chef », avait pensé Simon, avait dit qu'ils prenaient immédiatement les choses en main. « Rentrez chez vous. On se retrouve au Grand-Chêne. »

Au moment de remonter dans la voiture, Nathalie s'était plantée devant Simon, toujours suppliante :

« Elle n'est pas morte... Dis-moi qu'elle est vivante, Simon ! »

Depuis qu'il avait quitté son pavillon, Simon n'avait pas prononcé une parole, s'appliquant à travers le léger brouillard de l'alcool à suivre les consignes que lui donnait sa femme.

« Bien sûr que non. »

Personne n'avait relevé l'ambiguïté de sa réponse.

LUI, 22 h 33

Ces lieux, les ruelles mal entretenues, et la route qui s'éloigne du Grand-Chêne en direction de Carpentras, il les reconnaît parfaitement. Ils ont pourtant bien changé, dix-neuf ans plus tard.

« *C'est probablement ici*, dit le journaliste, *que la petite Laetitia a été enlevée. Nous avons retrouvé madame Vidot, qui vit toujours au 29 de la rue Maurice-Ravel. Germaine Vidot est la dernière personne à avoir vu l'enfant vivante, à l'exception du tueur. La pluie menaçait et il y avait peu de monde dans les ruelles.* »

La vieille dame fait face à la caméra et raconte : « *J'étais à ma fenêtre et je l'ai vue passer, sur son vélo. Il devait être un peu plus de 17 heures. Elle m'a fait un petit signe de la main, très vite, pour ne pas lâcher le guidon trop longtemps ! Une petite fille si polie, elle disait toujours bonjour. Elle était si mignonne. Quel malheur, pauvre petit ange !* »

Tout l'après-midi, il avait surveillé le ciel. Il avait passé la journée à jardiner et voulait en avoir fini avant que l'orage éclate. Les nuages venus de l'est formaient une barrière noire au-dessus du col du Comté. Si le vent continuait à les pousser, ils seraient bientôt sur eux. Il s'en souvient parfaitement, sa femme lui avait demandé pourquoi il sortait alors qu'il allait pleuvoir. Il allait chercher *L'Équipe*, lui avait-il répondu, et faire un tour, il avait besoin de se détendre, il ne rentrerait pas tout de suite. Elle avait hoché la tête d'un air entendu. « Oui, faire un tour au café, je suppose. Tu vas encore te mettre minable avec tes copains, cette bande d'alcooliques. »

Ce serait encore une de ces soirées où il rentrait juste à temps pour se mettre les pieds sous la table, imbibé d'alcool. Ces soirs-là, il était privé de vin ou de bière. « Tu as assez bu comme ça. » C'était vrai, d'ailleurs, après s'être enfilé quatre ou cinq pastis (quand ce n'était pas du Jack Daniel's...), il puait l'alcool à plein nez. Il avait beau mastiquer plusieurs chewing-gums à la menthe sur le chemin du retour, c'était peine perdue. Elle avait ce regard méprisant des épouses qui se demandent comment elles peuvent encore supporter cela.

« Oh, ma chère petite femme s'inquiète pour ma santé ! » plaisantait-il sans conviction. Mais il obéissait.

Il avait aperçu la petite sur son vélo, à la sortie du lotissement. Il était derrière elle, au volant de sa voiture, et suivait le même chemin. Le grand vent précurseur d'orage avait soulevé sa petite jupe rose et il avait vu ses jambes découvertes, jusqu'à sa culotte blanche. Elle s'était retournée à plusieurs reprises pour regarder la voiture qui la suivait de si près, et, lorsqu'elle l'avait reconnu, elle lui avait souri et lui avait fait signe de doubler en lâchant son guidon d'une main, d'un geste mal assuré. Le petit vélo avait zigzagué sur la chaussée étroite. Elle avait sans doute eu peur de tomber, car elle avait freiné et s'était arrêtée sur le bas-côté de la route. Il allait la dépasser, mais il avait stoppé à sa hauteur pour lui demander où elle allait. À ce moment, une voiture surgie en sens inverse les avait croisés en trombe, et il avait pesté avec conviction contre ces chauffards qui ne respectaient pas les limitations de vitesse.

« Il faut que tu fasses bien attention sur la route, lui avait-il recommandé. Les gens conduisent comme des fous ! » Il lui avait redemandé ce qu'elle faisait là, et elle avait répondu qu'elle devait aller acheter des crayons de couleur en ville. Il l'avait mise en garde contre l'orage qui menaçait, mais elle avait haussé les épaules et était remontée sur son vélo, exhibant une nouvelle fois sa petite culotte. Il n'avait pas pu résister au plaisir de regarder. Peut-être s'en était-elle aperçue, car elle avait ramené sa jupe sur ses cuisses maigres. Il s'était éloigné en lui faisant un petit signe de la main, qu'elle lui avait rendu avec un superbe sourire. Il avait continué à avancer lentement, sans pouvoir détacher les yeux du rétroviseur. Le vent soulevait sa jupe. Il ne voyait que le blanc de sa culotte, posée sur la selle. Quelques grosses gouttes de pluie avaient commencé à s'écraser sur le pare-brise et il avait mis en marche les essuie-glaces. Mais celui du pare-brise arrière ne fonctionnait pas, et, bientôt, l'image de la gamine à vélo n'avait plus été qu'une tache minuscule dans son rétroviseur latéral couvert de pluie.

Elle avait disparu de sa vue dans un virage. Alors, poussé par l'envie de la voir à nouveau, il s'était engagé sur une petite route qui serpentait au milieu des champs, no man's land de terres cultivées et de petits bois qui séparait le lotissement de la ville sur un kilomètre environ. Il savait qu'elle prendrait cette route, un raccourci tranquille que personne n'empruntait jamais, et il s'était arrêté là, pour l'attendre. Il lui avait semblé patienter si longtemps qu'il avait craint que la pluie ne lui ait fait faire demi-tour. Mais non. Il avait souri quand il avait vu déboucher du virage, la tête baissée, sa jupette rose flottant au vent.

Il avait descendu la vitre quand elle était arrivée à sa hauteur. Sa petite jupe était maintenant collée par la pluie à ses cuisses maigrelettes, mais cela ne paraissait pas la décourager, elle n'était plus très loin, lui avait-elle répondu quand il lui avait proposé de la déposer en ville. Le vent avait encore rabattu sa jupe et il avait insisté, d'une voix calme pour cacher l'excitation qui le gagnait : « Tu vas être trempée et tu vas attraper mal, avait-il dit gentiment. Si tes parents savent que je t'ai laissée comme ça sous la pluie, ils vont m'en vouloir, ils n'auraient jamais dû te laisser sortir, avec ce temps ! » Le ton de sa voix, si doux, avait rassuré la petite fille. « Mes parents, tu les connais, ils sont cool, et puis ça ne risque rien, lui avait-elle répondu de sa petite voix tendre.

— C'est vrai, avait-il approuvé, le quartier est calme et les petites filles à bicyclette sont en sécurité. »

Elle l'avait aidé à ranger son vélo dans le coffre du break Toyota et elle s'était installée, toute contente de pouvoir monter à l'avant, sans prendre garde à sa jupette remontée sur ses cuisses. Il ne parvenait pas à en détacher ses yeux, et elle avait dû finir par s'en rendre compte, car elle était redevenue nerveuse, et lui avait dit qu'elle voulait continuer à vélo, dissimulant de son mieux un petit tremblement. Il avait répondu un peu trop sèchement qu'il pleuvait de plus en plus fort et qu'il allait la déposer chez le marchand de couleurs. « Tu rentreras à vélo ! » Aux mots de « marchand de couleurs », elle avait eu un petit sourire interloqué. Elle ne savait pas qu'on appelait comme ça les magasins de fournitures. Il lui avait expliqué que l'on disait cela quand il était petit, mais l'expression avait disparu. Elle avait répété plusieurs fois « marchand de couleurs », et l'ambiance s'était détendue dans la voiture. Comprenant qu'elle avait besoin d'être rassurée, il s'était mis à l'interroger sur l'école et à la féliciter, elle avait eu une bonne note en récitation. Il roulait lentement et avait pris à droite un chemin de terre, en lui expliquant que c'était un raccourci et qu'ils seraient plus vite arrivés. Ils avaient encore ri quand il lui avait demandé de décrire l'élève le plus vilain de sa classe. « C'est une fille ! » s'était-elle exclamée.

Mais elle avait recommencé à s'inquiéter lorsqu'ils étaient entrés dans le bois. Elle avait dit : « Ce n'est pas la bonne route. » Elle avait un regard apeuré et elle tremblait. Et lorsqu'il avait dû stopper sa voiture, vaincu par les herbes hautes qui l'empêchaient de continuer, elle s'était vraiment affolée. D'un coup. Elle s'était mise à crier de toutes ses forces, le suppliant de la laisser partir. Il n'avait pas tenté de la calmer. Au contraire, il l'avait frappée si fort que sa tête était allée heurter la vitre. Sa jupe était remontée sur son ventre, découvrant sa petite culotte blanche. Il la lui avait arrachée et l'avait approchée de son visage, il avait besoin de sentir son odeur. Elle saignait un peu sur le front et elle hurlait toujours. Il avait ouvert la portière de son côté et l'avait entraînée avec lui dehors, sur le sol humide. Sous son poids, elle était incapable de bouger, mais elle criait toujours, malgré sa peur. Une peur si palpable, avec ses cris, cela démultipliait sa rage. Mais qui aurait pu l'entendre ici, si loin de tout et de tous ?

Après, il avait jeté son vélo dans la Durance. Il y est probablement toujours, entraîné plus loin, au gré du courant, tout rouillé... Curieusement, personne n'avait jamais pensé à sonder la rivière, pourtant, les enquêteurs l'avaient cherché un peu partout. C'était un indice de taille. Mais on ne l'avait pas retrouvé sur les lieux du crime.

Il avait vérifié que le sang de la gamine n'avait pas souillé ses vêtements et ses chaussures. Pas une tache. Seulement de la boue, surtout sur les genoux et les coudes, mais, comme il avait travaillé au jardin toute la journée, il s'était persuadé que sa femme n'y verrait rien d'anormal. Au moment de rentrer dans sa voiture, il avait eu un doute, il lui était revenu soudain que, en se débattant, la gamine lui avait attrapé les cheveux. Il était revenu auprès d'elle. Bien lui en avait pris : elle tenait dans sa main refermée quelques cheveux bruns. Il avait écarté les petits doigts et avait enfoui la mèche dans sa poche. En hâte, il avait replacé les branchages sur le petit corps dénudé. Il était remonté en voiture et s'était engagé sur le chemin boueux en marche arrière.

Peu à peu, roulant avec prudence sur l'étroite route de Carpentras, il avait repris le contrôle de lui-même. Il n'avait croisé qu'une seule voiture, immatriculée 33, Bordeaux, pas des gens du coin...

Il était allé directement rejoindre ses copains au café où ils avaient l'habitude de se réunir tous les samedis, en fin d'après-midi. Son absence aurait intrigué.

Quand il était arrivé, il avait l'esprit apaisé. Il se sentait sûr de lui, personne ne l'avait vu et il n'avait rien laissé derrière lui. Le corps de la gamine était bien caché et il était certain qu'il faudrait du temps avant qu'il soit découvert.

Il éprouvait un sentiment de toute-puissance, n'envisageant pas une seconde le bordel qui allait suivre.

Ses potes, pour la plupart des voisins du Grand-Chêne, les mêmes avec lesquels il allait ensuite participer aux recherches, finissaient déjà la première tournée. « Vous avez commencé sans moi, bande d'ivrognes ! » avait-il lancé avec son ton jovial habituel. Martial lui avait répondu qu'il ne perdait rien pour attendre et avait fait mine de lui servir un pastis. Mais il l'avait arrêté d'un geste :

« Stop ! Aujourd'hui, je vais prendre un baby !

— Eh bien, c'est la fête, on dirait ! » s'était exclamé Balmont.

Il avait vidé son verre d'un trait, inhabituellement content de lui-même.

Puis, comme tous les samedis, ils avaient fait leur loto.

Il avait déjà gommé l'épisode avec la gamine, comme s'il n'avait été qu'une parenthèse, un vague incident. Une faute passagère, à oublier rapidement. Il avait siroté son second whisky à petites gorgées. Là, en cette fin d'après-midi avec les copains, il n'avait ressenti aucune culpabilité.

C'est ainsi.

Il était tard. L'un des gars avait dit qu'il devait rentrer parce qu'il allait avoir des ennuis « avec la patronne ». Ils s'étaient foutus de lui, mais ils avaient compati, ils avaient tous une mégère à la maison, qui n'aimait pas les voir traîner au bistrot.

« Nous sommes des hommes battus », avait rigolé Martial.

Il était rentré au lotissement avec Balmont, qui avait eu le mauvais goût de lui dire qu'il s'en tirait à bon compte, car il n'avait pas eu le temps de payer sa tournée.

Sa femme guettait son retour et, comme à l'accoutumée, elle s'était approchée pour vérifier s'il sentait l'alcool. Ce n'était pas dans ses habitudes, mais, ce soir-là, il l'avait envoyée balader : « OK, j'ai pris l'apéro avec les copains. Et maintenant tu arrêtes de me casser les couilles. » Elle s'était arrêtée un instant, surprise, puis l'avait traité d'ivrogne, avant de lui tourner le dos pour regagner sa cuisine.

Il se souvient que, ce soir-là, il était totalement indifférent à ce que pouvait penser sa femme. C'était la même ritournelle tous les samedis, de toute façon ! Avant de se laisser tomber sur le canapé, il s'était servi un autre whisky. En criant en direction de la cuisine : « À la tienne ! »

Plus tard dans la soirée, quand ils s'étaient retrouvés devant le Grand-Chêne, Balmont lui avait dit qu'il s'était fait « avoiner comme il faut » par sa femme. Il lui avait répondu que lui, il avait fermé son clapet à la sienne, et ils avaient rigolé. Mais ils s'étaient tus rapidement, un peu embarrassés, en voyant les regards graves qui se posaient sur eux.

Les gendarmes les avaient séparés en groupes de dix. Le capitaine avait étalé une carte d'état-major sur le sol et, à la lumière de sa lampe torche, il avait réparti les zones à inspecter. Lui s'était retrouvé dans le groupe qui devait fouiller les champs et les petits bois. Juste là où gisait la gamine. « Restez groupés et avancez lentement, leur avait expliqué le capitaine. Ne discutez pas, soyez concentrés et cherchez le vélo. » Il les avait mis en garde : « La nuit sera dure, bon courage, messieurs ! »

De ce début de nuit, il conserve le souvenir de la fébrilité générale, de l'affolement des parents de l'enfant. Il ne se souvient pas en revanche de l'équipe de télé et des photographes qui, déjà, avaient été prévenus et se mêlaient aux groupes. Ils étaient aux premières loges quand le corps avait été découvert, à l'aube du lendemain.

Le reportage montre à présent un groupe d'hommes poussant des cris de haine. *« À mort ! »* Il se souvient d'avoir hurlé avec les autres.

Il se voit soudain apparaître à l'écran. Il a été filmé avec la petite foule de voisins et de curieux, au moment où, entourés de journalistes, ils regagnaient à pied le lotissement.

Il s'entend dire : « Il faut que ce fumier paie pour ce qu'il a fait. »

Et il entend sa femme : « Quelle détermination ! Tu n'y allais pas par quatre chemins, à l'époque, hein ? » Et comme il reste muet, elle insiste : « Tu veux toujours que ce fumier paie ? »

Le téléphone posé sur la table basse sonne. Il décroche. C'est sa fille.

« Hé, papa, tu passes à la télé !

— Tu as vu comme j'étais beau ?

— Tu l'es toujours, mon papounet.

— Menteuse ! Je suis un vieux monsieur, maintenant.

— Moi, je t'aime et tu n'es pas vieux ! »

Il a un sourire de contentement : « Moi aussi, je t'aime, ma puce », et il raccroche. Il découvre le regard interrogateur que lui lance sa femme et explique :

« Elle est vraiment adorable, ma fifille.

— Notre fille, rectifie-t-elle. Qu'est-ce qu'elle voulait ?

— Me dire que j'étais beau !

— Vraiment ? Ça date... »

Elle lui prend l'appareil des mains et le replace sur son socle. Il voit qu'elle est agacée, elle a l'air nerveuse. Il se demande un instant ce qu'elle a en tête. Bah ! à la réflexion, il s'en moque.

Il pense à autre chose. « Qu'est-ce qu'elle dirait, ma fille, si elle savait ce que son père a fait ? » Il sourit malgré lui à cette idée. Dix-neuf ans. C'est si loin tout ça.

ELLE, 22 h 34

Pourquoi sourit-il ?

Où trouve-t-il la force de plaisanter avec leur fille, tandis qu'il a sous les yeux le récit répugnant de sa vie ?

Est-il à ce point insensible, ou dissimule-t-il sous cette carapace d'indifférence joviale de la peur et du désarroi ? En revivant la mort de la petite Laetitia, éprouve-t-il ne serait-ce qu'un brin de remords ?

Elle n'a pas les réponses à ces questions qui l'assaillent. Elle le regarde. Il est tranquille, bien calé dans son coin de canapé, la tête posée sur un petit coussin brodé, les pieds étendus sur le pouf de cuir qu'ils ont rapporté d'une semaine de vacances au Club Sangho, à Marrakech. Quinze ans déjà... Ils étaient partis avec les enfants et elle avait tout aimé dans ce séjour : les jeux dans les toboggans de la piscine, le concours de pétanque qu'il avait failli remporter, les promenades dans les souks, ses marchandages à n'en plus finir, les plats de poissons grillés dégustés sur cette grande place dont elle a oublié le nom, et même une promenade en calèche. Et tant de petits instants de bonheur qui avaient réussi à lui faire aimer cet homme, ce mari, ce père, gai, attentif, curieux de tout. Une de ces parenthèses qui lui faisaient oublier un temps qu'elle soupçonnait cet homme d'avoir violé et tué une enfant.

Le retour au Grand-Chêne n'en avait été que plus douloureux lorsque les interrogations l'avaient à nouveau assaillie... Depuis dix-neuf ans, elles ont pourri sa vie.

La certitude n'est venue que bien plus tard.

Elle écoute d'une oreille lointaine la suite du reportage, elle repense à ce que vient de dire leur fille. Était-il beau, autrefois ? Sûrement, mais ce n'est pas ça qui lui avait plu d'entrée, lorsqu'ils s'étaient rencontrés, il y a une trentaine d'années. Elle avait succombé à sa fragilité, sa façon de lui dire : « Je t'aimerai toujours. » Après avoir fait l'amour, il la serrait fort, racontant ce que serait leur vie ensemble. Elle le croyait et elle était si heureuse. Malgré tout, il lui arrive d'avoir encore la nostalgie de ces souvenirs-là.

Mais, ce soir, ils lui donnent la nausée.

Son regard revient sans cesse au téléphone posé sur la table en verre du salon. Elle s'impatiente : pourquoi n'appelle-t-il pas ? Elle se demande quelle sera la réaction de ce monstre quand le commissaire lui crachera la vérité ? Va-t-il s'énerver, nier, l'envoyer balader, accuser le coup ? S'affoler, enfin, ou garder son sang-froid et jouer l'indifférence, comme à son habitude ?

Elle voudrait tant que tout soit terminé.

Elle ne vit plus que par le pacte qui les unit, elle et ce flic.

Tout avait commencé ce mardi de novembre, l'année passée. Le mardi 13, à 12 h 53, précisément. L'heure est arrêtée dans sa tête, l'heure d'un tournant dans sa vie.

Ils s'étaient croisés sur le boulevard Saint-Roch, à Avignon. Par hasard, c'est du moins ce qu'elle a prétendu.

Depuis trois jours, sa conviction était faite : elle avait trouvé la preuve de la culpabilité de son mari. La preuve qui lui manquait pour effacer ses doutes et établir sa certitude, celle qu'elle craignait de découvrir un jour.

Et ce jour était venu. Elle avait eu besoin d'un marteau pour remettre d'aplomb le pied d'une chaise. D'ordinaire, c'est lui qui se chargeait de ce genre de choses, mais, tout en sachant qu'il n'aimait pas qu'elle fouille dans son atelier, elle n'avait pas voulu attendre son retour. Elle était allée chercher l'outil dans son établi. Le tiroir avait résisté, elle avait forcé et le sachet s'était détaché.

Il était scotché dessous, un sachet en plastique, qui contenait une série de photos et de coupures de presse, soigneusement rangées. Il avait fallu ce hasard pour qu'elle tombe dessus, mais était-ce bien le hasard ?

Sur les photos, on voyait la petite, toute mignonne, avec ses petites jupes courtes qui laissaient voir ses jambes maigres. Elle s'était demandé comment elles avaient pu arriver là, incrédule, puis avait réalisé que ces images ne pouvaient être conservées que par un pervers, comme un trophée. Et ce pervers, c'était son mari. Un malade. Pédophile. Assassin. Soudain, elle était face à l'évidence.

Elle avait passé les journées suivantes anéantie,

pleurant en cachette, se faisant violence pour donner le change. Elle s'était torturée pour trouver une issue. Le dénoncer ? Cent fois, elle s'était imaginé se rendant au commissariat avec l'enveloppe, annonçant : « Regardez ce que je viens de trouver. J'ai la preuve que mon mari est le meurtrier de Laetitia Doussaint. Arrêtez-le, c'est un monstre ! »

L'aurait-on crue ? Malin comme il est, il s'en serait sorti. Il s'en sortait toujours. Mais sa vie, leur vie aurait été détruite.

Il lui fallait de l'aide. Et le dimanche soir, incapable de trouver le sommeil, allongée à côté de lui qui ronflait déjà, elle avait pensé au commissaire. Il fallait qu'elle le voie.

Elle ne lui parlerait pas tout de suite de sa découverte. Elle testerait, d'abord, ensuite, peut-être, si, ensemble, ils étaient sûrs de pouvoir le faire tomber.

Elle avait fait le trajet jusqu'à Avignon pour aller guetter Bouvard le lundi, un peu après midi, se postant à proximité du commissariat dans l'espoir de le voir sortir pour déjeuner. Ce jour-là, elle n'avait pas osé l'aborder, et l'avait regardé marcher jusqu'au bar du Novotel où, visiblement, il avait ses habitudes. Elle était restée assise dans un coin, le plus loin possible, l'observant tandis qu'il avalait un sandwich et une bière. Très vite, il était retourné au bureau, elle ne s'était pas montrée. Toute la nuit, elle s'était reproché son hésitation et, le lendemain, elle était allée à sa rencontre. Déterminée, cette fois.

Comme elle l'espérait, il l'avait reconnue immédiatement, et c'est lui qui l'avait saluée le premier. Elle avait feint la surprise, lui s'était étonné de la trouver là.

Elle avait expliqué qu'elle avait rendez-vous, chez un médecin, un peu évasive, mais il n'avait pas cherché à en savoir davantage.

Il avait demandé des nouvelles de son mari et de l'ambiance qui régnait au Grand-Chêne. Ils avaient parlé des enfants, il avait même évoqué sa retraite proche.

« À quelle heure avez-vous rendez-vous ? » avait-il fini par demander.

Elle avait improvisé :

« Dans une demi-heure.

— Ça nous laisse le temps d'aller prendre un café ? Je vous invite ?

— Je n'en bois jamais, un jus d'orange, plutôt.

— Va pour un jus ! »

Un peu fébrile, elle s'était laissé entraîner au Novotel.

Sans se concerter, ils s'étaient dirigés vers le fond de la salle, là où personne ne pouvait les voir ni les entendre. Et à peine étaient-ils assis que, sans préambule, sans qu'elle ait besoin d'y faire allusion, il avait reparlé de l'affaire. Il avait évoqué les années obsédantes qu'il avait passées à tenter d'élucider ce meurtre, et s'était tu quand le serveur était venu prendre leur commande. Silencieux, ils avaient attendu que le garçon revienne avec un café serré et une orange pressée.

Elle avait bu une gorgée, puis elle avait pris la parole :

« Moi, je pense qu'on ne résoudra jamais cette affaire. C'est trop tard.

— Il n'est jamais trop tard ! » La réponse avait jailli, comme un cri du cœur. « Je n'ai pas abandonné. Un jour, je trouverai. Ensuite seulement, je partirai à la retraite. Pas avant ! »

Cette assurance était ce qu'elle voulait entendre : ce flic était l'allié dont elle avait besoin. Mais elle n'en avait pas dit plus ce jour-là, elle voulait avancer prudemment, sans se précipiter. Voir s'il avait des pistes sérieuses, des suspects, ne pas lui parler tout de suite de son mari. Mais elle avait laissé apparaître son trouble, et son intérêt pour ses recherches.

Elle avait regardé sa montre.

« J'aurais bien aimé continuer de parler de tout ça avec vous, mais il faut que je parte. »

Il s'était levé tout en laissant un billet sur la table. Une fois sortis, au moment de prendre congé, il lui avait proposé de se revoir pour discuter.

« Après tout, vous avez suivi cette affaire de près, faire le point avec vous me permettrait peut-être d'avancer.

— Je viens rarement à Avignon, avait-elle objecté.

— Cela ne me pose aucun problème de venir à Carpentras. »

Elle avait accepté aussitôt, parvenant tout juste à dissimuler son empressement. Ils s'étaient donné rendez-vous le jeudi suivant à 17 heures au café de France, sur l'avenue de Verdun.

Elle connaissait.

Tous deux s'étaient séparés avec un sentiment de satisfaction. Elle avait établi le contact, et lui, persuadé qu'elle en savait plus qu'elle ne le lui montrait, avait vu soudain dans cette femme son ultime chance.

Après sa rencontre avec Bouvard, elle n'avait pu s'empêcher de glisser quelques allusions à son mari.

« Pourquoi me parles-tu de cette histoire ? » s'était-il étonné, l'air agacé. Elle n'avait pas pris le risque d'insister, et, à la première occasion, était allée vérifier que le paquet était toujours là, bien scotché sous le tiroir. Comment ferait-elle pour montrer les photos au commissaire sans qu'il se doute de rien ?

Elle était si impatiente qu'elle était arrivée au rendez-vous avec vingt minutes d'avance. Lui avait franchi la porte à 17 heures pétantes.

D'entrée, il lui avait parlé du délai de prescription :

« Cela va faire vingt ans que le crime a été commis. Dans quelques mois, il y aura prescription, et personne ne pourra plus rien faire, avait-il soupiré.

— Mais c'est affreux !

— Je sais, mais c'est la loi. Si aucun élément nouveau n'intervient, ce type sera définitivement hors d'atteinte. »

Cette nouvelle lui avait fait l'effet d'un électrochoc.

« Ça n'est pas possible, il ne faut pas que ce monstre s'en tire, commissaire.

— Croyez-moi, je fais le maximum depuis des années pour que cela n'arrive pas. Je n'ai pas renoncé, mais il faudrait que quelque chose se passe, que l'on trouve quelque chose de nouveau... »

D'une voix sourde, hésitante, elle avait demandé :

« Vous avez des suspects ?

— Bien sûr, deux ou trois, toujours les mêmes... »

Puis il a ajouté, d'un ton presque détaché : « Votre mari... Pour moi, il fait toujours partie des suspects.

— Mon mari ?

— Oui, je sais que cela doit être difficile à entendre.

— Pourquoi lui ? Il n'y a rien contre lui.

— C'est vrai, je n'ai aucune certitude, aucune

preuve, vous avez raison. Vous pouvez m'aider à le rayer de la liste. Au moins, j'aurai la conscience tranquille sur son cas, je pourrai refermer son dossier. » Puis, après quelques secondes de réflexion : « Et vous aussi. Ce n'est pas bon de rester dans le doute. »

Elle aurait dû protester, s'indigner : « Je n'ai aucun doute, de quoi parlez-vous ? »

Mais elle s'était tue, comme vaincue, soumise. L'air au bord des larmes.

Ils n'étaient pas allés plus loin, ce jour-là.

Mais il n'avait pas eu de mal à la convaincre d'accepter un troisième rendez-vous, dès le jour suivant. En réalité, elle ne tenait plus que sur l'espoir d'en finir avec ce cauchemar.

Le lendemain, elle lui avait fait part des doutes qui ne l'avaient jamais totalement quittée.

« Mais c'est impossible, ça ne peut pas être lui », répétait-elle.

Finalement, le commissaire Bouvard avait posé sa main sur la sienne.

« Regardez-moi », avait-il ordonné avec douceur.

Elle avait levé les yeux. Ils étaient restés muets quelques secondes, puis il avait pris la parole, d'un ton à la fois ferme et amical : « Je comprends vos interrogations. Je me pose les mêmes questions, depuis des années. Il est temps d'y mettre fin, non ? »

Et son « oui » avait sonné comme une promesse. Un engagement.

La semaine suivante, les yeux embués, c'est elle qui la première avait déclaré :

« Je sais que c'est lui. »

Il avait simplement répondu :

« Moi aussi. J'en ai toujours eu la certitude. »

Alors elle avait sorti deux photos de son sac.

« J'ai trouvé ça dans une pochette, scotchée sous le tiroir de son établi. Je n'ai pris que deux photos, et j'ai remis la pochette à sa place, pour qu'il ne remarque rien. Mais il y en a d'autres. Une dizaine, des photos de la petite, je ne sais pas d'où elles viennent », avait-elle expliqué dans un souffle.

Le commissaire avait longuement considéré les photos, avec une attention extrême. Puis il avait réfléchi, l'air profondément absorbé, avant de conclure :

« Oui, pas de doute, c'est donc bien lui. »

Son cœur s'était emballé. Elle ne pouvait plus reculer.

Elle a demandé en le regardant droit dans les yeux :

« Que fait-on maintenant ?

— Le juge ne suivra pas. Ces photos, eh bien... ça n'est pas une preuve. Alors, oui, que fait-on maintenant ? Nous ne le lâchons plus. Nous allons le faire craquer ; ensemble, nous réussirons. Je vous le promets. »

Elle l'avait cru. Et ce jour de novembre, elle avait eu le sentiment de conclure un véritable pacte : s'allier pour confondre l'assassin de Laetitia Doussaint.

Ils s'étaient revus régulièrement, avant-hier encore, toujours, à l'abri des curieux, dans l'arrière-salle du café de France.

Le commissaire voulait qu'elle connaisse l'affaire dans ses moindres détails. Il venait avec ses dossiers.

Ils parlaient peu, il la laissait lire à son rythme, il ne tentait jamais de la brusquer, souvent même il s'absentait un moment. Elle s'imprégnait des faits, pas à pas. Il revenait une demi-heure plus tard, prenait rapidement un café, répondait à quelques questions, et ils fixaient un nouveau rendez-vous.

À chaque entrevue, sa conviction se renforçait.

« Mais comment allons-nous nous y prendre pour le faire avouer ? le pressait-elle constamment.

— Encore un peu de patience, nous devons être sûrs de nous », répondait-il, inlassablement.

Enfin, quelques semaines plus tôt, il lui avait parlé avec animation d'une émission qui allait bientôt passer à la télé, entièrement consacrée à l'affaire.

« Il faudra qu'il la regarde avec vous, avait-il dit. C'est ce soir-là, quand il se retrouvera confronté à l'horreur de ce qu'il a fait, avec le recul des années, qu'il se trahira. »

Il lui avait ensuite expliqué ce qu'il attendait d'elle le soir de la diffusion. Était-elle toujours prête à le suivre ?

Son « oui » avait été massif et, pour la première fois depuis qu'ils complotaient, ils avaient échangé un sourire.

Lorsqu'ils s'étaient séparés, il avait répété sa promesse faite des semaines plus tôt : « Ensemble, nous réussirons. »

Ce soir, tandis qu'elle observe le petit sourire en coin de son mari, elle se dit qu'elle ne regrette rien. Bientôt, elle sera délivrée de ce monstre. Un puissant sentiment de soulagement s'empare d'elle, brutalement. Exaltant.

Presque une bouffée de bonheur. *Comment ai-je pu être aussi lâche ?*

Elle songe à ses enfants, qui aiment tant leur père. Comment réagiront-ils quand ils sauront ? Lui pardonneront-ils sa trahison ? Comment vivront-ils face à cette humiliation ? A-t-elle le droit de leur imposer son choix ? Aujourd'hui encore, dans les dernières heures de ce dimanche paisible passé en famille, en les voyant si heureux avec leur père, toutes ces questions reviennent la torturer.

Il regarde la télé, imperturbable, simple spectateur de cette tragédie. Il est si concentré sur le reportage qu'il ne voit pas l'implacable résolution qui s'installe sur le visage de sa femme.

Les enfants sont grands, désormais. Il faudra qu'ils acceptent l'inacceptable.

Non, elle ne reculera plus. Même pour eux.

22 h 35

«La dépouille martyrisée de la petite Laetitia Doussaint a donc été découverte par ces hommes au petit matin du 15 mars 1994.» Encore les mêmes mots dans la bouche du commentateur, comme par plaisir morbide, ou pour combler le vide...

Sur l'écran reviennent les photos prises par Guillaume Trochet, le reporter de *La Provence*. *«Depuis, malgré tous les efforts déployés, son assassin n'a jamais été démasqué. Et pourtant, nombreux ont été les suspects. Mais à ce jour, aucune piste n'a donné de résultat.»* Le commentateur ajoute d'un ton satisfait : *«Cependant, l'émission de ce soir devrait permettre non seulement de relancer cette dramatique affaire, qui ne peut et ne doit pas être oubliée, mais aussi d'aider, enfin, à la résoudre.»*

«Il paraît bien sûr de lui, ce garçon, commente Aliette.

— Tu connais les journalistes, répond Hervé Lemoual. Ils cherchent toujours le sensationnel. Ils se croient plus malins que tout le monde...

— Tu penses qu'ils pourraient encore trouver, toi, Hervé ?»

Son ton est presque inquisiteur.

« Vaudrait mieux oublier.

— Et laisser courir l'assassin de la petite ? Comment peux-tu dire une chose pareille, Hervé ?

— Eh bien, qu'il coure. J'en ai par-dessus la tête de cette affaire. Et il faut encore qu'on nous la rabâche ce soir !

— Calme-toi, tu es bien nerveux, tout à coup. Regarde ! »

Aliette Lemoual voit son mari dans le petit groupe saisi par les flashes du photographe.

Lui aussi s'est tout de suite repéré sur l'écran. Il reconnaît le gros pull bien chaud qu'il portait, ses cheveux trop courts, vestige de son passage à l'armée. Il en était sorti avec le grade de caporal. Il s'est souvent demandé pourquoi il n'y est pas resté, comme on le lui proposait. Il aurait été bien peinard... Même si, pendant son année de service, il avait souvent été le souffre-douleur de tout un tas de connards, il est persuadé qu'il aurait pu y faire sa place. Au fond de lui, il regrette la discipline qui régnait là-bas. Il aimait les ordres, il aimait obéir sans discuter. Au lieu de ça, il végète depuis toutes ces années dans l'Éducation nationale, obligé d'enseigner à des gosses qui n'en ont rien à faire, viré comme un malpropre de son syndicat où il s'était tant investi, portant toujours comme un fardeau son étiquette d'enseignant raciste, méprisé par ses collègues.

Il est le deuxième en partant de la gauche, légèrement en retrait des autres. Sur la photo qui occupe l'écran, il est le seul à regarder fixement l'objectif. Les autres sont de dos, tournés en direction du corps de l'enfant. Aliette constate :

« Tu étais mince à l'époque... »

Elle se tait puis continue, sur le même ton, à peine teinté d'ironie.

« Tu devrais te remettre au sport. »

Du sport, il en faisait avant, champion universitaire des Bouches-du-Rhône de handball. Il avait poursuivi ensuite à Carpentras, en équipe première, en troisième division. Il aimait l'ambiance du sport collectif, les déplacements, les copains. C'est vrai qu'il était sec, musclé, tonique. C'est peu après la mort de la gamine qu'il avait laissé tomber, petit à petit. Il avait déserté les entraînements et perdu sa place en équipe fanion. Il n'était plus de taille, se sentait vidé de son énergie. Et depuis, il avait pris une trentaine de kilos, et ne faisait aucun effort pour les perdre. Mais oui, il le sait, qu'il devrait faire du sport...

Elle insiste bizarrement, on dirait qu'elle le cherche, elle d'habitude si complaisante : « Tu as vu ta bedaine ? Tu te laisses vraiment aller, Hervé. »

Affalé comme il l'est dans le fauteuil, son ventre est une masse de graisse protubérante. Il tire sur son tee-shirt pour tenter de le dissimuler, sans grand succès. Alors il remonte sur son nombril son pantalon de survêtement, cadeau du Noël dernier. Comme une revanche, il prend la dernière part de gâteau sans lui en proposer.

Il est sûr qu'elle va encore lui reprocher de trop manger, mais, non, son attention s'est fixée ailleurs.

« C'est quand même curieux ta façon de regarder le photographe. » S'emparant de la télécommande, elle fige l'image sur l'écran !

« T'as vu, tous les autres regardent vers la gamine, mais pas toi... »

Il s'impatiente.

« Et alors, madame la détective, qu'est-ce qu'on peut bien en avoir à foutre ?

— À faire, le reprend-elle. Pour un professeur des écoles, tu parles bien mal, mon pauvre Hervé !

— À faire, OK, maintenant, remets l'émission en direct, Sherlock, tu veux bien ? »

Lui aussi a remarqué qu'il est le seul à être ainsi tourné vers l'objectif. Mais comment pourrait-il expliquer à Aliette la panique qui l'avait saisi alors ? Quand ils avaient enfin trouvé ce qu'ils avaient cherché avec un tel acharnement, il avait été incapable de supporter la vue du corps. Un moment plus tard, pourtant, lorsque les parents de la gamine étaient arrivés sur les lieux, il n'avait pas pu s'empêcher de s'approcher.

Il avait vu le visage détruit de l'enfant.

Il n'aurait jamais dû regarder. Cette vision l'avait hanté depuis, pendant des jours et des nuits. Il avait vu le bout de robe déchiré qu'un gendarme photographiait avant de le glisser dans une pochette de plastique transparent. Il les avait entendus parler de la culotte de l'enfant, qu'il fallait retrouver. Il avait regardé les gendarmes s'affairer de tous côtés, et gratter la terre meuble avec des bouts de bois. En pure perte.

Le capitaine de gendarmerie, un grand maigre aux yeux bleus, avait intimé l'ordre à tout le monde de s'éloigner : « Rentrez chez vous, messieurs dames, il faut nous laisser travailler maintenant », répétait-il d'un ton ferme. Mais personne ne semblait vouloir partir. Pas si vite. Tandis qu'il reculait avec les autres, de quelques mètres seulement, pour laisser la place libre aux enquêteurs, Hervé était resté tourné vers Nathalie, qui tenait son enfant dans ses bras, ne pouvant détacher son regard du visage massacré de la petite. Alors, tétanisé au beau milieu de l'agitation générale, il avait fui les cris du père, les sanglots de la mère, les sirènes de tous ces véhicules qui avaient rejoint la scène de crime, les injonctions des enquêteurs qui lui demandaient de laisser le passage, et il avait pleuré, tout doucement, pour lui seul...

Quand il était rentré, il avait dit à Aliette qui le pressait de questions qu'il était trop épuisé par cette nuit de recherches éprouvantes. Il lui avait juste raconté qu'il avait pleuré, et aussi qu'il avait hurlé avec les autres. Pour réclamer la mort du bourreau de l'enfant. Elle avait compris : « Une ordure de ce genre mérite de crever comme un chien. C'est normal d'avoir besoin de hurler, il faut te libérer, après cette nuit de folie. Ne t'en fais pas. » Elle l'avait pris dans ses bras comme une mère berce un enfant et il s'était remis à pleurer. Incapable de retenir ses larmes, à nouveau.

Il n'a rien oublié de cette nuit. Pas le moindre détail.

Le commentaire reprend : *« La culotte de l'enfant n'a jamais été retrouvée. Les enquêteurs pensent que le tueur a pu l'emporter pour la garder comme un trophée, ce que nous confirme Alain Chatenay, expert psychiatre auprès des tribunaux. »* Un homme d'une cinquantaine d'années prend la parole. Il s'exprime avec les mots de celui qui sait : *« Dans les affaires de ce type, le prédateur a besoin de garder une trace de son crime. Il peut s'agir de sous-vêtements qu'il conserve comme un trophée, un rappel permanent de la soumission de sa victime. On peut imaginer dans le cas présent qu'il conserve quelque part le vêtement de l'enfant, bien caché, peut-être le ressort-il périodiquement pour le manipuler. Alors il se sent fort, puissant et il efface l'horreur de son crime. Il reprend le contrôle de sa vie, et son pouvoir sur un être plus faible que lui. »*

LUI, 22 h 35

La petite culotte, il l'a gardée, bien sûr.

Il lui arrive parfois de vérifier qu'elle est toujours là, intacte, pliée dans un tupperware, cachée là où personne ne se risquerait à fouiller. C'est son domaine et il n'aime pas qu'on vienne y mettre son nez, tout le monde le sait à la maison. Il la sort encore parfois, il la renifle, oui. Mais parler de trophée, de pouvoir, de puissance... Ces types-là sont prêts à raconter n'importe quoi pour passer à la télé ! Il a tout de suite eu l'idée de la remiser là, et elle a échappé aux perquisitions. Car ils y ont eu droit jusque chez eux, comme beaucoup de gens dans le quartier, et plutôt deux fois qu'une !

Les âneries du psychiatre le mettent hors de lui :

« Quelle foutaise, cette émission, c'est nul !

— Pourquoi est-ce que tu t'énerves ? s'étonne sa femme.

— Je ne m'énerve pas. Mais ils disent vraiment n'importe quoi.

— Tu ne crois pas que l'assassin a gardé la culotte de la petite comme un trophée ? » glisse-t-elle. Elle le fixe avec insistance.

Il hausse les épaules et lui fait signe de se taire, il veut entendre la suite. Quand il est comme ça, il sait se montrer très autoritaire, et elle a compris depuis longtemps qu'il vaut mieux ne pas insister.

« Revenons à la nuit qui a suivi la disparition de Laetitia. Sur place, à Carpentras et surtout au lotissement du Grand-Chêne, l'émotion était intense. Les gendarmes, alertés par la famille, étaient intervenus aussitôt, écartant d'emblée l'hypothèse d'une fugue. Les recherches avaient été engagées suivant deux hypothèses : l'enfant avait été enlevée, ou, à cause de l'orage qui avait éclaté en fin d'après-midi, se serait perdue ou blessée alors qu'elle se rendait en ville à vélo. Il existe une multitude de petits sentiers qui permettent de rejoindre la ville depuis le Grand-Chêne. Les gendarmes ont lancé un appel au calme : céder à l'affolement ne pouvait que nuire aux recherches. À ce stade, tout le monde espérait que l'enfant s'était tout bonnement perdue ou blessée en tombant de bicyclette. C'est dans cet espoir que les gendarmes ont demandé l'aide des hommes valides pour organiser des recherches systématiques dans les champs et les bois avoisinants. Dans un élan unanime, la plupart des habitants du quartier, à commencer par les voisins de la famille Doussaint, se sont portés volontaires. »

Il avait été au nombre de ceux-là, bien sûr. C'était son devoir et ne pas se joindre à la battue aurait immédiatement attiré l'attention sur lui.

Tous les volontaires s'étaient rassemblés un peu avant 22 heures place Satie, autour du grand chêne. À l'époque, cet arbre vénérable dominait encore les maisons du quartier, et c'est à lui que le lotissement devait son nom. Puis il avait attrapé une maladie, l'oïdium, ou un champignon, il ne sait plus très bien, les feuilles blanchissaient et tombaient, et il avait fallu l'abattre, malgré les protestations des habitants qui voulaient conserver leur vieil arbre. C'était il y a une dizaine d'années. Des employés de la mairie l'avaient remplacé, mais le nouveau avait du mal à prendre, il restait chétif. Ces agents municipaux, ils n'y connaissent pas grand-chose...

Avant qu'il sorte rejoindre la petite foule impatiente, sa femme lui avait sorti son polaire. Il avait enfilé ses bottes et gardé son pantalon de chasse. Puis il s'était souvenu : glissant la main dans une poche, il avait senti le contact soyeux de la mèche de cheveux. Avant de partir, il était allé la jeter dans la cuvette des toilettes.

Ce n'est que bien plus tard qu'il s'était demandé s'il n'avait pas oublié de tirer la chasse d'eau.

ELLE, 22 h 36

Elle se souvient que la pluie avait fait chuter les températures. Avec l'humidité de la nuit, il ne faisait pas plus de 5 degrés.

Elle était allée chercher son polaire dans l'armoire à l'étage et avait insisté pour qu'il le mette.

« Il va faire froid dans les bois, avait-elle dit.

— Pourvu qu'elle soit vivante ! » avait-il répondu, sans réfléchir. Il avait vu les larmes lui monter aux yeux.

« Tu ne vas pas te mettre à chialer, avait-il plaisanté avec brusquerie. Ne t'inquiète pas, elle a dû tomber de son vélo et on va vite la retrouver. Ça ne sert à rien de penser au pire... »

Il l'avait serrée contre lui et avait continué d'un ton qui se voulait rassurant.

« Dans quel état tu serais si c'était notre fille qui avait disparu !

— Tu as raison. Il faut que je me calme. »

Blottie dans ses bras, elle avait caressé ses cheveux bruns en bataille, et s'était demandé ce qu'il avait bien pu faire pour être aussi décoiffé. Tout à l'heure, il y avait cette mèche de cheveux qui flottait dans la cuvette des toilettes. Son mari sortait de la salle de bains, elle avait tiré la chasse d'eau machinalement.

C'est un des défauts qui l'exaspèrent, chez lui : elle a beau lui faire la remarque, il oublie très souvent de tirer la chasse. Mais ce soir, il y avait autrement plus grave, et elle ne s'en était pas préoccupée. Elle avait enfilé sa doudoune elle aussi, et l'avait suivi dehors.

Tous les habitants du quartier (ils devaient être une bonne centaine et il y avait des têtes qu'on n'avait jamais vues, peut-être même des gens venus du centre-ville) s'étaient regroupés pour écouter le capitaine de gendarmerie qui organisait les recherches. Il avait dû demander le silence à maintes reprises, les gens avaient du mal à rester tranquilles. Plusieurs femmes, elle la première, s'étaient portées volontaires, mais le capitaine les avait toutes écartées d'un ton sans réplique. La nuit allait être trop dure pour des femmes. Quelques-unes d'entre elles avaient protesté mais il avait été inflexible.

Son mari l'avait prise à part pour lui dire de ne pas insister. Ils avaient sans doute raison, avait-elle reconnu par la suite, il était visible qu'ils en avaient bavé, la plupart des femmes n'auraient probablement pas tenu le choc. Certains hommes, d'ailleurs, et même des costauds, avaient abandonné au milieu de la nuit, trop fatigués pour continuer. Ils n'étaient plus que cinq dans le groupe de son mari quand ils avaient découvert le corps au petit matin.

Elle n'a pas oublié le nom du capitaine, Jean Marchand. Il avait séparé les hommes par groupes de dix, accompagnés d'un gendarme et d'un chien. Celui qui dirigeait le groupe de son mari était un grand échalas moustachu, aux manières brusques, pas franchement sympathique. Il avait un vêtement de l'enfant et l'avait fait sentir à son berger allemand, l'encourageant de la voix : « Cherche, cherche ! »

Ils s'étaient mis en marche en direction de la ville, torches électriques en main. Elle entendait les gendarmes crier : « On reste groupés ! » Son mari s'était retourné vers elle et lui avait souri d'un air de dire : « Ne t'en fais pas, ça ne sera pas long... » Elle l'avait regardé disparaître dans l'obscurité sans faire un mouvement et sans dire un mot, elle ne voulait pas qu'il voie qu'elle pleurait.

Ensuite, avec d'autres femmes du quartier, elle était allée rejoindre Nathalie et Vincent Doussaint. Ils avaient besoin d'être entourés. Et elle-même se voyait mal rentrer seule à la maison.

Ce n'est que des années après qu'elle s'était souvenue de cette mèche de cheveux bruns.

Elle s'était interrogée. Une enfant pouvait-elle arracher les cheveux d'un homme ? En se débattant ?

LUI, 22 h 37

Il revoit avec précision ce foutu chien marquer un temps d'arrêt à la hauteur de sa voiture. Deux ou trois secondes à peine. Qui lui avaient paru une éternité. Malgré lui, il avait frissonné. Par chance, le gendarme avait sans doute pensé que l'animal voulait pisser sur les pneus. Il avait tiré sur la laisse et l'avait éloigné. Personne, lui avait-il semblé, n'avait rien remarqué. Cet incident avait eu du bon. C'était un avertissement. Durant toute la nuit passée au milieu des autres, à rechercher la gamine, il était resté concentré, attentif à ce que rien, dans son comportement, ne le trahisse.

Chaque groupe avait été envoyé dans une direction différente. Il s'était débrouillé pour se glisser dans un de ceux qui allaient vers l'ouest, avec ses copains du café. Là où se trouvait Laetitia. Ils s'étaient enfoncés dans les champs, séparés les uns des autres de deux mètres environ, leurs torches allumées fouillant le sol à la recherche du moindre indice. Ils avaient progressé d'abord en silence, puis de plus en plus bruyamment. Ils parlaient fort, s'encourageaient, criaient le prénom de la petite fille, donnaient de grands coups avec leurs bâtons dans les herbes hautes.

Ils étaient nombreux à ratisser la zone entre le lotissement et la ville, et il avait alors pris conscience qu'ils finiraient forcément par découvrir le corps. Tôt ou tard. Le plus tard serait le mieux, s'était-il dit. Il allait devoir faire face. Il ne se sentait pas encore prêt.

Lui seul savait. Il aurait pu les conduire directement sur les lieux. Au contraire, discrètement, il les orientait dans de mauvaises directions. Il s'était placé à la hauteur du gendarme et lui indiquait les chemins à suivre, s'imposant comme l'un des plus déterminés. Chacun y allait de son conseil sur la direction à prendre, mais le gendarme lui avait fait confiance : il connaissait bien le coin, pour y avoir souvent chassé.

Au début, cela l'avait presque amusé de les voir s'échiner en vain, tourner en rond bêtement, ignorant qu'ils étaient si près de ce qu'ils cherchaient. Lui fouillait avec un acharnement exemplaire, adoptant une attitude parfaitement neutre. Il ne réfléchissait pas à ce qu'il avait fait, comme détaché de l'acte qu'il avait commis. Son seul souci était qu'ils ne tombent pas sur le lieu du crime. Il calquait son comportement sur celui des copains, indiquait des sentiers à explorer, scrutait le terrain avec application, laissait parfois échapper un soupir las ou lançait un encouragement. Il appelait avec les autres : « Laetitia, Laetitia ! » Au loin, il entendait les autres groupes qui, comme eux, hurlaient le nom de la petite, chacun espérant la voir comme par miracle sortir de l'obscurité.

Puis, les heures s'écoulant, il avait senti la peur le gagner. Peur de ce qui allait suivre, de sa réaction quand ils trouveraient l'enfant. Ne risquait-il pas de craquer à l'instant du face-à-face ? Il avait passé le reste de la nuit dans l'angoisse d'être démasqué, de se trahir lui-même. Il s'était mis à éviter les regards, avait cessé peu à peu de parler. Mais cela pouvait être mis sur le compte de la fatigue, et, en définitive, il avait réussi à bien donner le change.

À un moment, son groupe était passé si près qu'il avait aperçu le tas de branchages sous lequel il avait dissimulé la petite. Le type à sa gauche avait surpris son regard. Avait-il vu quelque chose ? Lorsqu'il avait braqué sa lampe de poche en direction des branchages, il s'était dit que c'était foutu. Mais il n'avait pas perdu son sang-froid et avait légèrement bousculé le type, feignant de perdre l'équilibre, lui intimant d'avancer dans un grognement. Le faisceau de la lampe avait dévié sur le tronc d'un pin et le gars n'avait rien remarqué. Devant eux, le gendarme excitait son chien, inlassablement : « Cherche, cherche ! », mais le clébard n'avait rien senti. La pluie, s'était-il rassuré, avait dû effacer toutes les odeurs.

C'est l'instant d'après, alors qu'ils avançaient sur le sentier, qu'il avait repéré les traces laissées par les pneus de sa voiture dans la terre meuble. Il était bientôt minuit, et pour la deuxième fois de la soirée, comme lorsque le berger allemand s'était approché de son break, il s'était senti saisi d'une peur glacée. Les empreintes étaient parfaitement identifiables, il suffisait de les relever et on remonterait jusqu'à lui. Il avait vu ça à la télé, c'est toujours ainsi que les criminels étaient identifiés. Il croyait avoir pensé à tout, mais il avait oublié ça.

Il s'était vu en un éclair arrêté, mis au ban, honni de tous. Rejeté des siens, de sa famille. Regardé comme un monstre, lui, que tout le monde appréciait...

Mais il s'était ressaisi rapidement. Il était solide, finalement, il avait de la ressource !

Il était parvenu à éloigner le groupe, remontant à la

hauteur du gendarme et de son chien, pour indiquer un gros bosquet, un peu à l'écart. « Nous n'y sommes pas encore passés », avait-il dit. Le gendarme avait suivi cette fois encore et il avait détourné son groupe, en excitant son chien.

Dès lors, il n'avait eu qu'une obsession en tête : comment faire disparaître ces traces compromettantes ? Pour le reste, il se sentait sûr de lui. Tandis qu'il poursuivait les recherches avec la même concentration, il avait repassé dans sa tête, minutieusement, tous les détails de la fin d'après-midi. Il était sorti rassuré de cet examen, il était certain de n'avoir laissé aucun indice derrière lui. Certes, il était arrivé un peu en retard au café, mais il avait donné le change sans peine aux copains. De retour à la maison, il avait tendu sa chemise à sa femme qui l'avait mise aussitôt à la machine. C'est sûr, elle n'avait pas pu voir la petite tache de sang sur le bord de la manche.

Il se trompait. Au moment de mettre la machine en marche, elle s'était rendu compte qu'il avait encore mêlé du linge blanc avec de la couleur. Elle avait sorti le linge en pestant, pour le trier, et avait aperçu les gouttelettes de sang sur la manche droite de sa chemise canadienne. Il avait encore dû s'égratigner en jardinant, avait-elle pensé. Elle avait badigeonné la manche de K2R, lancé la machine à 60 degrés et n'y avait plus repensé.

Ce n'est que bien plus tard, se souvenant de la mèche de cheveux, qu'elle avait fait le rapprochement.

Il s'était longuement lavé les mains avec de l'eau de Javel diluée, avait gratté ses ongles pleins de terre. Il avait éjaculé dans l'herbe et la pluie avait dilué son sperme. Il avait vérifié avec soin qu'il n'avait pas laissé de poils pubiens. Encore un truc qu'il avait vu à la télé. Il s'était débarrassé du vélo sans encombre, il n'avait croisé personne. Et, pour finir, il avait un alibi si, par hasard, les flics s'intéressaient à lui. Pas un alibi en béton, mais qui en a, dans ce genre de cas ? Tous ceux qu'il avait vus en fin d'après-midi, ainsi que sa femme, témoigneraient qu'il se trouvait avec eux. De toute façon, il n'y avait aucune raison qu'il soit inquiété. Qui soupçonnerait un bon père de famille ? Un brave gars, qui avait eu un comportement exemplaire pendant les recherches ? Il n'avait pas le profil d'un assassin. Ces choses-là se reniflent de loin...

Mais à la vue des traces de pneus, d'un coup, ses certitudes avaient vacillé. Si les autres les repéraient, ce qu'ils ne pouvaient manquer de faire, ils sauraient les analyser. Il était le seul dans le quartier à posséder ce type de voiture. Ils vérifieraient son emploi du temps, et s'apercevraient forcément qu'il y avait un trou d'une vingtaine de minutes. Sa femme leur dirait qu'il lui avait donné des vêtements à laver. Et si la tache de sang n'avait pas disparu ? Ils le coinceraient à coup sûr.

Il le savait, il ne résisterait pas à un interrogatoire serré ni à l'évidence des preuves.

Le gars qui marchait à son côté avait dû sentir son trouble. Il avait braqué sa lampe sur son visage.

« Ben, dis donc, tu sues comme une baleine, s'était-il étonné. Moi, je caille !

— C'est ce foutu polaire, je crève de chaud. Et vire-moi ta lumière, j'y vois que dalle. »

Ils avaient continué à avancer dans les petits bois. Il

avait de plus en plus de mal à maîtriser sa panique. Il avait ouvert son polaire, son tee-shirt était trempé.

Il était presque 2 heures du matin. Le gendarme avait ordonné une halte et, après une rapide conversation au talkie avec son capitaine, leur avait annoncé qu'ils devaient rentrer au lotissement.

« Un point général avec le capitaine Marchand est prévu dans un quart d'heure. Il doit décider de la marche à suivre. »

Ils étaient revenus épuisés et finalement plutôt soulagés. La plupart des hommes en avaient assez de ces recherches qu'ils jugeaient vaines à présent. Ils ne s'en cachaient pas. Ils étaient passés près du pavillon des Doussaint, tout éclairé. Il avait aperçu par les portes-fenêtres du salon les parents de la petite, avec le capitaine de gendarmerie, et plusieurs personnes, des gens qu'il ne connaissait pas pour l'essentiel, et sa femme. Elle était assise à côté de Nathalie et lui tenait la main. Des éclats de voix parvenaient jusqu'à la rue, sans qu'il puisse en comprendre le sens, mais il avait ressenti l'extrême tension qui régnait dans le pavillon.

« Pauvres gens, avait dit un des copains. Je n'aimerais pas être à leur place. »

Il avait risqué un : « Ouais, pour moi la petite a été enlevée », avant que le gendarme ne les arrête d'un implacable : « Taisez-vous. » Il voyait bien que les autres partageaient son avis, mais personne n'avait plus dit un mot.

Quant à lui, il n'en menait pas large, ne pensant qu'aux traces de pneus, là-bas, qui allaient entraîner sa perte. Quel sombre connard ! Il continuait à transpirer comme un porc.

ELLE, 22 h 38

Elle avait aperçu le groupe de son mari par la fenêtre de chez les Doussaint et elle était sortie pour le rejoindre au point de rassemblement. Seuls les parents de Laetitia étaient restés chez eux, incapables d'affronter la défaite dans les yeux de ces hommes exténués, qui recherchaient leur fille en vain depuis quatre heures. Pour elle et les quelques femmes qui s'étaient regroupées auprès de Nathalie et Vincent, à partager leur angoisse, voir rentrer leur homme était comme une délivrance. Elles s'étaient précipitées pour aller aux nouvelles, fuyant presque, tant l'attente suspendue aux grésillements du talkie-walkie du capitaine Marchand était devenue insupportable. Car il n'avait résonné, avec une effrayante régularité, que pour annoncer la fin des fouilles sur telle ou telle zone. « Résultat négatif », disait la voix anonyme d'un gendarme. Suivait un instant de soulagement, puis les pleurs de la maman de Laetitia reprenaient. À tour de rôle, les femmes s'étaient succédé pour tenter de trouver des paroles d'apaisement. Mais les mots étaient dérisoires. Elle avait compris que toutes pensaient à la même chose : ce malheur aurait pu aussi bien les frapper, elles. Elle avait béni le ciel, Dieu et tous ses saints, de ne pas être à sa place.

Tout le monde s'était regroupé autour du chêne. La plupart des hommes s'étaient assis par terre et les femmes leur avaient distribué des tasses de café brûlant. Certains étaient si fatigués qu'ils n'avaient pas la force de les remercier, se contentant de leur tendre leur tasse une fois vidée. Elle avait retrouvé son mari trempé de sueur, son polaire ouvert, si absorbé dans ses pensées qu'il ne l'avait pas vue tout de suite.

« À quoi penses-tu ? », voilà les seuls mots qui lui étaient venus en tête quand il avait finalement tourné les yeux vers elle.

Comme il ne répondait pas, elle avait ajouté :

« Tu devrais aller te changer. Tu vas prendre froid. »

J'ai été tellement naïve, se dit-elle à présent.

LUI, 22 h 39

«À 2 heures du matin, les hommes qui participaient aux recherches furent rappelés pour un nouveau briefing. La fouille méthodique des bois et des champs n'avait encore rien donné, et l'inquiétude devenait générale. Personne n'osait le dire, mais beaucoup s'attendaient au pire.»

Il se voit à l'écran, pris dans les faisceaux des projecteurs, au milieu des hommes épuisés, assis sur le macadam humide. Il boit un café, son polaire est largement ouvert. Il se souvient que sa femme l'avait sorti de son hébétude en lui demandant à quoi il pensait. Dans un geste affectueux, elle avait posé la main sur sa joue moite de transpiration.

Il lisait l'inquiétude dans ses yeux. Était-ce à cause de la disparition de l'enfant ? Il ne lui avait posé aucune question. Il ne pouvait pas non plus lui avouer son espoir que le capitaine Marchand déciderait de suspendre les recherches. Il avait en tête de retourner là-bas discrètement pour effacer les traces de pneus. Il trouverait bien un prétexte. Qu'il n'arrivait pas à dormir ou qu'il avait besoin de marcher, qu'importe, elle gobait tout, de toute façon.

Mais, après avoir soigneusement rayé sur sa carte

les zones qui avaient été fouillées, le capitaine s'était retourné vers eux :

« Il y a encore toutes les chances de retrouver la petite. Bien sûr, ceux qui veulent rentrer chez eux peuvent le faire. La soirée a été dure, je le sais. Mais il reste plusieurs endroits qui n'ont pas été inspectés.

Nous devons continuer, avait-il poursuivi après un court instant. Pensez à la famille de Laetitia. Ses parents comptent sur vous. » Il avait dit cela avec tant de compassion que personne n'avait osé abandonner. Certains s'étaient éclipsés, plus tard, alors qu'ils passaient non loin de chez eux. Ils assuraient : « Je vais chercher un pull, et je vous rejoins. » Mais aucun de ceux-là n'était revenu. Lui n'avait pas le choix, il fallait qu'il continue. Lorsqu'ils avaient atteint le petit bois, ils n'étaient plus que quatre, une partie de la petite bande du Balto, à accompagner le gendarme et son berger allemand.

Les traces étaient encore nettes dans la terre détrempée mais, apparemment, il était le seul à les avoir vues quand ils avaient remonté le chemin. Sautillant sur un pied, il avait ôté une de ses bottes pour faire mine d'en retirer un caillou, ce qui lui avait permis de décrocher du groupe de quelques mètres. Il avait martelé le sol, comme pour s'assurer qu'il n'y avait plus rien dans sa botte. Après quoi il avait rattrapé les autres en traînant les pieds consciencieusement, attentif à ne pas regarder par terre, afin que personne ne s'étonne de son comportement. Impossible de savoir s'il était parvenu à effacer efficacement les empreintes. Il en doutait.

Le gendarme lui avait conseillé de ne pas « lambiner» et de regagner la ligne. Ils avaient tourné à droite en direction d'une futaie qu'ils n'avaient pas encore inspectée. Il savait le tas de branchages tout près, à moins d'une centaine de mètres.

Les autres traînaient la patte. Ils avaient leur compte et voulaient rentrer se coucher, disaient-ils. Il s'était joint à eux. «On s'épuise en vain. On ne trouvera rien de plus dans le noir, demain il fera jour...»

Le gendarme les avait regardés avec dédain, mais n'avait rien rétorqué. Et il avait bien fait sans doute parce que les gars semblaient prêts à lui rentrer dans le lard. Il avait dû s'en rendre compte, car c'est d'une voix douce qu'il leur avait dit :

«Allez, messieurs, encore un effort, on fait un dernier passage par là, un peu plus haut, et on rentre.»

Le gendarme leur avait indiqué l'endroit autour duquel ils avaient tourné une partie de la nuit. Où se trouvait le corps. Ayant toujours en tête de retourner sur les lieux pour détruire les dernières traces de pneus, il avait tenté d'argumenter, ils étaient déjà passés par là plusieurs fois ! Mais le gendarme avait été affirmatif : «Non, pas encore. Nous sommes passés à côté, mais pas là précisément, je n'ai pas barré la zone sur ma carte d'état-major.» Il l'avait dépliée et il avait posé son doigt sur un carré de forêt de cent mètres de côté.

«À nous cinq, on l'aura ratissé en moins d'une demi-heure, avait-il ajouté. N'est-ce pas, Rocco ?»

Le chien avait aboyé comme pour approuver, increvable ! Pour le stimuler, le gendarme lui avait mis à nouveau sous la truffe le tee-shirt de la gamine. «Cherche, cherche, bon chien !» Le berger allemand avait tiré avec vigueur sur sa laisse, comme s'il sentait quelque chose. Cette fois, il les entraînait tout droit vers le corps. Et plus son maître tentait de l'apaiser, « calme, tout doux, bon chien », plus l'animal s'excitait.

« Il est sur quelque chose », avait soufflé le gendarme.

Alors il s'était dit que, cette fois, il était vraiment foutu. Il avait réfléchi à toute vitesse, essayant de trouver une idée pour les détourner, se tordre la cheville, feindre un malaise, n'importe quoi pour les obliger à suspendre les recherches et le ramener. Mais le chien avait accéléré, et tous s'étaient lancés à sa suite avec une énergie renouvelée.

Dans la vie, il faut compter avec la chance, avait-il songé pour se rassurer. Et il leur avait emboîté le pas.

Il n'en menait pas large.

« *Le corps a été découvert à 5 h 45. Le jour se levait à peine. L'alerte a été donnée à 5 h 47. Un quart d'heure plus tard, le terrain était envahi d'enquêteurs, et d'une foule de curieux et de journalistes accourus en voiture*, reprend le commentaire en montrant des images de la foule rassemblée sur place.

Les gendarmes ont fait une erreur cruciale à ce moment-là, en ne sécurisant pas correctement la scène de crime. Des éléments qui auraient pu se révéler essentiels pour l'enquête, tels que des empreintes laissées par l'assassin, des traces de pas ou de pneus dans le chemin – il avait beaucoup plu, je vous le rappelle, le soir de la disparition de Laetitia –, ont probablement été détruits, tant le secteur a été piétiné. La scène de crime a été polluée. Les enquêteurs ne purent finalement rien en tirer. »

Sans s'en rendre compte, il laisse échapper un long soupir de soulagement.

Sa femme l'a entendu et lui demande :

« Pourquoi est-ce que tu souffles comme ça ?

— Pour rien, laisse-moi écouter, bon Dieu ! »

Dix-neuf ans plus tard, il peut bien souffler, non ? Il a vraiment eu plus que de la chance, dans toute cette affaire... Il résiste à l'envie de lui balancer que, sans la connerie des gendarmes, elle n'aurait pas profité de toutes ces années de bonheur à ses côtés.

Il s'étire, lorsque le téléphone retentit. Elle saisit le combiné et le lui tend en disant :

« Tiens, c'est pour toi.

— Ah oui ? Comment tu sais ça ? »

Elle se fige, elle bredouille, l'appareil tremble dans sa main, elle semble prise en faute.

« Je ne sais pas... J'ai cru... »

Elle se reprend et ajoute : « Ce soir, tous les appels sont pour toi, tu as bien vu. »

D'un geste brusque, il s'empare de l'appareil.

ELLE, 22 h 40

Il ne faut pas que je m'affole, songe-t-elle.

Le commissaire l'a mise en garde à plusieurs reprises : « Votre mari est un pervers. Si vous vous dévoilez, ne serait-ce que d'un millimètre, il le verra. Soyez d'une extrême prudence. Sinon, nous risquons d'échouer, et vous pourriez être en danger. »

Pourtant, elle a paniqué quand elle a entendu la sonnerie du téléphone, et compris que c'était bien le commissaire qui appelait.

Elle s'efforce de respirer posément, se rassure, elle doit retrouver son calme. Il ne s'est pas aperçu de son trouble. Elle l'observe du coin de l'œil. Il a l'air tendu, soudain : « Qu'est-ce que vous voulez ? Qui est à l'appareil ? » Il écoute, visage fermé, puis s'agace : « Vous déraillez ou quoi ? » Il raccroche, d'un coup, violent. Elle prend l'air interrogateur pour demander :

« C'était qui ?

— Un faux numéro.

— Un mauvais numéro, à cette heure ?

— Ça arrive à n'importe quelle heure. Qu'est-ce que tu veux que ce soit d'autre ? »

Il ment. Comme toujours.

22 h 41

«Qu'est-ce que tu as à transpirer comme ça, Antoine, ça ne va pas ?»

C'est vrai. Il ne s'en était pas rendu compte, mais, à présent, il sent la sueur ruisseler sur son front, sous ses bras, sous son sweat-shirt. Eugénie lui jette un regard étonné. Elle insiste :

« Tu es malade ? Quand on transpire autant, c'est qu'on a de la fièvre. »

Il est troublé. Il bredouille, mal à l'aise : « C'est les souvenirs de cette nuit horrible, ça m'est remonté d'un coup. » Il n'ose pas la regarder en face. Elle se lève, prend une serviette en papier dans le tiroir du buffet et la lui jette sur les genoux.

« Essuie-toi. Tu vas encore puer la transpiration. Je déteste ça... »

Il s'éponge le visage.

« Tu prendras une douche avant d'aller au lit. Je n'ai pas envie de supporter ça pendant toute la nuit.

— Arrête donc et assieds-toi, s'il te plaît. »

Mais Eugénie reste debout. Il ne comprend pas son air buté, cette façon qu'elle a de l'examiner. Comme si elle l'avait pris en faute. *On dirait qu'elle m'espionne, qu'est-ce qu'elle s'est encore mis dans le crâne ?* pense-t-il. *Ah là là ! je regrette vraiment l'autre, par moments... Au moins, c'était une maligne, celle-là...* Ses pensées partent ailleurs, il se sent un brin nostalgique, tout à coup.

L'autre, c'est Christine. C'était sa secrétaire, chez Gaboriaud. Divorcée, sans enfants, elle faisait bander toute l'entreprise avec ses petites jupes et son maquillage impeccable. Tout le monde l'avait draguée, même le jeune Deltil, le fils du patron. Mais c'est lui qui l'avait eue. Du moins, c'est ce qu'il avait pensé, à l'époque. Elle avait joué les gonzesses frivoles, qui n'ont pas grand-chose dans la tête, et ne pensent qu'à la couleur de leur soutien-gorge ! En se rappelant d'elle, Antoine se dit qu'il s'était bien fait avoir. Il n'avait pas vu la manière dont elle s'était imposée dans sa vie. Ça, elle s'y était prise comme un chef, pour le faire tomber dans ses filets, elle était bien plus maligne qu'il ne l'avait imaginé.

Il l'avait baisée, mais elle l'avait bien baisé ! se dit-il.

Il n'en était pas peu fier et il avait eu la bêtise de s'en vanter.

Un jour, Eugénie avait reçu une lettre anonyme, écrite avec des lettres découpées dans un journal. « Ton mari couche avec sa secrétaire. Tu es cocue. »

Le soir, quand il s'était mis à table, il avait trouvé le mot, posé dans son assiette. « Tu m'as humiliée, lui avait dit Eugénie, la voix pleine de mépris. Tu es vraiment un fumier. » Elle ne l'avait pas laissé dire un mot, et lui avait annoncé qu'elle allait partir avec les gosses. Le jour suivant, lorsqu'il s'était levé, ils avaient disparu. Elle l'avait quitté comme ça, du jour au lendemain. Aujourd'hui, il est toujours persuadé que c'est

Christine qui lui avait envoyé cette foutue lettre, pour faire place nette.

Il ignore que, en réalité, c'est Eugénie qui l'avait écrite. Depuis des mois, elle voulait fuir. Elle s'était habituée aux écarts de son mari mais cette nouvelle tromperie lui avait donné le prétexte pour s'éloigner de lui. Elle n'en pouvait plus.

Cela, Antoine ne l'avait jamais compris et, lorsqu'elle était revenue, elle s'était bien gardée de lui en parler.

Après cet épisode, Christine n'avait pas voulu attendre. Dès qu'Eugénie était partie, elle était venue s'installer chez lui, dans le pavillon. Elle avait débarqué un samedi matin sans même l'avoir prévenu. Le lendemain, ils vidaient son appartement du centre-ville dont il ne connaissait guère que le grand lit. Tout ce qu'elle avait prévu d'emporter était déjà rangé dans deux grosses malles. Avant de quitter l'appartement, elle l'avait attiré sur le sommier sans matelas. Il s'était laissé faire.

Elle avait cessé de travailler et, un mois plus tard, elle était enceinte. Mais il n'avait pas cédé quand elle avait exigé qu'il divorce pour l'épouser. « Notre enfant a besoin d'un père », lui avait-elle dit en posant sa main sur son ventre rebondi. « Je veux être madame Vasseur », répétait-elle avec opiniâtreté. Il se demande encore comment il a pu lui résister. Peut-être avait-il compris que, en dépit de cet enfant, leur relation ne tiendrait pas. Et qu'elle en avait surtout après son argent. Et puis un jour, sans crier gare, elle l'avait quitté, pour aller s'installer avec un comptable. Il n'était qu'un « gros connard et un minable », lui avait-elle lancé à la figure. Il avait eu le temps de lui flanquer une rouste dont elle doit se rappeler encore, du moins il l'espère. Il lui en veut toujours de l'avoir laissé tomber, mais, au fond, ce qu'il regrette surtout, c'est son cul. Elle, elle savait s'y prendre pour le faire bander. Pas comme l'autre.

Mais très vite, incapable de rester seul, il avait fait le siège pour qu'Eugénie revienne.

Elle avait fini par accepter, mais elle lui en avait fait payer le prix. Désormais, c'était elle qui tenait les rênes, et elle ne l'avait plus laissé en paix, le poussant à grimper les échelons chez Gaboriaud, lui imposant de faire construire dans un quartier huppé à l'écart de la ville sur une belle parcelle de six cents mètres carrés. Elle ne supportait plus ce quartier qui lui rappelait « tant de mauvais souvenirs ». Surtout, elle ne voulait plus voir cette maison où il avait vécu avec « sa pute ». Il s'était endetté jusqu'au cou pour la satisfaire. Autant, au boulot, il se faisait respecter, craindre même, autant à la maison il filait droit. Il ne pouvait plus lui dire non.

« Je n'ai pas envie de dormir à côté d'un type qui pue ainsi, insiste-t-elle, avant de changer de sujet : Quels imbéciles, ces gendarmes ! Regarde-le, celui-là avec sa tête de faux cul. »

Il rumine : *Il faut toujours qu'elle ait un avis sur tout. Pourtant, qu'est-ce qu'elle sait de cette histoire ? Rien.* Ils ont très peu parlé de l'affaire, il s'est toujours appliqué à la tenir à distance, de toute façon, comme les enfants, cela ne les concernait pas.

Le capitaine Marchand apparaît à l'écran, posé, sûr de son fait. Les cheveux blancs et avec toutes ces rides profondes qui lui hachent le front, il a vieilli, évidemment, mais a gardé cette attitude rigide, ce petit air de supériorité, un homme que rien ne semble pouvoir atteindre, calé sur ses certitudes de militaire. Il est assis dans un salon. Un gros chat saute sur ses genoux. Il lui accorde une caresse avant de le repousser. Fixant la caméra de ses yeux clairs, il explique : « *Nous ne pensions plus retrouver la petite, cette nuit-là, et si près de chez elle. Aussi, nous avons presque été pris de court quand l'appel du gendarme Peyrot est arrivé sur mon talkie-walkie. Il a dit, si je me rappelle bien, qu'ils avaient trouvé le corps de l'enfant et qu'elle était morte. La maman a hurlé. Le père m'a arraché l'appareil et a demandé : "Où est-elle ?" Peyrot a dû penser que c'était moi qui l'avais interrogé, car il a répondu : "À un kilomètre et demi environ, capitaine, au bout d'un chemin de terre qui prend à droite sur la route de Carpentras." Le père a fracassé l'appareil en le jetant contre le mur. Pour cette raison, sans contact avec mon homme sur le terrain, je n'ai pas pu donner l'ordre de sécuriser la scène de crime, mais je sais qu'il a fait de son mieux. Les parents m'ont échappé, ils se sont précipités sur zone, suivis de ceux qui avaient passé la soirée avec eux. Les cris de la mère ont alerté le quartier. J'avais beau ordonner à tous ces gens de rentrer chez eux, ils n'ont pas obéi. Je reconnais que le contrôle de la situation nous a échappé. Les gens couraient derrière nous. Certains étaient en pyjama et robe de chambre, ils n'avaient même pas pris le temps de s'habiller. Nous n'étions pas assez nombreux pour les contenir. Et puis il fallait surtout que je m'occupe des parents. Ils étaient dans un tel état ! Ils ne m'écoutaient plus.* » Il soupire : « *J'aurais voulu vous y voir.* »

« “J’aurais voulu vous y voir”, voilà tout ce qu’il trouve à dire, ce connard, s’exclame Eugénie.

— Il a fait ce qu’il a pu, tente Antoine.

— C’est fou, ça, il faut toujours que tu trouves des excuses aux autres », réplique-t-elle sur un ton sans appel.

Inutile de ferrailler. Elle veut toujours avoir le dernier mot. Il se concentre sur l’image tandis qu’il glisse la serviette en papier sur son torse musclé. Il va deux fois par semaine au club de sport et les résultats sont visibles. Il en est assez fier. Sur la plage, il peut en remontrer à des types bien plus jeunes que lui. Qui doivent se demander ce qu’il fabrique avec une femme aussi moche. « Ça, c’est sûr, tu ne fais pas ton âge, se moque Eugénie quand elle le voit bomber le torse devant des jeunesses. Dommage que tu perdes ta tignasse. » C’est elle qui l’a poussé à se raser le crâne.

« Plus tard dans la matinée, la scène de crime fut passée au peigne fin. Comme on pouvait le craindre, aucun élément ne put être relevé. Les empreintes d’un véhicule avaient bien été isolées, mais il s’est avéré qu’il s’agissait d’une fourgonnette de la police. Seuls les vêtements de la petite Laetitia ont été retrouvés et emportés en vue d’analyses. Mais eux aussi avaient été pollués. Plusieurs personnes, y compris des gendarmes, les avaient manipulés sans les précautions élémentaires. Ils se révéleront finalement inexploitables. À midi, le capitaine Marchand fit une première déclaration à la presse sur le perron de la gendarmerie. Il se montrait confiant. »

Le voici, rasé de près, les traits à peine tirés. En bas

à gauche de l'image, l'inscription : « Images d'archives France 3 ». Le capitaine déclare de son éternelle voix monocorde, exempte de toute émotion : *« Le corps de Laetitia Doussaint, 10 ans, a été découvert ce matin à 5 h 45. Il a été emmené à l'institut médico-légal d'Avignon où une autopsie sera pratiquée. Je ne peux pas vous en dire davantage pour l'instant. Mais sachez que tout sera mis en œuvre pour trouver son assassin. »* Une voix s'élève du groupe des journalistes pour demander si l'enfant a été violée. Sans se départir de son calme, le capitaine répond : *« Rien ne permet de le déterminer pour l'instant. Seule l'autopsie le dira. Merci, messieurs, ce sera tout pour aujourd'hui. »* Le reste se perd dans un brouhaha général, tandis que le capitaine referme la porte de la gendarmerie sur lui.

« Un abruti, celui-là », ne peut s'empêcher de commenter Eugénie.

« Dans l'après-midi, Pierre Méhaignerie, le ministre de la Justice, a publié un communiqué : "Le gouvernement tient à s'associer à la douleur de la famille de Laetitia Doussaint. Son enlèvement et son assassinat ont soulevé une immense émotion dans le pays. L'arrestation et la mise hors d'état de nuire de l'auteur de cette atrocité sont pour nous une priorité. Nous faisons une entière confiance aux personnes chargées de l'enquête pour qu'il soit arrêté rapidement, jugé et puni comme il se doit. De tels faits ne sauraient être tolérés."

Une forte pression, des autorités, mais aussi de la population et de la presse, pesait ainsi sur le capitaine Marchand et ses hommes, reprend le présentateur. *L'affaire devait être réglée le plus rapidement possible. Cela explique sans doute pourquoi les enquêteurs se sont précipités sur la première piste qui s'est offerte à eux. C'est sur la foi d'un témoignage qui s'est révélé faux par la suite qu'a été mis en cause un voisin, Éric Bidault.* »

« Non mais, quels imbéciles ! s'exclame à nouveau Eugénie. Ils n'ont rien trouvé de mieux à faire que de tomber sur ce pauvre type. »

« Qu'est-ce qui lui prend de se passionner comme ça pour cette affaire... » s'étonne-t-il.

22 h 42

Éric Bidault était à la une de tous les journaux quelques jours plus tard, le 19 mars 1994.

Les gros titres défilent sous ses yeux, en plein écran. « *Laetitia : un suspect arrêté* ». Suit un second titre : « *Laetitia : un voisin avoue le crime* ». À l'image se succèdent les couvertures des quotidiens qui le mentionnent sans précaution, le chargent, le condamnent déjà. À vomir.

Il écoute le commentaire qui accompagne les photos des journaux : « *L'enquête fut rapidement résolue par les gendarmes. Du moins, tout le monde le pensait : le suspect était passé aux aveux. Un voisin des Doussaint, un certain Éric Bidault, avait été interpellé quatre jours seulement après la découverte du corps de la petite fille. Cet homme, arrivé deux ans plus tôt dans le lotissement, avait participé aux recherches. C'est lui qu'on aperçoit de dos sur la photo, à l'extrême droite.* »

Le préfet de l'époque, raide, pontifiant et la mine affligée comme il se doit dans de « si terribles circonstances », apparaît sur des images d'archives. Filmé dans son bureau, debout, devant une photo du président Mitterrand, il lit une déclaration devant la presse : « *Au nom de la France, je tiens à remercier les gendarmes pour l'efficacité avec laquelle ils ont résolu cette affaire qui a endeuillé une ville, un département et un pays tout entiers. Aujourd'hui, toutes nos pensées doivent aller à la famille de Laetitia Doussaint, innocente victime d'un monstre qui aura à répondre de son crime devant la justice française.* »

Antoine Vasseur lui succède à l'image. Interrogé devant le même immeuble crasseux que tout à l'heure, il raconte que l'arrestation et les aveux d'Éric Bidault les avaient tous surpris. « *Cela ne faisait pas très longtemps qu'il était dans le quartier*, explique-t-il. *Deux ans, grand maximum... Mais lui et sa famille s'étaient parfaitement intégrés. Bidault était chasseur et nous l'avions accepté dans notre groupe. Il était sympathique, toujours de bonne humeur et, surtout, c'était un bon fusil. À peine arrivé, il a fait partie de notre bande. C'était le genre de gars qui fait rigoler les copains, il avait toujours une bonne blague à raconter. Sa femme était plus discrète, mais très sympathique également. Avec leurs gosses, c'était une famille sans histoire. Alors, quand nous avons appris ce qu'il avait fait, nous étions stupéfaits et dégoûtés. Les gendarmes étaient si affirmatifs que, les premiers jours, tout le monde était persuadé qu'Éric était le coupable. "Il a bien caché son jeu", voilà ce que nous nous disions. Nous nous sommes sentis trahis.* »

Sur des images abîmées par le temps apparaissent des habitants du quartier et des collègues de travail interviewés l'après-midi de son arrestation. Éric les reconnaît tous même s'il a du mal à mettre un nom sur certains visages. Tous sont consternés par la nouvelle. « *Ses gosses sont copains avec les miens* » ;

« Je ne comprends pas, on n'a jamais eu de problème avec lui » ; « Il n'a pas eu de geste déplacé avec nos enfants, sinon il aurait eu affaire à moi ! » ; « Bidault ? Il était toujours partant pour la rigolade » ; « C'étaient des gens ordinaires. Sans histoire. Sympathiques et serviables. Je n'en reviens pas. C'est incroyable ! » ; « Nous nous sommes bien fait avoir. Mais à bien y réfléchir, il était bizarre, ce type, un peu sournois. Finalement, ça me surprend à peine, je me suis toujours méfié de lui », conclut un dernier type.

Bidault le reconnaît sans hésitation, celui-là. C'est cet enculé de Desjoyaux, son chef à l'usine.

À l'époque, les reporters avaient même retrouvé son père dans la banlieue d'Amiens. Le voici qui parle : *« Sa mère et moi sommes détruits. Il y a pas mal de temps qu'on ne l'a pas vu dans le coin. Ce n'était pas un fils facile. Mais de là à faire ça à une gamine. Les bras me tombent du corps. »* Son vieux se met à pleurer. Éric reconnaît ces larmes : ce sont les mêmes qui coulaient quand son père le suppliait de lui pardonner, après l'avoir tourmenté. « Surtout, tu ne racontes rien à maman, hein ? » répétait-il, entre deux sanglots. Pourtant, un jour, il avait tout dit à sa mère. Il avait 15 ans. Au lieu de l'écouter, elle l'avait foutu à la porte. Depuis, ses parents sont morts, elle d'un cancer, lui d'une crise cardiaque. Il avait laissé ses frères les foutre en terre sans lui. Le revoir à l'écran réveille sa haine pour son paternel. Il a toujours tenu Annie à l'écart de son histoire, ne lui avait rien dit, même lorsqu'elle s'était étonnée qu'il n'assiste pas à leurs obsèques. « Nous sommes fâchés. Je les ai effacés de ma vie. » Cela avait été sa seule explication. Annie n'avait pas insisté, elle savait que c'était inutile.

Voici Vasseur, le crâne parfaitement rasé, qui poursuit : *« Je peux bien le dire aujourd'hui, on était nombreux, et moi le premier, à le vouloir au bout de notre fusil. Je n'en suis pas fier, mais c'est comme ça. Si on nous avait livré le monstre dont parlaient les journaux, je crois vraiment qu'on l'aurait zigouillé. »*

« Eh bien, dis donc ! s'exclame Annie Bidault. Tu l'as échappé belle.

— Il faut les comprendre, réplique calmement son mari. Ils se sont laissé intoxiquer par ces putains de gendarmes. J'étais le coupable idéal, non ?

— Idéal ?

— Il leur fallait un coupable, disons...

— Je sais bien, mais tout de même, je me demanderai toujours pourquoi tu as avoué... »

À quoi bon lui expliquer, une fois de plus ? Ils ont eu si souvent cette discussion par le passé. Pourquoi faut-il qu'elle y revienne ce soir ?

Les gendarmes étaient venus le cueillir dans la matinée sur son lieu de travail. Après avoir enchaîné plusieurs emplois de courte durée, il avait été engagé, un an plus tôt, comme cariste chez Piette et Cie, une entreprise qui fabriquait du matériel de sécurité. Desjoyaux les avait guidés jusqu'à lui. Il souriait. Ils l'avaient laissé déposer son chargement dans un semi-remorque, puis ils lui avaient demandé de descendre. « Veuillez nous suivre, monsieur Bidault. Ne faites pas d'histoires », lui avaient-ils seulement dit. Sans ménagement, ils lui avaient passé les menottes, dans le dos, devant les collègues. Trop serrées, elles lui martyrisaient les poignets. Éric avait entendu un gradé glisser à un groupe de gars ahuris et impressionnés par l'entrée en force des gendarmes qu'ils étaient venus arrêter le salaud « qui avait violé la petite Doussaint ». La rumeur s'était propagée dans toute l'usine et le personnel, des cadres aux ouvriers, était accouru. Tandis qu'il se laissait entraîner, sans un mot de protestation, il avait entendu fuser les insultes, « ordure », « saleté », « pourriture ». Son absence de réaction avait été interprétée comme un aveu. Les gendarmes avaient pris quelques coups en le soustrayant à la vindicte qui était montée d'un coup. Il avait échappé de peu à leur colère.

Éric se souvient encore des visages des camarades, avec lesquels il plaisantait encore quelques minutes auparavant, soudain chargés de haine. Et du sourire triomphant de Desjoyaux.

Il avait été poussé à l'arrière de la voiture. Si fort qu'il s'était ouvert le front au passage en se heurtant sur le haut de la portière. Tandis qu'ils traversaient la ville, sirènes hurlantes, il pissait le sang sur son bleu de travail sans qu'aucun des deux gendarmes qui l'encadraient ne juge bon d'intervenir. Quand ils étaient arrivés à la gendarmerie, l'un d'eux avait jeté sur lui une vieille couverture attrapée dans le coffre. Dix-neuf ans plus tard, il n'a pas oublié son odeur de pisse et de moisi. Mais avant de le dissimuler ainsi, ils l'avaient abandonné de longues secondes dans le véhicule, face au déchaînement des photographes et des cameramen qui collaient leurs objectifs contre la vitre, gueulant son nom et son prénom pour qu'il tourne la tête vers leurs objectifs.

Son visage perdu, sa tête couverte de sang apparaissent à l'image. Puis il se voit monter les marches du bâtiment, tenu par deux gendarmes, caché sous cette foutue couverture marron. Il écoute sans dire un mot.

« Éric Bidault a été interpellé sur son lieu de travail à 9 heures et demie du matin. En procédant à cette arrestation spectaculaire, et en laissant filtrer délibérément ces informations, les gendarmes avaient espéré l'impressionner et le faire craquer. Le résultat fut concluant : Éric Bidault finit par tout avouer après quarante-six heures passées en garde à vue. »

Le capitaine Marchand, grand, maigre, le visage de marbre malgré les longues heures d'interrogatoire, apparaît, sûr de lui, devant un attroupement de journalistes : *« Messieurs, l'assassin de Laetitia Doussaint a signé des aveux circonstanciés. Il va comparaître dans la journée devant le juge d'instruction. Il se nomme Éric Bidault. C'est un voisin de la famille Doussaint. »* Puis il disparaît à l'intérieur de la gendarmerie, ignorant le flot de questions.

Les auteurs du reportage ont retrouvé le capitaine en Bretagne. Contrairement à la plupart des protagonistes, il a peu changé, et Bidault le reconnaît immédiatement. Il est assis dans un fauteuil de cuir, un feu crépite dans une cheminée, derrière lui. Éric retrouve les mêmes yeux, d'un bleu si clair, qui se plantaient dans les siens quand il l'accusait avec tant de certitude.

« Le capitaine Marchand est aujourd'hui à la retraite. Quand nous lui avons demandé s'il regrettait la précipitation avec laquelle il a procédé à l'arrestation de Bidault, il nous a fait cette réponse : "L'émotion était telle que nous nous sentions tenus d'aboutir rapidement. Vous n'imaginez pas la pression que nous avions sur les épaules... Cependant, si vous me le demandez, je vous

dirais que dix-neuf ans après ma conviction n'a pas changé. Nous avons travaillé avec professionnalisme. Contrairement à ce qui a pu être dit, les aveux d'Éric Bidault n'ont pas été extorqués sous la contrainte. Il a simplement fini par craquer devant l'évidence des éléments dont nous disposions." »

Le commentaire poursuit, implacable.

« *En menant notre enquête, nous avons découvert que c'est en réalité un appel anonyme qui a amené les gendarmes à s'intéresser à Éric Bidault. Jamais avant aujourd'hui cet élément crucial n'avait été révélé. Il nous a fallu beaucoup insister avant que le capitaine Marchand ne le reconnaisse.* » *Affirmatif*, annonce celui-ci face à la caméra, sans laisser percer la moindre émotion. *Cet appel anonyme nous est parvenu le dimanche soir. Il disait seulement : "C'est Bidault l'assassin." Nous recevions tellement de dénonciations que, dans un premier temps, nous ne lui avons pas accordé beaucoup d'intérêt. Mais la personne a rappelé le lundi matin. Notre interlocuteur nous a demandé pourquoi nous n'avions pas tenu compte de son appel, et nous a livré des détails importants, au sujet du passé de Bidault, en particulier.*

— *Avez-vous su de qui il s'agissait ?* s'enquiert le journaliste.

— *Ceci reste confidentiel. Il ne m'est pas possible de révéler ma source. La seule chose que je peux dire, c'est que c'était quelqu'un de l'entourage.* »

« J'en étais sûr ! rugit Éric. Je suis sûr que je connais l'ordure qui m'a dénoncé !

— Tu sais qui c'est ? demande Annie.

— Laisse-moi écouter», ordonne-t-il, sans lui répondre.

Mais il a bien un nom en tête. Cela ne peut être que lui. Desjoyaux, son chef à l'usine, qui le harcèle depuis le début. *Je lui ferai payer ça*, se promet-il.

« Les gendarmes se sont ensuite intéressés à son comportement la nuit de la disparition de la petite, qualifié d'"étrange" par le gendarme qui dirigeait le groupe auquel s'était joint Éric Bidault. Il l'avait signalé à ses supérieurs et, dans son procès-verbal, il le décrivait comme "excité, nerveux, sans cesse aux aguets". Sur le moment, il ne s'en était pas rendu compte, mais par la suite, il avait pris conscience que Bidault était intervenu à de nombreuses reprises pour les guider, à chaque fois pour les éloigner de l'endroit où ils avaient finalement trouvé le corps. Il s'était également souvenu que son chien avait marqué l'arrêt devant une voiture dès le début. Il n'était pas affirmatif mais il pensait qu'il s'agissait de celle de Bidault. Quand les journalistes étaient arrivés sur les lieux, Bidault avait été le premier à prendre la parole, exigeant la peine de mort pour le tueur de la petite fille avec plus de véhémence que tous les autres, encore sous le choc. Le lundi dans l'après-midi les gendarmes avaient été mis sur sa piste de manière décisive par un nouveau témoignage. Une personne est venue témoigner qui l'avait aperçu discutant avec la fillette, le jour de sa disparition. Ce témoin avait vu un homme d'une trentaine d'années, au volant de sa voiture, s'arrêter pour parler à Laetitia à la sortie du lotissement. Quand on lui avait montré des photos de Bidault, il avait dit le reconnaître. En revanche, il a

été incapable d'indiquer la marque de la voiture, sauf qu'elle était de couleur sombre. »

Éric Bidault n'a jamais su qui affirmait l'avoir vu en train de parler à l'enfant. Il avait deviné que c'était un homme, on le lui avait soufflé le jour où on l'a poussé avec d'autres jeunes gars, vêtus comme lui d'un jean et d'un tee-shirt, dans une petite pièce anonyme. On les avait alignés côte à côte face à un immense miroir. Pour avoir souvent vu des scènes de ce genre à la télé, il se doutait que son accusateur se trouvait de l'autre côté. Cela n'avait duré que quelques instants. En sortant, à voir la mine réjouie des gendarmes, il avait compris. « Vous êtes dans de sales draps, Bidault ! lui avait soufflé Marchand, ajoutant : Il vous a parfaitement reconnu. »

« *Enfin*, poursuit l'ancien capitaine de gendarmerie, *l'enquête que nous avions alors menée sur lui avait révélé que le cariste avait déjà été inquiété dans une affaire d'attouchements sur une mineure de 15 ans. L'histoire était ancienne, elle remontait à l'époque où il vivait dans le Nord. Faute de faits manifestes, les parents de la jeune fille avaient renoncé à porter plainte, et il n'avait pas été poursuivi. Mais il avait été contraint de quitter la région d'Amiens où il résidait alors, et il était parti refaire sa vie dans le Sud.*

Lorsqu'il a reconnu son crime, Éric Bidault a été si précis dans le déroulement des faits qu'il ne restait plus au juge qu'à l'inculper. J'estime, encore aujourd'hui, que tout l'accablait. Malheureusement, l'accusé s'est rétracté devant le juge. » Le capitaine s'interrompt un instant et dit d'une voix posée : « *J'affirme ici que, devant nous, Bidault a fait des aveux qui nous ont convaincus sans erreur possible. Je sais qu'en disant cela je prends le risque d'être attaqué, mais je suis certain que nous tenions bien l'assassin. Rien ne pourra me faire revenir là-dessus.* »

La caméra zoome sur le regard d'acier de l'ancien gendarme tandis que la voix off continue : « *Éric Bidault est revenu sur ses aveux devant le juge d'instruction. Il a accusé les gendarmes d'avoir usé de la force et de menaces contre sa famille pour le faire avouer. Ensuite, ses déclarations n'ont plus jamais varié : il n'a cessé de clamer son innocence.* »

Dans un réflexe impossible à maîtriser, Annie ferme les yeux. Éric, qui l'observe en coin, voit son trouble et lui prend la main, dans un geste qu'il veut affectueux, et s'efforce de sourire. Elle ne réagit pas, le laisse faire, comme toujours. Mais il sait bien que, dix-neuf ans après, sa femme n'a toujours pas oublié ces journées de descentes aux enfers, où elle a cru que l'homme qu'elle avait épousé était un monstre.

Éric n'avait jamais voulu écouter les gendarmes qui, pour le déstabiliser, avaient laissé entendre que sa propre femme l'avait trahi. Ce ne pouvait pas être elle, ç'aurait été nier tout ce qu'ils avaient bâti ensemble. Cette vérité, comme bien d'autres, il s'est interdit de l'affronter. Il s'est toujours refusé à lui poser la question.

Le trouble si palpable d'Annie, il l'attribue à la violence des images et des souvenirs : la une accusatrice de *La Provence*, la vision de son mari en sang, la froide assurance du capitaine responsable de l'enquête, tout cela a forcément ravivé sa douleur, la mémoire angoissante de ce qu'elle a enduré pendant les heures qu'Éric a passées en garde à vue.

Il a toujours voulu ignorer la stupeur, la honte, les doutes, les interrogations et enfin la haine qu'elle avait dû ressentir quand elle avait compris que l'homme qui partageait sa vie avait avoué le viol et l'assassinat de l'enfant.

Ce sont les premiers journalistes accourus chez eux qui le lui avaient appris.

Elle n'avait pas eu la présence d'esprit d'empêcher l'avant-garde de la meute de pénétrer dans le salon du petit pavillon, elle n'avait pas pu leur interdire de mitrailler chaque recoin de la pièce, ni de subtiliser les photos de leur mariage, disposées bien en vue sur la petite commode dans l'entrée. Tenant sa fille et son garçon par la main, elle avait répondu à leurs questions. Ils l'avaient surprise en robe de chambre, les cheveux défaits. Si maigre, si sèche qu'elle en paraissait méchante. Elle n'a guère changé avec le temps, menue, silencieuse la plupart du temps. Comme si elle gardait ses pensées pour elle seule. Avec les années, Éric s'est habitué à la discrétion presque maladive de sa femme. Et à ne jamais lui poser de questions.

Quand, parfois, elle revenait à la charge pour savoir pour quelle raison il avait bien pu reconnaître ce crime atroce, il répondait invariablement que n'importe qui, à sa place, aurait avoué. Sans donner plus d'explications. Elle n'insistait jamais. Et pourtant, la question réapparaissait fréquemment. Cela durait ainsi depuis dix-neuf ans, une interrogation lancinante, comme une plaie jamais refermée.

Il sait seulement qu'elle avait fui le quartier deux jours plus tard, après avoir tiré les volets du pavillon.

« Les journalistes accourus sur place ont découvert une femme bouleversée. »

Sur les images d'archives, il la voit répéter : *« Pas lui. C'est impossible. »* Tenter de les convaincre que son mari était incapable de faire du mal à quiconque, ajouter : *« C'est un bon papa. »* Elle prend les petits à témoin, ils acquiescent d'un mouvement de tête, sans trop comprendre. Ils sont si petits, si fragiles, désarmés face à l'ampleur du drame qui est en train de les frapper. Mais ils semblent choqués par toute cette agitation, par les larmes de leur maman qui s'effondre devant les objectifs.

Annie se rappelle qu'elle n'espérait qu'une seule chose : disparaître, se soustraire à tout ce malheur avec ses enfants. Après le passage des journalistes, elle avait dû répondre aux gendarmes pendant une journée entière. Elle avait d'abord tenté de défendre son mari, mais comment lutter contre l'évidence des aveux ? Elle avait fini par leur dire ce qu'ils attendaient. Oui, Éric était rentré en fin d'après-midi ce jour-là. Il puait l'alcool. Oui, il avait parfois des comportements si bizarres qu'il lui faisait peur. Oui, il avait parfois des pratiques sexuelles qu'elle jugeait « violentes ». Oui, il s'énervait facilement et il lui était déjà arrivé de la frapper. Oui, il avait pendant longtemps pris des bains avec ses propres enfants, jusqu'à ce qu'elle y mette le holà, car elle trouvait qu'ils devenaient trop grands pour ce genre de choses. Non, elle n'aimait pas la façon dont il regardait parfois les petites filles. Oui, il connaissait

Laetitia Doussaint qui venait souvent jouer chez eux, avec leurs enfants... Oui, oui...

« Oui, avait-elle fini par admettre, totalement perdue, mon mari est capable d'avoir tué Laetitia. »

Elle avait signé sa déposition et c'est persuadée qu'il était coupable qu'elle avait assisté à la perquisition dans le pavillon. Elle avait même aidé les gendarmes, les guidant là où Éric aimait rester seul des après-midi entiers. Ils lui avaient montré comme une preuve deux magazines pornographiques trouvés dans le garage. Mais elle avait senti leur déception, néanmoins. Elle avait entendu le capitaine dire à ses hommes qu'il fallait trouver des revues pédophiles. « Il en a forcément, planquées quelque part », avait-il assuré. Ils avaient fouillé dans le panier à linge. Mais Annie s'était rappelé qu'Éric s'était changé le soir de la disparition de l'enfant, et le leur avait dit, l'idée la traversant qu'il avait voulu effacer les preuves.

Ce n'est qu'après le départ des gendarmes qu'elle avait appris que son mari s'était rétracté devant le juge. Elle avait entendu les journalistes massés dehors assaillir le capitaine, lui demandant ce qu'il pensait de ce nouvel élément. « Comment expliquez-vous que Bidault se soit rétracté ? » l'interrogeaient-ils à tue-tête. Marchand avait tout d'abord fait mine de ne pas vouloir leur répondre, puis était revenu sur ses pas pour déclarer, avec son inébranlable certitude : « Des revirements de ce type sont fréquents et nous nous y attendions. Mais les faits sont là. Éric Bidault a avoué. Pour les enquêteurs, il n'y a aucune espèce de doute : Éric Bidault a violé et tué cette malheureuse petite fille. »

À cet instant, Annie Bidault avait ressenti un mépris

immense pour son mari. Un monstre, incapable d'assumer son acte.

Et très vite, une question s'était imposée à elle et n'avait plus cessé de l'obséder : comment avait-elle pu vivre avec ce monstre sans s'apercevoir de rien ?

Et elle s'était elle-même méprisée, tout autant qu'elle le haïssait.

De tout cela, elle s'en souvient comme si c'était hier.

« Pourquoi pleures-tu ? demande-t-il.

— C'était si dur », murmure-t-elle, incapable d'échapper à ses bras.

Le lendemain matin, elle avait fermé le pavillon, tirant tous les volets, déterminée à s'éloigner de cet endroit, de ce mari immonde et de cette vie, certaine de ne plus jamais pouvoir y revenir. Elle était allée chercher les enfants, restés chez une amie, et, fuyant les injures et les manifestations de haine pour « le monstre et sa bonne femme », elle était partie se réfugier chez ses parents près de Carcassonne.

Les images montrent à présent sa maison, taguée et couverte d'insultes, le jardin massacré. *« Annie, la femme d'Éric Bidault*, explique le commentaire, *a disparu du lotissement du Grand-Chêne, laissant son pavillon en proie à la vendetta aveugle des voisins. Les journalistes avaient surpris un certain Frédéric Cazaux au milieu d'une dizaine d'autres en train de forcer les volets. Alors que ses acolytes s'éloignaient avec prudence, lui ne s'était pas dérobé face à la caméra. »* Sur de vieilles images, on voit Cazaux dire d'un œil mauvais en brandissant une boîte d'allumettes : *« On va rentrer dans la bicoque de ce fumier et y foutre le feu. »*

« C'était il y a dix-neuf ans », conclut le commentaire...

Aujourd'hui, Cazaux vit toujours dans le lotissement, à trois maisons de la leur. Lui non plus n'a pas pu quitter le Grand-Chêne. Elle le croise presque tous les jours. Il la salue toujours, elle lui répond d'un mouvement furtif de la tête, ne sachant comment cracher au visage de cet homme tout le mépris qu'il lui inspire encore aujourd'hui.

Encore un minable parmi les minables, songe-t-elle en le revoyant sur ces images, allumettes à la main. Fier de jouer les justiciers.

22 h 44

«Mis en examen pour assassinat et viol, accompagné d'actes de barbarie sur mineure de moins de 15 ans, Éric Bidault a été incarcéré au centre de détention du Pontet au nord d'Avignon.»

Éric blêmit, il ne peut réprimer un tremblement. Il n'en peut plus de voir défiler ces photos, obstinément, comme si les reporters n'avaient plus rien d'autre à proposer.

Dans le bureau du juge Lantier, il était revenu sur ses aveux, avait crié son innocence, dénonçant l'erreur judiciaire qu'ils étaient en train de commettre. Mais le juge, sur un ton glacial, les yeux plongés sur son dossier, lui avait signifié son inculpation et son incarcération. En se levant pour sortir de son bureau, il avait senti sa détermination, tout aussi implacable que celle du capitaine.

Il revit ces heures terribles, les souvenirs de ses quarante-sept jours de captivité lui sautent au visage. Les souffrances qu'il avait endurées, les châtiments qu'on infligeait aux tueurs d'enfants. Les doutes, puis le mépris des siens. Leur honte. Annie sait que, en dépit des apparences, son mari ne s'en est jamais totalement remis. Il fait toujours des cauchemars, balbutiant des paroles incohérentes qui l'inquiètent. Il se réveille en larmes et ne finit par se calmer que longtemps après. Mais il ne réussit jamais à se rendormir, terminant sa nuit devant la télé, dans le salon. Solitaire, incapable d'oublier.

Il se souvient comment, à bout de résistance, il avait fini par craquer et était passé aux aveux. Il ne le savait pas, mais les gendarmes avaient alors presque renoncé à le faire parler. Un jeune, dont il a oublié le nom, le seul qui avait fait preuve d'un peu de compassion à son égard, était entré dans la pièce où ils l'avaient laissé, isolé depuis des heures. Il avait dû finir par s'assoupir, car le grincement de la porte l'avait réveillé. Le bref sommeil avait émoussé ses défenses et les certitudes qu'il se répétait depuis des jours. Le jeune avait l'air si amical quand il lui avait proposé une cigarette, il ne s'était pas méfié. Le goût de cette cigarette, il en rêvait tant... Il avait fumé sans prononcer un mot, tout à son plaisir de l'instant. Il avait perdu la notion du temps, ignorait depuis combien de temps il répondait à leurs questions, sans jamais cesser de nier. Le gendarme avait tiré la chaise en fer et il s'était assis à ses côtés. Pas en face comme avaient fait les autres. Lui aussi, silencieux, avait allumé une cigarette. Puis soudain, il avait posé sa main sur les siennes. Il avait simplement dit : « Racontez-moi tout, monsieur Bidault. » C'était la première fois que quelqu'un le vouvoyait et l'appelait monsieur. « Dites-moi ce que vous avez sur le cœur, monsieur Bidault, avait-il ajouté. Vous verrez, vous serez si soulagé après. » Comment avait-il pu tomber dans ce piège aussi grossier ? Il se le demande aujourd'hui encore, et pourtant c'est bel et bien ce qui s'était passé. Il était si fatigué, c'est la seule excuse qu'il trouve à invoquer. Il avait résisté à tous leurs assauts jusqu'ici. Il s'en était tenu à sa version sans en démordre : il s'était un peu fâché avec sa femme, il avait roulé au hasard pour se changer les idées, puis il avait retrouvé ses copains au café, comme tous les samedis. « Ils vous le diront », répétait-il avec conviction. Tous avaient été interrogés et tous avaient confirmé sa présence au Balto. Mais certains avaient ajouté qu'ils l'avaient trouvé « bizarre », « nerveux », « pas comme d'habitude ». Et surtout qu'il était arrivé en retard. « D'un bon quart d'heure », avait précisé l'un d'eux, Étienne Balmont.

Il n'était revenu chez lui que vers 19 h 30. Il soutenait qu'il n'avait appris que plus tard la disparition de la petite fille, lorsqu'on avait fait appel à des volontaires pour participer aux recherches.

Dans un premier temps, face aux gendarmes, sa femme avait confirmé sa version, et l'heure de son départ et de son retour. Quand ils lui avaient parlé des problèmes qu'il avait eus par le passé, ils avaient bien vu qu'elle pâlissait et que ses défenses se fissuraient. Elle avait confirmé qu'ils s'étaient installés dans le Sud pour s'éloigner d'Amiens. Elle était au courant de l'affaire, bien sûr, mais « la gamine avait voulu faire son intéressante, et d'ailleurs, les parents n'avaient pas porté plainte ».

« Pourquoi êtes-vous restée avec lui ? »

Elle avait répondu sans hésiter à cette question abrupte :

« Parce que je l'aimais.

— Et aujourd'hui ? avait insisté le capitaine. Vous ne l'aimez plus aujourd'hui ?

— Non, non, je l'aime, bien sûr. C'est mon mari. »

Mais le doute était semé, et elle n'avait pas résisté très longtemps.

Les gendarmes avaient dit à Bidault, alors que rien ne leur permettait de l'affirmer, que c'était sa propre femme qui l'avait dénoncé. « Elle t'a bien chargé, même », avaient-ils insisté. Lui avait refusé de les croire et s'en était tenu à son alibi. Quant à celui qui l'avait reconnu, c'était « n'importe quoi ! ».

Alors pourquoi avait-il fini par tout avouer de cette façon ? Comment il avait fait monter la petite dans sa voiture, la couleur de sa jupe, la peur de la gamine. Comment, dans un état second, « il avait fait ça ». « Ça quoi ? » avait réitéré le jeune militaire, d'un ton neutre. « Vous le savez bien », avait-il répondu. Puis il s'était effondré en larmes en répétant : « Je suis un monstre, je suis un monstre. »

Ses larmes l'avaient empêché de voir l'expression soudain glaciale du gendarme et le regard qu'il avait lancé vers le miroir sans tain. Le capitaine Marchand les avait rejoints quelques instants plus tard et il avait rédigé sa déposition. Éric l'avait signée sans la lire. Il avait alors entendu le capitaine gratifier le jeune homme d'un : « Beau travail, Delamotte. »

Delamotte, c'est ça, voilà comment il s'appelait, ce jeune type...

Le capitaine Marchand revient à l'image et répète : *« Contrairement à ce que Bidault a soutenu par la suite, ses aveux circonstanciés n'ont pas été obtenus sous la contrainte. Les détails qu'il nous a donnés étaient précis, et nous étions persuadés de tenir l'auteur de ce crime atroce, qui avait finalement éprouvé le besoin d'apaiser sa conscience. Qu'il soit revenu ensuite dans le bureau du juge sur ses déclarations, en toute franchise, nous nous y attendions. C'est très souvent le cas. Notre dossier était solide et le juge Lantier nous a d'abord suivis sans tenir compte de ce revirement.* » Le capitaine s'interrompt un instant et fixe la caméra, comme s'il voulait rassembler toute sa force de conviction avant de poursuivre : *« Je ne regrette rien. Nous avons fait notre travail en conscience. Malheureusement, par la suite, la justice ne nous a pas suivis. Elle a conclu que nos preuves n'étaient pas suffisantes pour traduire Éric Bidault devant la cour d'assises.*

— On pourrait penser à vous entendre que vous jugez aujourd'hui encore que cet homme était le coupable », interroge le journaliste.

À nouveau, le capitaine fixe la caméra sans un battement de cils et répète : *« La justice ne nous a pas suivis. Je n'ai rien d'autre à ajouter.* »

« Espèce de salopard ! » siffle Éric.

Mais le commentaire poursuit : *« Éric Bidault est resté quarante-sept jours en détention. Malgré leurs efforts, les gendarmes ne sont pas parvenus à établir sa culpabilité. Au contraire, les éléments réunis contre lui se sont effondrés les uns après les autres tandis que Bidault continuait à clamer son innocence avec opiniâtreté.*

Son avocat a fait le reste. Les témoignages contre lui ? Pas crédibles. Celui de la personne qui l'avait vu en compagnie de l'enfant n'avait pas été retenu. L'avocat de Bidault a soulevé un point important : le témoin était myope.

Ses propres aveux ? Obtenus sous la contrainte et livrés à bout de résistance. Ne s'était-il pas aussitôt rétracté ?

Les quelques minutes supposées manquer dans son emploi du temps le samedi en fin d'après-midi ? Son avocat avait réussi à instiller le doute dans l'esprit du juge, en faisant pratiquer des chronométrages.

Mais Bidault n'avait-il pas décrit précisément la jupe de l'enfant ? Qu'est-ce que cela prouvait ? avait opposé le défenseur. Éric Bidault l'avait vue comme tout le monde, lorsque les gendarmes l'avaient exhumée.

Son passé de délinquant sexuel ? Il n'avait jamais été poursuivi.

Enfin, les perquisitions à son domicile n'avaient rien donné.

Il fallait se rendre à l'évidence : les gendarmes n'avaient rien trouvé de déterminant contre Éric Bidault.

Le juge avait été intraitable : les gendarmes, aveuglés par leur désir de régler l'affaire rapidement et de trouver un coupable, avaient pu faire fausse route. Faute de preuves, Bidault devait être tenu pour innocent. Ainsi obtint-il le non-lieu, en mai 1994. Quelques jours seulement après sa libération, le juge Lantier dessaisit les gendarmes de l'enquête pour la confier au SRPJ d'Avignon, sous les ordres du commissaire Bouvard, surnommé par ses collaborateurs "Grosse Tête", en référence à son célèbre homonyme.»

Un homme en costume sombre apparaît maintenant à l'écran. Il est petit, râblé et arbore une fine moustache. Il fait face à des journalistes qu'on soupçonne nombreux tant l'agitation autour de lui est palpable. Il déclare : « *Le juge a confié l'enquête au SRPJ d'Avignon. Je ne reviendrai pas sur les erreurs qui ont pu être commises, nous allons tout reprendre à zéro. Aussi, messieurs, ne vous attendez pas à des résultats éclairs. Nous y consacrerons le temps qu'il faudra, cependant je peux vous assurer que nous arrêterons le coupable.* »

« Pourquoi as-tu avoué ? » demande soudain Annie.

Combien de fois lui a-t-elle posé cette question ? Des centaines de fois, depuis dix-neuf ans. Invariablement, il répondait que les gendarmes l'avaient brutalisé. Qu'ils l'avaient menacé de mener la vie dure à sa famille. Il était une victime, disait-il. D'ailleurs, ne s'était-il pas immédiatement rétracté devant le juge ? N'avait-il pas été disculpé ? Mais, ce soir, il parvient juste à dire :

« Je ne sais plus. C'est si vieux tout ça. »

Il ajoute dans un souffle : « Je voudrais oublier cette histoire. » Il n'ose pas lancer cette question qu'il a si souvent voulu lui poser depuis, et qui revient régulièrement lui brûler les lèvres : « Et toi ? Est-ce que c'est toi qui m'as dénoncé ? Est-ce que tu m'as vraiment cru coupable ? Et aujourd'hui, qu'est-ce que tu penses, hein ? »

Il regarde fixement l'écran où il découvre la foule immense qui suit le cercueil de la petite Laetitia Doussaint. Il était alors en prison, et c'est toute une ville qui allait enterrer la petite fille.

22 h 45

Ce n'est pas lui qu'il aperçoit le premier à l'écran. C'est son frère. Vincent Doussaint est agrippé au bras de Simon, son cadet. Chacun des frères tient sa femme par la main. Nathalie cache ses yeux derrière de larges lunettes noires. Tous les quatre avancent ainsi, famille soudée par la douleur, rue de la Monnaie. En haut des marches de la cathédrale Saint-Siffrein, on aperçoit l'abbé Pommat, revêtu de la chasuble blanche, immobile et un peu voûté. C'est lui qui enseignait le catéchisme à Laetitia et les parents ont voulu que ce soit lui qui dise la messe. Près de lui, devant le portail, posée sur un trépied, une grande photo de l'enfant, souriante. Vivante et heureuse.

« Le corps de l'enfant a été rendu à la famille le vendredi au soir après son autopsie. Les obsèques se sont déroulées à 15 heures le mercredi 23 mars 1994 en présence d'une foule considérable. »

Simon se souvient qu'ils étaient si proches du cercueil qu'ils pouvaient le toucher. Il se souvient surtout du murmure de son frère, au pied des marches : « Je ne peux pas croire que je suis en train de vivre ce cauchemar. »

À l'image, une petite fille avance seule devant le corbillard. C'est Émilie, la cousine de Laetitia. Sa fille.

Elle tient un petit bouquet de roses blanches. Derrière les parents marchent les grands-parents, puis les camarades de classe de Laetitia, tous les enfants de l'école, et à leur suite une procession de gens, tout de blanc vêtus, avec en tête le maire et le conseil municipal au grand complet, écharpes tricolores en travers de la poitrine. La caméra s'attarde sur la foule, immense fleuve blanc. Simon reconnaît des visages, tant de visages d'autrefois. Cazaux, qui les avait entraînés à sa suite pour vandaliser le pavillon des Bidault, et qui s'en vantait. Il porte un tee-shirt sur lequel est imprimé le portrait de Laetitia. Il est l'un des rares à parler avec son voisin, Mérigaud. Celui-ci est mort depuis, emporté en quelques semaines seulement par un mauvais cancer. Il aperçoit aussi, noyés dans la multitude, Vasseur et sa femme. Le prénom lui revient d'un coup : Eugénie. Eux aussi sont en blanc. La caméra zoome à ce moment-là sur les visages et s'attarde sur celui d'Antoine ému, les larmes aux yeux. Eugénie a une attitude intrigante, comme si elle se tenait volontairement à l'écart de son époux. Elle le fixe. L'image, furtive, n'a duré qu'un instant, mais Simon l'a saisie.

« *Le cortège funèbre a traversé la ville dans un silence assourdissant*, raconte le journaliste. *C'est toute une ville, tout un département qui ont voulu s'associer au deuil des parents de Laetitia. Les commerçants ont fermé leur boutique le temps des obsèques de l'enfant. La foule était si nombreuse que bien des gens n'ont pas pu pénétrer dans la cathédrale. Ils ont suivi la cérémonie sur la place sous un soleil éclatant. L'abbé Pommat, durant son homélie, s'est constamment adressé aux deux parents : "Le souvenir de Laetitia restera une blessure à jamais ouverte dans vos cœurs, puis se tournant vers l'assemblée : Et dans les nôtres. Personne, ici, aucun d'entre nous, n'oubliera que c'est l'innocence d'une vie qui a été volée. L'âme peut être si pure ou si noire, et cela nous interroge sur l'humanité tout entière. Prions, mes amis, pour que la pureté l'emporte."*

L'abbé Pommat s'est approché des parents et les a pris l'un après l'autre longuement dans ses bras, tentant de leur apporter le réconfort dont ils avaient tant besoin en cet instant. Ensuite, la foule s'est dispersée dans le silence, laissant la famille accompagner seule la petite enfant martyre à sa dernière demeure.»

Au cimetière, personne n'avait craqué. Même pas Nathalie, qui comme les autres avait jeté une poignée de terre dans le trou où avait disparu le cercueil. Sans un mot ni une larme. Pas de paroles de vengeance non plus, rien de ce qui avait été dit dans le petit bois le soir de la découverte du corps. Pas un mot au sujet de Bidault. Seule la tristesse infinie, et le recueillement, si puissant. Nul n'avait vu le fossé qui, déjà, avait commencé à se creuser entre Vincent et Nathalie. Et qui amènerait la rupture, inéluctable. Prisonniers de leur douleur, chacun de son côté, ils ne seraient jamais capables de tenter de la vaincre ensemble.

«Nous avons retrouvé la mère de Laetitia, Nathalie Doussaint, reprend le journaliste face à la caméra. *Un an après la mort de sa fille, elle a divorcé et quitté Carpentras. Elle réside aujourd'hui à Marseille où elle a refait sa vie. Remariée, elle est mère de deux garçons. Elle a accepté de nous rencontrer à la condition que ce soit devant la tombe où repose son enfant.»*

« C'est incroyable : elle n'a pas changé ! s'exclame Estelle quand Nathalie apparaît à la télévision. À part qu'elle a les cheveux courts, maintenant ! »

Simon est tétanisé par l'apparition de son ex-belle-sœur. Il y a si longtemps qu'il ne l'a pas vue, il avait en quelque sorte oublié son existence. Comme il avait fini par ranger, loin dans un recoin de sa mémoire, le souvenir de sa petite nièce. C'est à peine s'il reconnaît le cimetière. Il n'y est jamais retourné depuis dix-neuf ans. « Trop douloureux », a-t-il toujours prétexté à sa femme.

Le reportage montre Nathalie, accroupie devant la stèle, arrangeant un bouquet de roses blanches qu'elle vient d'y déposer. Elle s'affaire à nettoyer la tombe : *« Il ne se passe pas un jour sans que je pense à ma fille. Vous vous rendez compte, elle aurait 29 ans, aujourd'hui ? »* Le journaliste lui demande comment elle vit avec l'idée que l'assassin soit toujours en liberté. Nathalie relève la tête, réfléchit un instant et dit calmement : *« Beaucoup de temps a passé, mais j'ai toujours de la haine pour lui. Parler de haine est encore trop faible pour exprimer ce que je ressens. S'il m'entend maintenant, il faut qu'il le sache : je le hais et cette haine, je mourrai avec. »* Le journaliste insiste : *« Comment supportez-vous de ne pas connaître la vérité ? »*

Elle prend à nouveau quelques secondes avant de répondre. Elle se redresse et dit : *« J'espère, je crois, qu'il souffre, lui aussi. Voilà ce qui me permet de tenir : me dire que ce monstre est aussi malheureux que moi. »*

Simon saisit la télécommande et éteint la télé. Voir et

entendre ainsi sa belle-sœur lui est devenu, d'un coup, insupportable.

« Qu'est-ce que tu fais ? s'énerve Estelle. Rallume cette télé. Vite !

— Je... J'ai fait une fausse manœuvre, excuse-moi.

— Une fausse manœuvre, marmonne-t-elle. Décidément, tu n'en rates pas une...

— Qu'est-ce que tu racontes ?

— Rien... simplement, tu as du mal à maîtriser tes émotions, dis donc ! Revoir Nathalie te chamboule à ce point ?

— Arrête tes idioties.

— Laisse-moi écouter ! »

Le reporter fait silence tandis que l'on voit Nathalie murmurer une prière avant de s'éloigner dans les allées du cimetière. La caméra l'abandonne, revient sur la tombe, et zoome sur la photo de l'enfant et les mots gravés en lettres d'or : « À notre ange, maman et papa. »

Le commentaire reprend : *« Nous avons également retrouvé Vincent Doussaint, le père de Laetitia. Lui aussi a quitté la région de Carpentras et il n'a plus aucune relation avec son ancienne épouse. Au contraire de celle-ci, il a refusé de nous rencontrer. Nous avons respecté sa volonté. La seule chose qu'il a accepté de nous dire au téléphone est qu'il était certain que tôt ou tard on découvrirait l'assassin de sa fille. Tandis que sa femme est parvenue à refaire sa vie, Vincent Doussaint semble à jamais prisonnier de sa douleur. Il nous l'a dit, avant de nous demander de ne plus le contacter : que l'homme qui a violé et tué sa fille reste impuni, soit probablement toujours vivant, quelque part, est une plaie vive, qui ne peut se refermer. Sa vie s'est arrêtée le jour où on lui a enlevé son enfant.* »

Ainsi mis face à la douleur de son frère pourtant depuis longtemps disparu, Simon semble prendre véritablement conscience qu'il ne pourra pas l'aider. Plus rien ne reste, l'enfance n'existe plus. Simon sait qu'on ne peut pas changer le cours de la vie et remonter le temps.

22 h 47

«Il ne s'est pas flingué, c'est déjà ça ! » claironne Estelle, d'un air de sous-entendre : « Tu vois, je te l'avais bien dit, ton frère est une grande gueule, mais au fond, c'est un lâche... »

Elle ne l'a jamais beaucoup aimé, Vincent. Elle ne supportait pas la façon dont Simon suivait son aîné les yeux fermés, sans discuter. Elle lui répétait sans cesse qu'il n'était pas son larbin, alors il lui assurait qu'il allait s'affirmer. « C'est ça, et tu vas te coucher comme une crêpe, comme toujours... » Elle l'a toujours considéré comme un minable... Tiens, par exemple, quand Vincent a fini par les convaincre de s'installer au Grand-Chêne. Ils ne voulaient pas y venir, ni l'un ni l'autre, et, pourtant, ils y sont toujours. Vincent avait encore gagné. Non, ce n'est pas ce soir qu'elle va commencer à le plaindre.

« Ne parle pas comme ça, coupe Simon. C'est mon frère, après tout.

— Et après ? On se demandait ce qu'il avait foutu de sa vie. Maintenant, on le sait : il est toujours bien vivant. Tu dois être content : ton cher frangin ne s'est pas tiré une balle. Quel soulagement !

— Un peu de respect, tu oublies qu'on parle de Laetitia, là !

— Et alors ?

— Et alors ? » Il hausse le ton. « Elle est morte, Estelle. Je te rappelle que c'était ma petite nièce !

— Ça fait dix-neuf ans que tu me rabâches ça. Il serait temps de passer à autre chose, Simon ! À moins que...

— À moins que quoi ? dit-il, à présent vraiment furieux.

— ... Rien. »

Simon n'insiste pas. Quand elle devient mauvaise comme à ce moment, il a rarement le dernier mot.

Le reportage montre des images du pavillon, tous volets fermés : *« Après le départ de sa femme, Vincent Doussaint est resté vivre dans le lotissement, enfermé chez lui, refusant à quiconque d'entrer. Même ses parents ont fini par se lasser de venir frapper en vain à la porte. Il ne sortait que quand des journalistes se présentaient, pour faire des déclarations agressives contre les enquêteurs. Les journalistes, de moins en moins nombreux, ont fini eux aussi par se lasser. Un jour, sans prévenir quiconque, il a quitté le quartier et il a disparu. Finalement, le pavillon dut être récupéré par la banque et vendu aux enchères. Plusieurs habitants s'y sont succédé pendant toutes ces années, mais aucun n'est resté très longtemps. Comme si le drame, resté gravé dans les murs, finissait par faire fuir ses occupants. La maison est aujourd'hui inoccupée et à nouveau en vente. »*

La maison où vivait son frère se trouve au bout de la rue Gluck, à l'angle de la rue Mozart. Simon s'oblige à passer devant tous les soirs en voiture, en rentrant du travail. Puis il va jusqu'à son ancien pavillon. Une sorte de pèlerinage. Sa femme n'en sait rien. Chaque fois, c'est plus fort que lui : il faut qu'il regarde. Il voudrait ne se souvenir que des bons moments passés ici, mais ce sont les mauvais, les plus douloureux, qui l'assaillent.

Simon se rappelle ce que son frère lui a dit le jour des funérailles. Au moment de se quitter, Vincent avait attiré Simon à l'écart. Il aurait aimé que son grand frère le remercie d'être là, si présent, si proche, comme quand ils étaient gosses. Mais non, Vincent n'avait fait que parler de « cette putain d'enquête qui n'avançait pas ». Simon était resté interdit.

« Qu'est-ce que tu racontes ? Elle est finie, l'enquête ! avait-il rétorqué sans comprendre.

— Je me demande si c'est bien Bidault qui a tué Laetitia, avait répondu Vincent d'un air soupçonneux.

— Mais enfin, bien sûr que c'est lui ! Il a tout avoué !

— Il s'est rétracté.

— Mais ils le font tous, c'est ce qu'a dit le capitaine !

— J'ai un pressentiment. Les gendarmes sont allés trop vite. Je n'arrête pas de penser qu'ils ne tiennent pas le bon type. Et qu'il y en a un quelque part qui se frotte les mains parce que Bidault va payer pour lui. Ça, je ne le supporte pas. »

Simon avait commencé à s'emporter :

« Tu dis n'importe quoi. C'est lui ! C'est un vrai fumier, ce type. Il mérite de pourrir en taule. »

Mais il s'était efforcé de se calmer. Il avait posé la main sur l'épaule de son frère :

« Qui veux-tu que ce soit d'autre ?

— Je ne sais pas. N'importe qui... N'importe qui a pu tuer ma petite. Même quelqu'un de proche. Je suis certain que ce fumier était là aujourd'hui, à l'enterrement. Il a dû bien bander, cette ordure.

— Écoute, l'assassin de Laetitia, c'est Bidault, et il est en taule.

— Je ne crois pas.

— Les gendarmes sont sûrs d'eux, Vincent !

— Ils se gourent, je te dis.

— Il a avoué, c'est Bidault. Un innocent n'aurait pas avoué.

— Non. Ça ne colle pas.

— Alors tu peux accuser n'importe qui. Allez, vas-y : même moi !

— Oui, même toi », avait répliqué Vincent, sans la moindre hésitation.

Simon aurait dû protester, se fâcher, dire à son frère que cette affaire le rendait dingue, qu'il devait se reprendre, compter sur les siens. Il était resté sans voix, incapable de réagir. Il s'était tu, laissant son frère continuer : « Tant qu'on ne m'aura pas apporté la tête de ce fumier sur un plateau, il n'y aura pas d'innocent. » Il avait regardé Simon avec une telle dureté : « Personne. »

Les jours et les semaines suivants, plus Bidault clamait son innocence, plus le doute rongeait son frère. Il venait souvent chez Simon le soir. Il n'écoutait rien de ce qu'on lui disait, il passait en revue la liste des suspects, des dizaines et des dizaines de fois. Écartant les uns, soupçonnant les autres. Les noms variaient selon les jours. Vincent était persuadé d'une chose : le tueur était quelqu'un de leur entourage. Jamais Laetitia ne serait allée avec un inconnu. Quand Estelle lui avait demandé à son tour à quoi bon chercher, le coupable était en prison, il s'était mis dans une rage folle. Il lui avait lancé, en regardant Simon : « Tu veux protéger ce fumier, peut-être ? » Estelle avait répliqué d'un ton glacial : « Pauvre type, tu ne vois pas que ton frère est aussi malheureux que toi ? Pars de chez nous. » Puis elle avait tourné les talons et était partie s'enfermer dans la cuisine, laissant les deux frères seuls. Vincent s'était levé si vite que Simon avait cru qu'il allait lui courir après. Mais il s'était excusé. « Je vais mal », avait-il simplement dit, et il était sorti. Mais il était revenu, dès le lendemain soir, avec sa foutue liste de suspects. Estelle n'en pouvait plus, et Simon avait de plus en plus de mal à lui faire comprendre que son frère était malheureux et qu'il ne pouvait pas l'abandonner : « Il a besoin de nous », avait-il tenté d'argumenter. Estelle s'était montrée inflexible : « Je ne veux plus le voir. Il va nous détruire comme il se détruit lui-même.

— C'est mon frère, je ne veux pas le laisser tomber. » Mais elle avait coupé court, sur un ton sans appel : « C'est son affaire, plus la nôtre, Simon. »

Sur l'écran paraît Bidault. Il sort de la prison d'Avignon, vêtu d'un jogging blanc, fuyant une meute de photographes et de journalistes. À côté de Simon, Estelle s'exclame : « C'est lui qui a tué la petite. C'est évident ! Tu as vu sa tête de coupable ? Hein ? Qu'est-ce que tu en penses, Simon ? » C'est la première fois qu'il l'entend accuser ainsi Bidault. Par le passé, ils ont exploré tant de pistes, évoqué tant de noms. Mais rarement Bidault. Il avait été le suspect idéal, un peu trop facile, mais avait finalement réintégré son pavillon et sa place dans le lotissement. Simon avait été de ceux qui avaient vandalisé le jardin de la maison et couvert les murs d'insanités. Avec les autres, il avait tenté de forcer la porte et les fenêtres, ce à quoi ils seraient sans doute parvenus sans l'intervention d'une patrouille de la gendarmerie. Tous avaient réussi à prendre la fuite, et la surveillance dont la maison avait désormais fait l'objet avait petit à petit éteint leur envie de vengeance. Les jours passant, le doute s'était insinué dans les esprits. Bidault clamait son innocence avec un désespoir si convaincant, il avait même commencé une grève de la faim... Tous avaient fini par y croire. Et quand il était revenu s'installer dans le quartier avec les siens, il avait été accueilli en victime, témoin vivant de la nullité des gendarmes. Doussaint avait été de ceux qui l'avaient aidé à effacer les graffitis injurieux. Il avait repris sa vie parmi eux, blanchi de tout soupçon. Certes, des sous-entendus fusaient encore parfois, mais pas plus.

« Tu sais bien qu'il a été disculpé », répond Simon d'un air de défi.

Il veut savoir pourquoi sa femme est soudain aussi affirmative.

« Je te dis que ça se voit à sa tête.

— À sa tête ? Tu dérailles, ma vieille ! »

Estelle a fait un arrêt sur image et le prend à témoin : « Regarde-le bien. Il triomphe, le salaud ! Il n'a pas l'air de nous dire : "Je vous ai bien baisés" ? » De fait, l'homme que l'on voyait à présent en gros plan, amaigri, abattu, semblait malgré tout arborer un très léger sourire, qui avait alors échappé à tous, mais que sa femme relevait ce soir. Comme satisfait d'être redevenu maître de la situation. Simon ne l'avait jamais vu sous ce jour.

« Il est seulement content de sortir, ça se comprend. Il a vécu l'enfer, le pauvre gars, risque-t-il.

— Quand je pense qu'on l'a reçu chez nous et qu'il nous a invités chez lui, poursuit-elle sans l'écouter. Tu te rends compte, Simon, que nous sommes même devenus amis avec cet assassin. Nous sommes partis en vacances avec eux ! »

C'était trois ans seulement après la mort de leur nièce. Ils avaient loué pendant une quinzaine de jours une petite maison à côté de Pornic. Les hommes passaient leurs journées à la pêche, et les femmes allaient à la plage avec les gosses. Tout le monde s'était bien entendu, et ils s'étaient promis de revenir l'année suivante. Pourtant, à leur retour, Estelle avait déclaré à Simon qu'elle ne repartirait pas avec eux. Il avait protesté, déçu, Bidault était vraiment un gars sympa. Elle avait seulement répondu qu'elle ne les sentait pas.

« Surtout lui, il est bizarre, avait-elle ajouté avec une moue de dégoût.

— Je n'ai pas eu l'impression qu'ils te débectaient tant que ça, avait-il insisté. Moi, je les aime bien, les Bidault. Tu as la mémoire courte, il nous a fait bien rigoler.

— Eh bien, moi, il ne me fait pas rigoler tant que ça. Dès le début, je ne l'ai pas senti. Ne me demande pas pourquoi, c'est comme ça. »

Il n'avait pas osé rétorquer qu'elle avait paru très bien s'entendre avec Annie.

Les deux couples n'avaient jamais plus reparlé de partir ensemble. L'été suivant, chacun avait pris une location de son côté. Peut-être qu'Annie, elle aussi, n'y tenait pas trop. Au fil du temps, les relations entre les deux familles s'étaient distendues, et ils avaient fini par ne pratiquement plus se côtoyer, alors qu'ils ne vivaient qu'à deux pâtés de maisons les uns des autres. Lorsqu'il leur arrivait de se croiser, ils se promettaient de se revoir bientôt, mais les choses en restaient là. Les enfants ne fréquentaient pas les mêmes bandes, Estelle y veillait, d'ailleurs, préférant voir son fils et sa fille sortir avec leurs copains de l'école privée où elle avait décidé de les inscrire. Pas question de les voir traîner avec ces jeunes qui glandaient dans le quartier, accoudés aux voitures, occupés à fumer et à boire des bières. Un soir où un groupe faisait du raffut près de chez eux, elle avait appelé la police. Elle les avait regardés arriver, dissimulée derrière les rideaux, et avait bien reconnu le fils Bidault. Il ne faisait pas le malin. Plus tard, ils avaient quitté le quartier et ils avaient effacé totalement les Bidault de leur vie.

Jusqu'à ce soir.

« Remets l'émission », ordonne Simon.

Comme elle ne réagit pas, il lui arrache la télécommande et appuie sur « play ». L'émission reprend là où ils l'ont laissée : Éric Bidault, flanqué de son avocat, se frayant un passage au milieu des journalistes et des photographes. Ils sont montés dans la voiture aux vitres teintées pour une destination inconnue. Poursuivis par une meute de motos et de voitures, il leur a fallu deux heures pour les semer. Mais Simon ne voit plus que le furtif sourire ambigu qui ne le quitte pas. Estelle secoue la tête et s'étonne :

« Comment Annie a bien pu continuer à vivre avec ce type ? Tu crois qu'elle sait et qu'elle ferme sa gueule ?

— Ferme ta gueule, toi ! Et laisse-moi écouter. » Il a dit ça sur le ton de la plaisanterie. Il ne veut pas la fâcher. Il la sent prête à lui faire une scène et ne veut surtout pas de ça, pas ce soir.

Elle insiste :

« Pourquoi tu ne réponds jamais rien ?

— Parce que je n'ai rien à dire. Je veux écouter ce qu'ils disent, eux. »

Le journaliste explique : *« Après quarante-sept jours de détention, dont trois semaines de grève de la faim pour clamer son innocence, Éric Bidault a donc été remis en liberté. Les éléments réunis par les gendarmes ont été réfutés l'un après l'autre, et le juge n'a finalement retenu aucune charge contre lui. Quatre semaines plus tard, passées secrètement chez les parents d'Annie à Carcassonne, Éric Bidault, sa femme et ses deux enfants ont regagné leur pavillon dans le lotissement du Grand-Chêne, où ils vivent toujours. Celui qui fut le premier accusé du meurtre de Laetitia a accepté de revenir pour nous sur cet épisode douloureux de sa vie. »*

Voici Bidault, devant la façade décrépie de sa maison, visiblement mal entretenue, sa femme à ses côtés.

« Elle est toujours aussi laide, maigre comme un clou... » siffle Estelle. Mais elle se tait pour écouter.

« Ces quarante-sept jours de détention, je ne pourrai jamais les oublier. Par bonheur, lorsque je suis enfin sorti de ce piège, tout le monde croyait à mon innocence. Je ne remercierai jamais assez ma femme et ma famille pour le soutien qu'elles m'ont apporté pendant toutes ces semaines. Beaucoup de temps a passé, mais j'en voudrai toujours à ceux qui m'ont forcé à avouer un crime que je n'avais pas commis.

Ces fausses accusations ont failli ruiner ma vie et celle de ma famille. Ça, je ne l'oublierai jamais. Quand on est pris dans les filets d'une justice expéditive, on ne sait jamais si on pourra s'en sortir. Je ne souhaite à personne de vivre ce que j'ai vécu. Aujourd'hui encore, j'en fais des cauchemars. Même si tout cela est si loin. »

Les images du pavillon vandalisé après le départ d'Annie reviennent à l'écran : « *Après ces semaines de calme, loin des soubresauts de l'enquête, Éric Bidault a insisté pour regagner son domicile. Une façon, comme il nous l'a expliqué, d'affirmer à tous son innocence. Dès le lendemain, des voisins sont venus l'aider à remettre les murs de son pavillon en état. Ceux à qui nous avons pu parler nous ont dit que c'était là leur façon d'exprimer leur soutien à un des leurs, victime d'une cruelle erreur judiciaire. Ils se sentaient redevables pour l'avoir trop vite condamné. Ce jour-là, le travail des enquêteurs recommençait à zéro.* »

« Tu l'entends ? Quel salaud, il se moque vraiment du monde ! s'insurge Estelle.

— Arrête, s'il te plaît.

— Je ne comprends pas, pourquoi tu le défends ?

— Je ne le défends pas.

— Ce type a tué ta nièce, Simon. Et toi, tu es planté devant ta télé, les bras croisés. Réagis !

— Ce n'est pas lui.

— Et c'est qui, alors ? Si ce n'est pas Bidault qui a fait ces horreurs, tu sais qui est l'ordure qui a fait cela ? martèle-t-elle.

— J'en sais foutre rien. Et arrête, maintenant. »

Elle hausse les épaules avec ostentation, mais

n'ajoute rien. Elle n'obtiendra rien de plus. Elle sent monter la tension et elle connaît les limites à ne pas franchir.

Elle se concentre sur la suite du commentaire : *« L'accusation précipitée de cet homme, avec les conséquences que l'on imagine pour sa famille, à son travail, a mis en évidence les errements de l'enquête. Mais surtout, l'obstination des gendarmes à s'acharner sur cette seule piste a fait perdre à l'enquête un temps considérable et précieux. Le retard pris explique sans doute en grande partie pourquoi le tortionnaire de la petite Laetitia n'a jamais été arrêté. »*

Comme si c'était plus fort qu'elle, Estelle rompt le silence.

« C'est sûr, ils ont vraiment été nuls, ces cons. Ils tenaient l'assassin et ils l'ont laissé filer.

— Tais-toi !

— Pourquoi je me tairais ? Je suis sûre que c'est lui, je te dis ! Sinon... » Mais le regard qu'il lui lance la convainc de cesser de parler.

La caméra circule dans les rues animées du centre-ville. *« Fort du non-lieu signé par le juge Lantier, Éric Bidault a repris son emploi de cariste chez Piette et Cie, où il travaille toujours. L'enquête reprenait à zéro, tandis que plusieurs voix, celle de Vincent Doussaint en tête, ce qui n'a pas arrangé ses relations déjà tendues avec les gendarmes, s'élevaient déjà pour la leur retirer et la confier aux brigades de la police judiciaire. »*

À l'image se succèdent, accompagnées d'une musique sinistre, des photos de Vincent Doussaint. Toutes ont été prises au printemps de 1994, dix-neuf ans plus tôt, est-il indiqué au bas de l'écran. Il a les traits tirés, les yeux rougis. Simon se souvient de l'état de son frère à cette époque. Il ne tenait le coup qu'à force de calmants. Personne, ni sa femme ni ses proches, qui le voyaient sombrer jour après jour, ne parvenait à l'aider. Seule l'arrestation de l'assassin de sa fille aurait pu le sauver. L'idée que cet homme soit en liberté l'obsédait en permanence. Il ne pensait qu'à ça, avait perdu le sommeil, se mettait en rage pour une broutille. Chaque journée perdue était une souffrance. Et cette souffrance, il la faisait endurer aux autres, sans même s'en rendre compte.

On le voit à présent sur les marches du palais de justice. *« Il était urgent que l'enquête soit enfin confiée à des gens compétents. Les gendarmes ont lamentablement échoué. Le juge a pris la décision qui s'imposait en leur retirant l'enquête, ce que nous réclamions depuis qu'Éric Bidault avait été innocenté. Je compte sur le SRPJ d'Avignon pour mettre un terme à notre tourment. Le juge m'a assuré que tous les moyens seraient déployés pour arrêter l'assassin de notre fille. »* Vincent replie le papier qu'il vient de lire d'une voix sans timbre et s'éloigne, flanqué de son avocat qui lance à l'intention des journalistes : *« Nous ne répondrons à aucune question. Nous avons confiance dans la police. »*

Quand Bidault avait été relaxé, Vincent s'était présenté chez son frère, en proie à une grande agitation. Il avait apostrophé Simon et Estelle : « Je le savais. Je vous l'avais dit mais, comme les autres, vous n'avez pas voulu me croire. Ça vous arrangeait bien qu'ils aient chopé un mec. L'affaire était réglée et vous pouviez passer à autre chose. Oubliée, Laetitia.

Maintenant, vous êtes dans la merde parce que le vrai tueur est dehors, peinard, à se foutre de notre gueule. »

Il était sorti en claquant la porte. Simon s'attendait presque à ce qu'Estelle dise : « Bon débarras ! », elle lui avait si souvent répété qu'elle ne supportait plus les visites de son beau-frère. Pourtant, ce soir-là, elle avait abondé dans son sens, s'en prenant à son mari :

« C'est vrai, on a l'impression que tu n'en as rien à foutre que l'assassin de ta nièce soit en liberté. Si ça se trouve, on le connaît ! »

Maintenant, tandis qu'ils regardent l'émission, assis côte à côte, l'idée l'effleure que, comme son frère, elle aussi l'avait peut-être soupçonné à l'époque.

Il la surveille du coin de l'œil, il s'interroge. Puis se rassure : *Non, elle n'a jamais pensé que je puisse être l'assassin de Laetitia*, songe-t-il. Elle a toujours dit n'importe quoi, juste pour l'énerver. Mais il n'est pas tombé dans le panneau...

Il reste aux aguets, tandis que le commentaire poursuit : *« Les services de la police judiciaire ont repris le dossier. Ils avaient une certitude : l'enfant avait suivi quelqu'un qu'elle connaissait. Ils ont interrogé tous les habitants du quartier, fouillé dans les relations de la famille, n'ont rien négligé. Jusqu'au propre frère du père de Laetitia, Simon Doussaint, qui fut longuement interrogé par les enquêteurs. Il n'avait pas d'alibi pour l'heure supposée de l'enlèvement, étant alors parti faire un footing, seul. Ensuite, il avait rejoint ses copains au café Le Balto comme il le faisait tous les samedis soir. Il avait été retenu une journée entière au commissariat, mais en était finalement sorti en fin de journée sans être autrement inquiété. Le commissaire Bouvard avait déclaré par la suite à la presse que l'oncle de la petite Laetitia n'avait jamais été soupçonné de quoi que ce soit et qu'il avait été interrogé en tant que simple témoin.* »

Simon s'en souvient parfaitement. Il avait répondu sans hésitation à toutes les questions des policiers, avec un accent de sincérité qui les avait convaincus. Il était parti faire son footing en fin d'après-midi, comme souvent le samedi, et Estelle l'avait confirmé. Elle était allée jusqu'au Leader Price pour faire des courses et l'avait doublé sur la route vers 17 heures, épuisé et transpirant. Ensuite, comme tous les samedis, il était allé jouer au loto avec des copains du quartier, les habituels Vasseur, Lemoual, Bidault... ceux avec qui il avait cherché la petite toute la nuit. Il se rappelle aussi que, lorsque les flics l'avaient interrogé sur Bidault, il avait répondu lui aussi qu'il l'avait trouvé « bizarre ». « Quand on lui a demandé de raconter des blagues comme à chaque fois, il a refusé. Il a fallu qu'on insiste. Il s'y est mis, mais ça sonnait faux. Il y avait un truc qui clochait. »

Simon était rentré à 19 h 30. La suite, c'est Estelle qui l'avait racontée aux policiers : « Mon mari se reposait au salon quand notre belle-sœur est venue nous dire que la petite avait disparu. Nous sommes partis avec elle à sa recherche dans le lotissement, en voiture, puis nous les avons conduits avec Vincent à la gendarmerie. Simon était bouleversé, il a tenu à participer aux recherches pendant toute la nuit. L'assassinat de sa nièce l'a anéanti, je peux vous l'assurer. » Elle avait perçu leurs interrogations et avait répété que son mari aurait été « incapable de faire du mal à la petite ». Finalement, les policiers s'étaient presque excusés de l'avoir un peu bousculée. « Nous n'avons pas le choix, lui avait expliqué le commissaire. Nous avons l'obligation de ne rien négliger, même les pistes les plus invraisemblables. Les affaires criminelles nous ont habitués à de telles surprises. Mais ne craignez rien, tout cela nous semble parfaitement clair. » Simon, retrouvant son air bravache, avait répondu : « Vous savez, messieurs, quand on n'a rien à se reprocher, on ne craint rien. »

« Simon Doussaint, l'oncle de la petite Laetitia, a lui aussi accepté de nous recevoir chez lui, dix-neuf ans plus tard. »

Le visage de Simon remplit l'écran. Il avait été interviewé par l'équipe de tournage dans le salon, quelques mois plus tôt. Sur la cheminée, derrière lui, ils avaient placé une photo de Laetitia, mais Estelle avait trouvé le procédé grotesque et avait voulu l'enlever. « Comme vous voulez », avait dit la journaliste, mais Simon était intervenu : « Non, laisse-la. » Et elle avait obéi. Haussant les épaules, elle avait pris l'équipe à témoin : « Il est chez lui, après tout, et c'était sa nièce adorée. »

Pour l'occasion, Simon avait mis son costume sombre et une cravate noire. Il s'entend affirmer : *« J'ai vécu les moments les plus horribles de ma vie. Non pas à cause de cet interrogatoire. Je savais que je n'avais rien fait de mal et que les policiers ne faisaient que leur travail. Mais parce que cette enfant, je l'aimais autant que les miens. Un drame pareil, on croit toujours que cela n'arrive qu'aux autres. Mais pourquoi ici, pourquoi à nous. »* Les larmes aux yeux, Simon se tourne vers la photo de Laetitia avant d'ajouter face à la caméra en se frappant la poitrine : *« Cette petite, elle est toujours là. »*

« Quel comédien ! laisse échapper Estelle. Tu as raté ta vocation !

— Tu ne peux pas comprendre. C'était la fille unique de mon frère.

— Si, crois-moi, je comprends. »

Il ne relève pas. Décidément, cette femme sera toujours sans pitié. Si cartésienne, si directe dans ses affirmations.

Jamais elle ne lui a avoué qu'elle aussi, tandis qu'il était interrogé par les policiers, elle l'avait soupçonné, l'espace d'un instant. Ils avaient réussi à instiller le doute en elle. Elle s'était vue, dans une vision de cauchemar, contrainte de fuir, avec ses enfants, comme l'avait fait la femme de Bidault. Mais elle s'était vite ressaisie, et elle avait défendu bec et ongles son époux.

La vie avait repris. Elle avait gardé ses certitudes, qui ne l'ont jamais quittée : dans la vie, il faut avancer. Ne jamais regarder en arrière. Et ce soir, tandis que s'égrène leur histoire, elle ne regrette rien.

Quoi qu'il arrive.

22 h 49

«Pendant les semaines qui ont suivi, les hommes du commissaire Bouvard ont œuvré d'arrache-pied, menant un travail de fourmi dans la plus grande discrétion. "Nous avançons", se bornait à répondre le commissaire à sa hiérarchie et à une presse de plus en plus impatiente comme en témoigne cet article paru le 3 septembre dans Le Méridional. » Le titre du journal apparaît à l'image : *« Affaire Laetitia, les enquêteurs toujours dans le flou ».*

« Les hommes du commissaire Bouvard se sont d'abord concentrés sur les familiers de la fillette. Personne n'a échappé à leurs investigations. Ainsi, à l'automne, Éric Bidault, qui avait été arrêté par les gendarmes quelques jours seulement après le crime, a à nouveau été entendu pendant plusieurs heures. Les policiers voulaient comprendre pourquoi ce premier suspect avait fait des aveux, avant de se rétracter. Il semble que ses explications les ont convaincus, car le lendemain, le commissaire Bouvard faisait une déclaration retentissante dans la presse, accusant les enquêteurs de la gendarmerie d'avoir fait perdre un temps considérable à l'enquête en s'entêtant sur un innocent, et réitérant l'assurance de faire avancer le dossier au plus vite. Puis ils ont étendu leurs recherches aux

proches voisins et à tous les habitants du lotissement, sans exception. Plus d'une centaine de personnes ont été interrogées – la volonté des policiers de montrer qu'ils ne desserraient pas l'étreinte était manifeste. Mais malgré leurs efforts, ils ne sont arrivés à rien de nouveau. »

Hervé Lemoual avait été convoqué au commissariat central d'Avignon le 5 septembre, à 8 h 30. C'était le jour de la rentrée des professeurs. Pour la première fois, il l'avait ratée.

Les jours précédents, plusieurs habitants du quartier avaient été entendus. « Même ce malheureux Bidault, comme s'il n'avait pas assez souffert... » avait dit Hervé à Aliette, comme pour se rassurer, tant il appréhendait ce moment. Il savait que son tour viendrait, pourtant, le jour où il avait reçu la convocation, il avait eu du mal à cacher son angoisse. « Non pas que je craigne quoi que ce soit, avait-il expliqué à sa femme, mais c'est cette manière qu'ils ont, de foutre leur nez partout... Ces flics, c'est de la sale race... »

Aliette avait tenu à l'accompagner, lui disant que ce ne serait qu'une simple formalité, et elle avait décidé de rester à l'attendre dans la voiture. Il l'avait trouvée endormie lorsqu'il l'avait finalement rejointe en milieu d'après-midi. Elle avait sursauté quand il l'avait réveillée. « Tu es sorti ? » avait-elle demandé. Dans ses yeux, il avait lu un tel soulagement qu'il n'avait pas pu s'empêcher de dire : « Heureusement que je n'ai rien avoué, sinon j'y serais encore... »

Pourquoi avait-il employé ce mot, pourquoi n'avait-il pas dit simplement : « Heureusement que je n'ai rien à me reprocher » ? Du coup, après le soulagement, c'est des interrogations puis de l'inquiétude qu'il avait vues naître dans le regard de sa femme. Il avait bien tenté de se reprendre en affirmant d'un ton détaché : « Ces putains de flics te feraient avouer n'importe quoi », mais le mal était fait.

Et lentement, jour après jour, le doute s'était insinué dans leur couple. Sans jamais réellement s'éteindre.

Ils n'avaient pas prononcé un mot durant le trajet. De retour à la maison, elle avait insisté pour qu'il lui raconte par le détail l'interrogatoire qu'il avait subi une journée entière. Il avait compris qu'elle était troublée par ce mot, lâché involontairement. Jamais elle ne l'avait prononcé, jamais elle ne lui avait demandé ce qu'il aurait pu avouer, mais il avait senti que le mot restait là, ineffaçable.

Il ne lui avait rien caché. Oui, les flics l'avaient soupçonné, lui avaient demandé s'il n'avait pas des choses à avouer. Ils lui avaient dit qu'ils ne croyaient pas qu'il était chez lui avec sa femme quand la petite avait disparu. Qu'ils avaient des témoignages. Qu'il avait eu tout le temps d'aller faire un tour dans les bois avant de rejoindre ses copains au café.

« Il a même fallu que je leur parle de notre vie sexuelle, si nous faisions encore l'amour, comment... Tu te rends compte ? s'était-il plaint, sentant un mur se dresser entre eux seconde après seconde de cet éprouvant face-à-face.

— Ah ? et qu'est-ce que tu as répondu ? » avait-elle demandé dans un souffle. Mais sans la moindre chaleur dans la voix.

« Que nous nous aimons et que le reste ne les regardait pas. Ils ont insisté, c'est tout juste s'ils ne m'ont pas accusé d'avoir abusé des gosses. Quels fumiers ! »

Il aurait voulu qu'elle proteste, qu'elle s'indigne à son tour, mais elle était demeurée silencieuse, murée dans ces interrogations si palpables, qu'il n'était pas parvenu à balayer. Puis elle était partie chercher les enfants chez la nourrice qui les gardait après l'école. Il avait voulu l'accompagner, mais elle avait refusé : « Reste à la maison et repose-toi. Après une journée pareille, tu en as besoin. » Il l'avait attirée à lui et elle s'était laissé embrasser. Mais ce simulacre de tendresse ne l'avait pas apaisée. Qu'est-ce qui lui avait pris de prononcer ce mot, « avoué » ?

Ils savaient tous deux qu'il était sorti vers 17 h 30 cet après-midi-là. Comme tous les samedis, il était allé jouer au loto. Il avait posé le ticket sur le guéridon de l'entrée, à son retour. Aucun d'eux n'était jamais allé vérifier s'ils avaient gagné et le bout de papier était resté là de nombreuses semaines, avant de disparaître.

Ce soir-là, ils avaient dîné tôt avec les enfants. Paul avait demandé à son papa comment s'était déroulée sa rentrée. Il était curieux de tout, ce gosse, surtout à propos de son père. Hervé avait menti : « Très bien. Il y aura plein de nouveaux cette année. » Il ne pouvait quand même pas leur raconter qu'il avait passé la journée chez les flics et qu'ils l'avaient accusé d'avoir tué la petite voisine ! Le repas à peine terminé, épuisé, il était monté se coucher, oubliant de les embrasser.

Tandis que les photos prises à l'aube du 15 mars 1994 reviennent à l'écran (*Combien de fois vont-ils les repasser ?* s'insurge-t-il en lui-même), Hervé se souvient qu'il était en train de mettre la table quand

Cazaux était venu leur annoncer la disparition de Laetitia. Il avait dit qu'une battue allait avoir lieu et qu'on comptait sur tout le monde. Sans une hésitation, il avait rejoint les volontaires. Aliette lui avait conseillé de bien se couvrir parce que la nuit promettait d'être glaciale.

La caméra filme le journaliste marchant d'un pas lent dans les rues désertes du lotissement, tout en parlant : *« À ce moment de l'enquête, les policiers étaient convaincus que l'assassin était quelqu'un du quartier et qu'il avait même probablement participé aux recherches. La petite fille ne pouvait avoir suivi qu'une personne qu'elle connaissait. Ils avaient donc interrogé la plupart des habitants du Grand-Chêne, même ceux qui avaient un alibi solide, espérant sans doute que l'un d'eux se trahirait. Mais ils ne trouvèrent aucune piste nouvelle. Les dizaines d'auditions menées à l'automne 94 n'aboutirent à rien. »*

En cet instant, Hervé réalise à quel point le mot malheureux qu'il a eu à la sortie du commissariat a, insidieusement, empoisonné leur vie. Pourtant, Aliette ne l'avait pas harcelé avec ça. Elle ne l'a même jamais évoqué. Mais Hervé sait qu'il était resté là, tapi dans l'ombre, prêt à resurgir. Comme ce soir, où il vient prendre place entre eux, sur le vieux canapé de coton gris, qu'ils oublient toujours de remplacer.

N'empêche que je n'ai rien avoué, se surprend-il à penser, une fois de plus. Alors il balaie le mot, tapi à côté de lui, d'un revers de la main.

« Qu'est-ce qui te prend ? s'exclame Aliette, surprise par son geste.

— Il y avait une mouche !

— Une mouche ? »

Aliette parcourt le salon du regard.
« Je ne la vois pas.
— Je l'ai fait partir.
— Pourquoi souris-tu ? » demande Aliette, le front plissé d'étonnement.

ELLE, 22 h 50

Comme pratiquement tout le monde dans le lotissement, son mari avait été convoqué par la police. Cela devait arriver, les policiers n'auraient pas pu l'oublier. Ceux qui avaient déjà subi un interrogatoire disaient qu'ils n'y allaient pas avec le dos de la cuillère et qu'on avait intérêt à ne rien avoir à se reprocher. « Ils te ressortent des choses sur toi que tu as complètement oubliées », lui avait raconté Tramont, qui avait été « essoré » (comme il s'en était vanté ensuite) pendant trente-six heures ! Tout ça parce qu'il avait commis l'erreur de dire un jour à je ne sais quelle occasion que la petite était « mignonne comme un cœur ». Il fulminait : « Si je tenais le salaud qui est allé leur jacter ces conneries... » Les flics ne laissaient rien passer, tous le confirmaient, ils étaient bien plus retors que les gendarmes.

L'été se terminait, les vacances étaient finies, le travail avait repris, la chasse aussi. À cette époque, leurs hommes pouvaient encore tirer le gibier dans les champs et les petits bois qui jouxtaient le lotissement. Le sien en faisait partie. Il lui avait raconté que, par une sorte d'accord tacite, ils évitaient l'endroit où la petite avait été retrouvée. « C'est une question de respect », avait-il expliqué.

Tant que les parents de la petite étaient restés parmi eux, au Grand-Chêne, l'affaire avait occupé tous les esprits. Comme un poids qui finissait par empoisonner la vie de tout le monde. Nathalie n'était plus qu'une ombre furtive habillée de noir. Lui, il s'énervait, prenant à témoin tous ceux qu'il réussissait à coincer. On ne les fuyait pas vraiment, mais personne ne savait plus trouver les mots pour les réconforter. Alors la plupart se contentaient d'un rapide salut. Elle les observait, témoin discret de cette douleur impossible à surmonter. Au fil des mois, elle voyait Nathalie commencer à s'éloigner des gens du quartier sans parler. Elle se contentait désormais de répondre à leurs bonjours et poursuivait sa route en silence. Lui, à l'inverse, il ne fallait pas l'aborder. Il pouvait vitupérer pendant des heures au sujet de l'enquête bâclée et de la nullité des flics. Elle aussi préférait s'éclipser lorsqu'elle l'apercevait, et faisait mine de ne pas l'avoir vu. Mais souvent, il lui courait après, et c'était reparti pour un tour ! Cet homme avait un tel besoin de libérer son trop-plein de frustration. Elle en parlait parfois à son mari qui lui disait que lui aussi, il fuyait le père de Laetitia. « Rien que de le voir, ça me pourrit la journée. »

C'était un sujet de discussion qui revenait sans cesse, pour les gens du quartier. Aucun n'osait vraiment dire que le tueur était peut-être l'un d'eux. Un voisin, un copain qui venait chez eux, dont les enfants venaient jouer avec les leurs. Les gens se repliaient sur eux-mêmes, ils avaient « leur petite idée », mais ils la gardaient pour eux.

Tous étaient d'accord en revanche pour juger que les flics étaient aussi nuls que les gendarmes. « Ils n'arrivent à rien, et l'assassin court toujours. » Comme tout le monde, elle les voyait s'agiter, débarquant régulièrement dans le quartier, toujours en grand nombre. Le chef, le moustachu, donnait des instructions avec des airs de conspirateur. Parfois, elle les apercevait, filant vers la forêt, procédant à des chronométrages sur le parcours supposé de la gamine, d'autres fois, ils allaient sonner à la porte d'un pavillon. On disait qu'ils venaient fouiller la maison et le bruit se répandait alors dans le lotissement comme une traînée de poudre : ils allaient serrer le salopard qui avait massacré la petite. Elle se mêlait à la foule qui s'attroupait déjà devant le pavillon. Pendant quelques jours, les gens du quartier évitaient celui qui avait eu droit à la visite, puis il reprenait sa place dans la communauté, comme si de rien n'était.

Le soir, lorsqu'il rentrait du travail, elle racontait tout ça à son mari. Invariablement, il assurait : « Ils ne l'auront jamais. C'est un malin, ce type, et ils vont se casser les dents, comme toujours. »

Mais le malin, c'est lui.

Ce soir, elle réalise à quel point il a toujours été sûr de lui. Comment, pendant dix-neuf ans, il l'a manipulée.

Elle sent la peur la gagner : il est si fort, si elle échouait ce soir ?

Elle n'a qu'une certitude : elle le quittera. Elle ne se laissera plus faire.

Il avait été convoqué à son tour, par téléphone. Il devait se présenter le lendemain matin à 8 h 30 « précises ». Elle l'avait entendu protester qu'il devait aller à son travail, mais il avait cessé de le faire quand ils l'avaient averti que s'il ne venait pas, il recevrait une convocation officielle. Il valait mieux que les choses se passent discrètement, lui avaient-ils dit. Il s'était donc ressaisi : « Pas de problème, je comprends », avait-il répondu du ton le plus détaché possible. Ils lui avaient assuré que c'était une simple formalité et qu'il n'en aurait pas pour longtemps, ce n'était même pas la peine qu'il avertisse ses employeurs. Elle s'en était chargée, sans lui en parler (« Mon mari est malade », avait-elle menti). Elle savait bien que, avec ces flics, on pouvait s'attendre à tout.

Finalement, ils ne l'avaient gardé que quelques heures, soufflant « le chaud et le froid », comme il le lui avait dit en sortant. Satisfait qu'ils n'aient rien trouvé à se mettre sous la dent et se soient presque excusés de l'avoir dérangé « pour des prunes ».

Elle se souvient que, ce jour-là, elle s'était vraiment sentie heureuse qu'il s'en soit sorti sans problème.

LUI, 22 h 51

Il se souvient de « cette putain de journée » comme si c'était hier. Ces types étaient des pros, des rusés, des « beaux enculés »... En y repensant ce soir, il n'est pas peu fier de les avoir battus à leur petit jeu, sur leur propre terrain.

Il s'en était parfaitement tiré.

Il avait répondu avec précision à toutes leurs questions, même les plus intimes. C'est dingue ce qu'ils peuvent aller chercher. Ils empruntent des chemins si tordus pour dénicher la faille... Mais il n'avait jamais baissé la garde, tout le temps de l'interrogatoire.

Au final, il était certain qu'il ne leur avait pas donné matière à le suspecter.

Très vite, il s'était aperçu qu'il n'était pas dans le collimateur. Leurs questions manquaient de pertinence. D'un bout à l'autre, il était resté à sa place, celle d'un homme éprouvé par « ce drame affreux », qui n'avait rien à cacher. Il avait parfois protesté pour la forme, s'était étonné de leur curiosité, il avait évité d'émettre la moindre opinion sur l'auteur du crime, n'avait cité aucun nom, s'était montré sympathique comme il savait l'être, coopérant autant que sa mémoire le lui permettait... À aucun moment, il ne leur avait donné prise sur lui. Et il était sorti du commissariat persuadé qu'ils l'avaient rayé de leur longue liste de suspects, du moins pour l'instant. Avec eux, il ne faut jamais se croire à l'abri...

Il n'était pas mécontent de lui : toutes les explications qu'il avait fournies avaient semblé les satisfaire. N'avaient-ils pas été jusqu'à le remercier d'avoir répondu aussi « favorablement » à leurs questions ? Tout juste s'ils ne s'étaient pas excusés de lui avoir fait perdre son temps ! Seul, un peu en retrait, le petit moustachu n'avait jamais lâché son regard, comme s'il cherchait à fouiller ses pensées. Il leur avait souhaité bonne chance en partant, sans en rajouter, restant bien à sa place. Il était sorti aussi discrètement qu'il était entré.

Il ne manquait que le tapis rouge, plaisante-t-il, pour lui tout seul.

Au fond de lui, derrière sa façade tranquille et placide d'homme fatigué, il se sentait euphorique. Pas seulement parce qu'il leur avait échappé, mais parce que, au fil de cet interrogatoire, il avait acquis la certitude qu'ils n'avaient rien, qu'ils n'avançaient pas dans leur enquête. Ils avaient beau se dire confiants, ils pataugeaient, les cons !

Il était rassuré au-delà de toute espérance.

Avant de lâcher la formule consacrée : « Vous pouvez partir, mais vous devez néanmoins rester à notre disposition », un flic plus sympa que les autres lui avait dit en apercevant par la fenêtre sa femme dans la voiture : « Vous avez de la chance d'avoir votre femme avec vous. Elle ne vous a pas laissé tomber. On ne peut pas en dire autant pour d'autres. » Il n'avait pas osé lui demander de qui il voulait parler.

« C'est vrai, lui avait-il répondu, j'ai eu de la chance

de tomber sur elle. Des femmes comme ça, il n'y en a pas beaucoup ! »

Il était sorti si confiant qu'il n'avait pas voulu rentrer à la maison, et avait demandé à sa femme de le déposer au travail. Il lui avait dit qu'il n'avait jamais vu une femme aussi contente d'amener son homme au boulot. Pendant tout le trajet, ils avaient beaucoup ri.

Le commissaire Bouvard apparaît à l'écran. Contrairement au capitaine Marchand, il a tant vieilli qu'il le reconnaît à peine. Il a les cheveux poivre et sel, il ne porte plus sa fine moustache. Il semble fatigué, comme usé par cette enquête qu'il n'a pas su résoudre.

« *L'homme qui a consacré dix-neuf années de sa carrière à l'affaire est toujours à la tête du SRPJ d'Avignon. Malgré les opportunités, il a refusé toutes les mutations qu'on lui proposait à des postes plus prestigieux. Il se sent incapable de partir tant que l'assassin de Laetitia Doussaint ne sera pas arrêté. Aujourd'hui, à quelques mois de son départ à la retraite, il ne peut se résoudre à parler d'échec et conserve l'espoir d'aboutir enfin.* »

Il l'écoute parler : « *Je peux certifier qu'aucune piste n'a été négligée. Jusqu'à mon départ, je n'abandonnerai jamais. Certains jugent que j'ai eu tort de refuser les postes qu'on me proposait, mais je reste sûr d'une chose et je l'affirme sans hésiter ce soir : le tueur est passé au moins une fois dans mon commissariat. Je l'ai eu en face de moi. Je n'ai pas su trouver les éléments pour le débusquer. J'ai beau tout passer et repasser dans ma tête, il continue à m'échapper.* » Le commissaire regarde fixement la caméra de ses yeux noirs et menaçants : *« Ce soir, je m'adresse à lui : qu'il ne croie pas s'en être tiré. Je n'ai pas dit mon dernier mot. »*

Les mots du commissaire ne l'impressionnent pas. *Cause toujours, ducon !*

« Il se croit tellement malin, ce flic, dit-il à haute voix.

— Si tu le dis... » lance-t-elle, une nuance de défi dans sa voix.

Il la regarde et réplique : « Oui, je le dis. Bouvard est nul et il l'a toujours été. »

Il éclate de rire :

« C'est pas "Grosse Tête", c'est "Petite Tête" !

— Tu as l'air de trouver ça très drôle... Mais, moi, ça ne m'amuse pas de savoir que l'assassin de cette pauvre gosse est en liberté. »

Il hausse les épaules pour toute réponse.

« Bien qu'il se refuse à en parler, le commissaire sait que le temps joue contre lui. Dans quelques mois, le 14 mars prochain, le délai de prescription va éteindre l'action de la justice. Sauf élément nouveau, l'assassin de Laetitia Doussaint sera définitivement à l'abri. Pour être franc, ici à Carpentras, l'optimisme affiché par le commissaire semble à tous bien illusoire. »

Il se prend à compter les mois, les jours.

« C'est quoi, le délai de prescription ? » demande-t-elle.

Plongé dans ses calculs, il ne répond pas. Elle lui donne une petite tape sur le bras.

« C'est quoi, cette histoire de prescription ? »

Il coupe court :

« Aucune idée.

— Ça veut dire qu'après le 14 mars de l'année prochaine, l'assassin de Laetitia ne pourra plus être arrêté ?

— Je te dis que je n'en sais rien. »

Il évite de la regarder. Il sent peser sur lui son regard, insistant, comme si elle était à l'affût de sa réaction. Il écarte vite cette impression stupide, il sait bien qu'avec elle il ne risque rien. N'a-t-elle pas été toujours à ses côtés, même dans les moments les plus difficiles ? Et Dieu sait s'il y en a eu...

Mais le journaliste change de ton : *« L'enquête, que l'on croyait au point mort, a soudain refait la une, quand un SDF a été arrêté, fin novembre 1994. »*

Au souvenir de cet épisode, il laisse échapper un sourire, vite réprimé. Pourvu qu'elle ne l'ait pas vu ! Il doit faire attention.

« Il faut dire qu'il avait vraiment une tête de tueur, ce type-là », commente sa femme.

Oui, tout le monde s'était dit la même chose à l'époque, quand s'étalaient à la une des journaux les photos de ce Verdière, le SDF accusé du meurtre de la petite. Elles occupent maintenant l'écran, deux photos, de face et de profil. Mal rasé, les cheveux dans le cou, c'est un vieil homme usé, pourtant il n'avait pas 50 ans. Ce n'était rien d'autre qu'un clodo abîmé, comme des centaines d'autres, mais, sur les photos qui avaient été si largement diffusées, il a ce regard de prédateur qui avait tant fait frémir. Froid, intense, dangereux. On ne pouvait s'empêcher d'imaginer le calvaire de sa victime innocente. Voici la une du *Midi libre* daté du 21 novembre : *« Affaire Laetitia Doussaint, un marginal incarcéré »*. C'était le coupable idéal et, en revoyant son visage, il se rappelle l'immense soulagement qu'il avait ressenti ce matin de l'automne 1994, convaincu que les flics allaient enfin relâcher la pression.

Car malgré tout, durant les semaines qui avaient suivi son interrogatoire, bien qu'il soit libre, et que les flics lui foutent la paix, il avait senti croître au fond de lui une mauvaise intuition. Sans savoir pourquoi, il s'était mis à penser qu'il restait en ligne de mire. Ce n'était pas le remords qui le travaillait, mais la crainte de se trahir. Ce que vous faites peut vous retomber dessus à n'importe quel moment, il le savait. Lorsqu'il voyait les flics patrouiller dans les environs, il ne pouvait s'empêcher de penser qu'ils étaient là pour lui. Il devait rester sans cesse vigilant, attentif au moindre détail, et cette tension permanente l'épuisait. Ça, c'était avant que n'apparaisse ce Verdière. Cette arrestation providentielle l'avait sauvé.

D'eux, mais aussi d'elle. Sans vraiment s'en rendre compte, c'est d'elle qu'il avait commencé à vraiment se méfier, à cette époque. Après le soulagement qui avait suivi sa sortie victorieuse du commissariat, il avait trouvé qu'elle devenait bizarre. Elle semblait se retenir en permanence de poser des questions, et, derrière cette façade trop lisse, il s'était demandé à quoi elle jouait. Il s'était mis à penser qu'elle l'espionnait, surtout depuis qu'il l'avait vue traîner dans son garage, où elle n'allait jamais. Peu à peu, il s'était senti gagné par la paranoïa, et cette pensée lui arrache ce soir un léger sourire. Avoir peur d'elle, il fallait vraiment être couillon !

Avec l'annonce de l'arrestation du tueur, la boule qui lui avait torturé l'estomac pendant des semaines avait disparu d'un coup. Tant qu'ils étaient après lui, il ne risquait plus rien. Le sursis était bienvenu, et il avait noté avec satisfaction, à de minces détails, que sa femme reprenait sa place, fidèle et dévouée, à ses côtés.

Comme si elle avait suivi le fil de ses pensées, elle constate, d'une voix dénuée d'émotion :

« Dommage que ce n'ait pas été lui le coupable, hein ? »

Mais il a appris à esquiver :

« On ne sait pas. Il a emporté ses secrets avec lui.

— Moi, je sais que ce n'est pas lui. Tout le monde le sait ! »

D'un coup, la boule d'angoisse lui noue l'estomac.

Il grogne :

« Écoute donc...

— Tu as raison, écoutons ce qu'ils ont à nous raconter sur ce pauvre type. »

Il prend la télécommande et monte légèrement le son. Elle le traite avec une pointe d'ironie de « vieux sourdingue », mais au moins, maintenant, elle se tait.

« L'homme, âgé de 47 ans, sortait de prison. Il avait été condamné pour vol dans une pharmacie. Il avait dérobé le contenu de la caisse, quelques centaines de francs. Il avait été interpellé le jour même, en état d'ébriété. C'était un récidiviste, et il avait donc été condamné à six mois de prison ferme au Pontet. Peu de

temps après sa sortie, le directeur de la maison d'arrêt alertait les enquêteurs : un des détenus déclarait avoir des révélations à faire au sujet de Laetitia Doussaint. Il demandait en échange un "coup de main", c'est-à-dire une remise de peine, mais les policiers l'entendirent sans rien lui promettre. Il assurait qu'un type dont il avait partagé la cellule s'était vanté d'avoir assassiné une gamine, et finit par donner le nom de Louis Verdière. Les policiers restaient dubitatifs, mais lancèrent toutefois immédiatement un mandat d'amener. Ils le retrouvèrent sans difficulté, dès le lendemain, dans un squat qu'il partageait avec d'autres SDF dans le vieux centre de Carpentras. À leur grande surprise, l'homme passa aussitôt aux aveux, affirmant qu'il voulait soulager sa conscience, et demandant qu'on s'occupe de son chien, resté seul.»

« Nous avons pris ces aveux avec une grande prudence, explique le commissaire. *Tout cela paraissait un peu facile et soudain. Nous avions exploré toutes les pistes possibles, celles des marginaux et des SDF y compris, bien sûr, et le coupable tombait du ciel, presque par hasard. Nous l'avons laissé mijoter tout l'après-midi et avons repris les interrogatoires dans la soirée. Il a maintenu sa version et il nous a livré des éléments suffisamment convaincants pour que nous le déférions devant le juge le lendemain matin. Nous avons eu du mal à nous dire que l'affaire était réglée, mais peu à peu, un immense soulagement s'est emparé de toute mon équipe. Cette fois, la chance avait été avec nous. Même si l'enquête avait duré trop longtemps et n'avait pas été un succès, nous avions finalement réussi à mettre la main sur le monstre, et c'est tout ce que nous voulions.»*

Le reporter conclut, sur un ton mélodramatique : *« Les enquêteurs avaient fini par se convaincre de la culpabilité de Verdière. La suite, tragique, devait leur démontrer qu'ils avaient tort. »*

ELLE, 22 h 52

Elle revit tout ce rebondissement. Cela avait dû bien l'arranger, son mari, ce monstre haïssable, quand ce pauvre type s'était accusé du crime. Elle le revoit, à l'époque. Il n'était pas seulement soulagé, délivré de la peur d'être démasqué. C'était plus puissant que cela. Il nageait dans le bonheur. Combien de fois avait-il exhibé le journal avec la photo de Verdière en couverture. « Regarde cette tête de fumier, répétait-il. Cette ordure ne mérite qu'une balle entre les deux yeux. Et encore, ça serait trop doux. »

Elle doit l'admettre, après tous ces mois de doute, elle s'était laissé gagner par son euphorie. Elle avait été si abasourdie quand elle avait appris que l'assassin avait été arrêté et qu'il avait avoué. Puis si heureuse. Elle y avait cru. Son mari était innocent. Elle était délivrée de ces questions atroces. Elle s'en était tellement voulu de l'avoir espionné, suspecté. Elle avait eu honte d'elle-même.

Rien que pour cela, elle le déteste encore plus, ce soir.

S'est-il parfois posé la question : qu'est-ce qui a poussé ce pauvre gars à avouer un crime pareil, qu'il n'avait pas commis, le viol et le meurtre d'une enfant ?

Un crime auquel personne ne peut trouver d'excuses ? Maintiendra-t-il ses déclarations jusqu'au bout ?

Avait-il eu peur qu'il ne revienne sur ses aveux, et que la ronde des journaleux et des flics ne reprenne ?

Tandis que l'émission détaille cet épisode, elle lance :

« Tu y as cru, toi, à la culpabilité de ce pauvre type ?

— Bien sûr, comme tout le monde à l'époque. Les flics étaient catégoriques.

— C'est révoltant, de pareilles erreurs. Tu ne trouves pas ?

— Que veux-tu que je te dise ? L'erreur est humaine, et c'est tombé sur ce type.

— Ça ne te choque pas plus que ça ? Toi aussi, tu aurais pu en faire les frais, pourtant !

— C'est la vie.

— Vraiment, c'est à croire que tu te fiches de tout !

— Ah non ! rétorque-t-il, un sourire en coin. Je t'aime, mon amour ! »

Il me nargue, ce n'est pas possible, songe-t-elle.

C'est maintenant que le téléphone devrait retentir. Elle lui lance des encouragements muets : *Sonne, bon sang, tu vas sonner !*, mais il demeure silencieux.

Elle reste assise à côté de cet homme, elle voit bien qu'il fait mine d'être absorbé par le reportage et cela renforce sa détermination. Elle parvient à résister à l'envie de tout lui balancer. De lui crier sa haine et ses certitudes. D'exhiber les preuves.

Le commissaire lui a recommandé d'être patiente et très prudente.

Elle enfouit cette irrésistible pulsion de vengeance

au plus profond d'elle-même, elle se dit que, pour le délai de prescription, il peut toujours rêver : tout sera terminé bien avant.

Elle se retient presque de sourire.

22 h 54

En entendant le commissaire Bouvard affirmer que « le coupable avait enfin été appréhendé, grâce à l'obstination et au travail de ses hommes », Éric Bidault se souvient qu'il avait débouché une bouteille de bordeaux. Un chevalier-de-la-croix, un cru bourgeois qu'il affectionnait et qu'il commandait directement au propriétaire. Il ne roulait pas sur l'or, aussi ne débouchait-il ces bouteilles que pour les grandes occasions. C'en était une. Il l'avait déjà bien entamée lorsque sa femme était rentrée avec les gosses. Ils l'avaient achevée ensemble, en trinquant à la santé des flics. « Enfin », avait-elle dit. Elle paraissait encore plus soulagée que lui. Comme si l'arrestation du tueur l'avait apaisée d'un coup.

Elle était si heureuse qu'elle avait voulu qu'ils aillent dîner au restaurant italien, avec les enfants. Il se souvient qu'elle lui avait dit : « Le cauchemar est fini. J'ai l'impression de revivre. »

Après sa remise en liberté, ils avaient repris leur place au Grand-Chêne. Il avait retrouvé son travail, ses parties de chasse à l'automne, l'apéro du samedi soir, les gosses leur école et leurs copains. Ils étaient même partis en vacances avec les Doussaint. Et elle continuait à la cantine. Les voisins qui l'avaient insulté, les gars au boulot qui avaient été tout près de le lyncher, tous faisaient désormais comme si rien ne s'était passé. Il n'y avait que ce fumier de Desjoyaux qui persistait à le regarder ostensiblement d'un œil mauvais.

Il avait été le premier accusé de l'assassinat de Laetitia et, même s'il avait été lavé de tout soupçon, il savait ce que pensaient certains d'entre eux : il n'y a pas de fumée sans feu. Quand la police avait repris l'affaire, il avait été à nouveau convoqué. Les flics étaient venus perquisitionner chez les uns et les autres, à maintes reprises. Parfois en son absence, en pleine journée. Cela s'était su et suffisait à relancer les rumeurs, régulièrement. Il y avait par moments des allusions déguisées, des regards lourds de sens, mais aussi des attaques directes à l'école, d'où les enfants revenaient dévastés. Lui et Annie devaient calmer leurs pleurs, expliquer encore et encore que papa n'avait rien fait de mal.

Un matin, c'était à la fin d'octobre 1994, il avait croisé le père de Laetitia, près du grand chêne, où il avait garé sa voiture. Il ne l'avait vu qu'au dernier moment et l'avait salué d'un geste rapide, avant de se réfugier dans sa voiture, mal à l'aise. À cette heure matinale, le lotissement s'animait, les gens partaient au travail et certains s'étaient arrêtés pour les observer. Vincent Doussaint, au lieu de poursuivre son chemin, s'était approché. Il avait fait signe à Éric de baisser la vitre. Plus tard, celui-ci s'était demandé comment il avait fait pour garder son calme, tant il s'était senti pris de panique, mais il avait obéi. Alors, sous les yeux de tous, Vincent lui avait tendu la main et lui avait dit : « Je sais que tu n'y es pour rien. » Ils étaient restés quelques instants silencieux. Éric aurait pu se contenter de le remercier et de démarrer.

Mais il était descendu de voiture, il avait pris Doussaint dans ses bras.

« Aie confiance, Vincent, lui avait-il dit, ta fille sera vengée, tôt ou tard.

— Tu es sûr ? avait demandé l'autre sur un ton implorant.

— Oui, les salauds finissent toujours par payer.

— Ce jour-là, je lui ferai éclater la tronche. Je suis à bout, Éric. Je n'arrive pas à me sortir mon enfant de la tête. Tu crois vraiment qu'on le trouvera ?

— J'en suis certain !

— Merci, Éric. Merci. »

Il l'avait encore une fois pris dans ses bras, il était à présent en pleurs, totalement perdu. Éric l'avait fait monter dans sa voiture et l'avait ramené. En le regardant pousser la porte pour rentrer chez lui, il s'était demandé comment il parvenait à survivre à tout cela. La mort terrible de son enfant unique, les enquêteurs qui ne parvenaient à rien...

L'accolade du père de la petite n'avait échappé à personne. Le jour même, les regards posés sur lui avaient changé. Le quartier, il s'en était aperçu à une multitude de petits détails, l'avait lavé définitivement de tout soupçon.

Seule Annie avait paru rester étrangère à ce revirement. Il lui avait raconté avec force détails comment Doussaint était venu à sa rencontre. Les mots qu'il avait employés. Elle le savait, avait-elle répondu sans chaleur, on ne parlait que de ça dans le quartier. Elle était contente pour lui, elle espérait que les enfants ne seraient plus embêtés à l'école, il était temps que tout cela finisse. Mais elle n'en avait pas dit davantage, comme si cela n'avait pas une telle importance. « Tu es innocent, Éric, avait-elle conclu en tournant les talons, tu n'as pas besoin de mon absolution. » Elle s'était dirigée vers la cuisine :

« Je vais préparer le dîner. Demande aux enfants de mettre la table. »

Seul dans le salon, il avait allumé la télé. Il avait besoin de bruit pour ne pas penser à sa femme. Il ne parvenait pas à saisir ce qu'Annie dissimulait derrière sa façade si lisse et si discrète d'épouse docile.

Elle avait cru les gendarmes, quand ils l'avaient arrêté. Il avait suffi qu'ils lui disent que son mari avait reconnu le crime pour qu'elle les croie. Ils l'avaient poussée à collaborer et elle n'avait rien dit pour le défendre. Quand il s'était rétracté, les gendarmes et le juge d'instruction s'étaient servis d'elle pour tenter de le faire craquer. On lui avait dit qu'elle avait quitté la région avec ses gosses, qu'il ne devait pas espérer les revoir de si tôt. Qu'elle et ses enfants étaient dévastés par ce qu'il avait commis, il y avait de quoi le haïr, il faut dire... Face à ce harcèlement, il avait tenu bon, répliquant invariablement qu'il savait qu'ils lui mentaient et, lorsqu'ils lui présentaient le procès-verbal, qu'il était sûr que c'était un faux. Au fond de lui, il savait qu'Annie l'avait trahi. Quand, après des jours de silence, elle s'était présentée à la prison, elle lui avait seulement confié que les gendarmes l'avaient poussée à dire des choses abominables. C'était sa façon à elle de s'excuser, elle n'avait pas eu le courage d'en dire plus, et il n'en avait pas demandé davantage.

Il se rappelle le jour où il était sorti de la maison d'arrêt. Libre et innocenté.

Il avait cherché sa femme dans la foule de curieux et de journalistes qui l'attendaient dehors. Les gardiens, en ouvrant la porte, lui avaient lancé : « À bientôt, salope. » Il s'était fait tabasser, et les matons, comme toujours avec les violeurs et les tueurs d'enfants, avaient laissé faire, avaient même parfois encouragé les types. En taule, il n'avait trouvé aucune oreille compatissante, et jusqu'au bout, même pendant sa grève de la faim, il avait été humilié. La veille encore, ils étaient venus à trois le menacer dans sa cellule : « Tu as intérêt à faire gaffe à tes miches quand tu seras dehors. Il y en a qui t'attendent, salope. » Salope, salope, salope, combien de fois s'était-il fait traiter ainsi, ces dernières semaines ? Mais il n'avait pas voulu leur répondre, préférant savourer en silence sa victoire, tout au fond de lui-même. Ils pouvaient continuer à l'insulter, il allait obtenir un non-lieu et il les emmerdait !

Sa femme n'était pas venue l'attendre, ni ses gosses. Son avocat l'avait rassuré : elle ne se sentait pas la force d'affronter les journalistes. « Mais ils vous attendent, n'ayez crainte. Ils sont impatients de vous revoir. »

Ils avaient pu semer les reporters et étaient arrivés un peu avant le déjeuner à Carcassonne.

Lorsqu'ils s'étaient garés devant le pavillon, Annie était demeurée en retrait, à côté de ses parents, laissant les enfants courir vers lui. Il ne les avait pas revus depuis son arrestation. Ils criaient, dansaient, chantaient, là sur le trottoir, sous les regards curieux des passants du petit matin ; les enfants accrochés à ses jambes, il avait serré sa femme de toutes ses forces dans ses bras. Elle avait répondu avec la même intensité mais il l'avait sentie se retirer, alors qu'il tentait de la retenir quelques secondes encore. « Elle sait que je sais qu'elle m'a trahi, elle a honte », avait-il pensé. À ce moment, il n'avait pas imaginé un seul instant que si elle s'était ainsi retenue, c'était parce qu'elle n'arrivait pas à croire tout à fait à tout ça. Subsistaient quelque part en elle ces doutes dont, sans même s'en apercevoir, elle n'était pas parvenue à se défaire. Tant d'interrogations restaient en suspens.

Il se souvient qu'ils avaient mangé une belle entrecôte et des frites. « Ça a dû te manquer en taule », avait dit son beau-père. Pendant tout le déjeuner, ils avaient soigneusement évité de parler de l'affaire et de sa détention.

Et il en avait été de même les semaines suivantes.

C'est lui qui avait insisté pour qu'ils reprennent leur vie dans le quartier et son travail. Elle aurait préféré « s'éloigner de ce cauchemar et recommencer à zéro, ailleurs ». Mais il avait refusé : il n'avait rien à se reprocher, n'est-ce pas ?

Elle avait fini par céder devant son insistance. Pourtant, une fois rentrés, c'est elle qui l'avait surpris : elle marchait la tête haute dans le quartier, tandis que lui se faisait discret.

Petit à petit, la vie avait repris, comme avant.

Ensuite, avec les aveux de Verdière, la porte avait semblé se refermer définitivement sur ce passé douloureux. Cette bouteille, il l'avait bien méritée, à présent que les flics avaient arrêté le coupable.

Et ce soir, malgré le malaise qui le gagne au souvenir des épisodes dramatiques qui avaient suivi, il en garde toujours le goût à la bouche.

ELLE, 22 h 55

Durant les semaines, les mois qui avaient suivi l'inculpation du coupable, le calme, une sorte de torpeur presque, avait envahi le Grand-Chêne. Tout le monde attendait le procès, fixé au début octobre 1995, et dont on espérait qu'il mettrait un point final à cette histoire qui les avait tous traumatisés.

Le commentaire reprend sur des images anonymes du palais de justice d'Avignon : *« Jamais une instruction n'a été menée aussi vite. L'ordre des avocats ainsi qu'un syndicat de magistrats s'en sont émus, dénonçant une justice expéditive, une instruction au pas de charge et même la fabrication d'un coupable idéal. Cependant, ces protestations sont restées lettre morte. L'affaire de la petite Laetitia Doussaint avait soulevé tant d'émotion que non seulement les personnes directement concernées, mais aussi l'opinion publique dans son ensemble, ébranlée par l'assassinat sauvage de l'enfant, réclamaient une conclusion rapide. C'est probablement la raison pour laquelle l'instruction a été bouclée aussi rapidement et conduite dans un seul sens, c'est-à-dire à charge, en négligeant un élément qui s'est révélé déterminant par la suite, à savoir les expertises psychiatriques. En effet, un seul expert, le docteur Michard, a été commis par le juge. Il a conclu, lui aussi sans doute trop rapidement, à la parfaite santé mentale de l'homme inculpé.»*

La caméra montre en gros plan le rapport du médecin puis zoome sur la conclusion, surlignée : *«La personne qu'il nous a été donné d'examiner est totalement saine d'esprit. C'est en parfaite conscience que Louis Verdière a violé et tué Laetitia Doussaint.»*

«Début juin, une reconstitution a été organisée sur les lieux du crime. Les enquêteurs craignaient des débordements et la foule des curieux a été maintenue à bonne distance par un déploiement exceptionnel des forces de l'ordre. On se souvient que Vincent Doussaint avait promis de venger la mort de son enfant. Dans le quartier du Grand-Chêne, toujours traumatisé, nombreux étaient ceux qui l'approuvaient.» À l'image, filmé de loin, apparaît un homme grand et maigre qui porte un gilet pare-balles et un casque de motard qui lui cache le visage. Verdière. Un homme d'une trentaine d'années en costume sombre se tient à ses côtés. Son avocat. Il s'agite, intervient sans cesse auprès des enquêteurs, alors que Verdière semble ne faire qu'obéir. Un policier dépose dans l'herbe haute un mannequin de toile grise, et on voit distinctement l'homme serrer le cou du pantin désarticulé et s'acharner sur son visage avec une pierre. Il lance celle-ci au loin de toutes ses forces, puis montre quelque chose du doigt. *«Louis Verdière indique la direction par où il s'est enfui à travers bois»*, précise le commentaire. L'homme reproduit la scène à plusieurs reprises, à l'injonction du juge Peltier. À chaque fois, il se débarrasse de la pierre en la jetant. *«La pierre avec laquelle le meurtrier a défiguré la petite fille n'a en fait jamais été retrouvée*

malgré la fouille minutieuse menée le jour même de la découverte du corps par les gendarmes. Cet élément aurait dû alerter le juge, mais dans son rapport de renvoi, ce dernier a mis sur le compte des gendarmes l'absence de cette preuve. C'est en revanche un des éléments sur lequel s'est appuyé l'avocat chargé de la défense de Verdière.» Le reportage montre encore des policiers qui ramassent des pierres près de l'endroit où celle qu'il a lancée est tombée. La reconstitution a duré moins d'une demi-heure. Puis Verdière, le regard toujours aussi perdu, remonte à l'arrière de la voiture qui l'avait amené.

Pendant la reconstitution, elle était restée en retrait, observant le pauvre type, hagard, au milieu de cet impressionnant dispositif.

Il était manifeste qu'il ne faisait qu'obéir à leurs injonctions. Il se comportait comme un automate, étranger à l'effervescence générale, et elle avait eu la certitude que ce malheureux n'était pas l'assassin de la petite. C'était une évidence pour elle. Mais elle devait cependant être la seule à le penser, tant la tension générale était palpable.

Elle avait senti monter la colère de la foule, entendu les premières injures, la vindicte, les cris qui fusaient : « À mort ! » La haine qui s'était emparée d'eux. À ce moment, elle avait aperçu son mari. Il s'était mêlé aux plus enragés, ceux qui avaient réussi à déborder les flics et avaient frappé des poings et des pieds sur le véhicule lorsqu'il était passé à leur hauteur.

Dix-neuf ans plus tard, le voilà à nouveau, au premier rang de cette foule furieuse. Il hurle, il crache sur la vitre, il tape de toutes ses forces sur le toit de la voiture qui s'éloigne. Il est de ceux qui courent après le véhicule en jetant des pierres.

Elle guette sa réaction. Il reste impassible.

« Tu t'es vu ? demande-t-elle.

— Vu ? Où donc ?

— Dans la foule, avec ces excités.

— Non.

— Non ? Tu étais au premier rang !

— Non.

— Moi, je t'ai vu ! Tu étais dans un état !

— Et alors ? Il y avait de quoi, non ? »

Après cela, ils étaient rentrés à pied au lotissement, par petits groupes.

Les parents de Laetitia étaient restés seuls sur le lieu où leur fille avait été martyrisée.

Ils avaient assisté à tout cela sans un mot, sans même une larme, et sans non plus se rapprocher l'un de l'autre. Deux policiers encadraient le père, prêts à intervenir. « Je ferai la peau de l'assassin de ma fille », avait-il toujours clamé. Mais le jour de la reconstitution, il n'avait pas bougé. Quelques-uns avaient exprimé haut et fort leur déception. Dont son mari : « Vincent n'a pas eu les couilles. Moi, à sa place, je lui aurais tranché la gorge », l'avait-elle entendu assurer. Et la plupart des gars autour de lui l'avaient approuvé.

Ils étaient venus au spectacle. Ils étaient repartis déçus par cette parodie de reconstitution, laissant Nathalie et Vincent en pâture aux journalistes qui s'étaient rués sur eux, à peine la voiture transportant Verdière s'était-elle éloignée, sirènes hurlantes.

« Dans son ordonnance signée le 22 juin, le juge a

clos l'instruction et renvoyé l'inculpé devant la cour d'assises d'Avignon. »

Durant tous ces mois, les flics avaient continué à se montrer dans le lotissement. Ils ne s'étaient jamais autant démenés. Ils avaient besoin de témoins et, comme quelques-uns, son mari avait confirmé qu'il avait aperçu le SDF rôder dans le lotissement les jours précédents l'assassinat de la fillette. Quand elle s'était étonnée de ce témoignage tardif, il avait haussé les épaules, comme chaque fois qu'une question le gênait. D'ordinaire, elle n'insistait pas, mais, cette fois, elle n'avait pu s'empêcher d'ajouter dans un sourire, un brin narquois : « Je ne te savais pas aussi observateur. » Il lui avait répondu d'un ton ferme qu'il était certain de ce qu'il disait. « D'ailleurs, les flics m'ont dit que mon témoignage serait probablement produit au procès, tu y vois un inconvénient ? » Elle avait répondu non.

Pour le reste, elle avait suivi l'avancée de l'enquête grâce aux journaux. Il y avait à *La Provence* un journaliste, un certain Jean-Philippe Lassus, qui était bien renseigné. Il devait obtenir ses informations directement de quelqu'un du commissariat. Elle avait lu les aveux précis de Verdière sur le déroulement du crime et comment, d'interrogatoires en interrogatoires, « serrés » selon Lassus, il avait maintenu sa déposition. Lassus avait recensé les preuves qui, avait-il écrit, « s'accumulaient contre l'assassin de la malheureuse enfant » – et d'autres qui n'existaient pas le moins du monde, comme cela devait apparaître par la suite. Ainsi, il n'avait pas hésité à écrire qu'on aurait trouvé la culotte de la petite dans son bric-à-brac. Il avait également relayé des témoignages qui décrivaient un pervers, doublé d'un sadique, et, enfin, il avait évoqué le passé de délinquant sexuel de Verdière, déjà condamné pour agression. À chaque nouvelle information, elle assistait au triomphe de son mari. « Tout de même, il n'y a pas de quoi être aussi euphorique », avait-elle un jour glissé.

Son attitude la dérangeait, cette implication quasi obsessionnelle dans cette affaire. Plus la date du procès approchait, plus il semblait être sur un nuage. Elle, de son côté, s'interrogeait chaque jour davantage. Elle se souvient de cette soirée, où ils étaient en train de dîner. Le bruit de la télévision restée allumée dans le salon parvenait jusqu'à eux, et il avait soudain imposé le silence aux enfants qui se chamaillaient.

« Enfin ! » s'était-il réjoui et, avec un large sourire, il leur avait répété ce qu'il venait d'entendre : le procès du « fumier », c'était ainsi qu'il appelait désormais Verdière, aurait lieu en octobre. « Tu as l'ouïe fine ! » avait-elle commenté. Les enfants avaient ri et lui avait fait le beau tandis qu'ils lui tiraient les oreilles.

Cette nouvelle semblait tant le ravir qu'elle avait fini par s'agacer. Elle ne croyait pas à la culpabilité de « ce pauvre type », avait-elle dit. Elle ne sait pas au juste ce qui lui avait pris. Il était immédiatement sorti de ses gonds.

« Un pauvre type, le fumier ? Non mais tu divagues complètement ! » Il lui avait pris le menton pour la forcer à le regarder et avait marqué une pause avant d'articuler d'un ton glaçant : « Un pauvre type qui a violé et tué une enfant, moi, j'appelle ça un "fumier", ou si tu préfères, une merde qui mérite de crever. Tiens-le-toi pour dit. »

Et ce soir-là, elle se l'était tenu pour dit. Elle n'avait plus prononcé un mot, tant il l'avait effrayée. Puis, comme si rien ne s'était passé, il s'était tourné vers les gosses : « Ce soir, on a droit à une glace ! Hein, maman ? »

Quelques jours avant le procès, il l'avait informée qu'il ne serait pas appelé à témoigner. Il était très déçu. « Je me serais bien vu à la barre. » Il avait posé trois jours de congés, le temps prévu pour l'audience : « Il n'est pas question que je rate ça. »

Elle aussi voulait y assister. Pour revoir celui qui s'était accusé. Elle avait besoin de comprendre.

Cependant, par crainte de sa réaction, elle avait attendu le dernier moment, deux jours seulement avant le procès, pour lui annoncer qu'elle l'accompagnerait. Il était contrarié et ne s'en était pas caché. « Ça te dérange que je vienne ? » s'était-elle étonnée. Il avait eu beau protester : « Non, bien sûr, pourquoi ça me dérangerait ? », elle avait senti qu'il ne tenait pas à ce qu'elle soit là. Elle se souvient qu'il l'avait jaugée du regard, comme s'il espérait qu'elle change d'avis, mais elle avait trouvé le courage d'ajouter : « Moi aussi, j'ai envie de voir comment ça va se passer. Pourvu qu'ils ne se soient pas trompés, cette fois ! » Pour toute réponse, il avait haussé les épaules. Comme d'habitude.

Mais elle était perturbée et décidée à ne pas en rester là. Elle l'avait suivi jusque dans le salon et l'avait attrapé par le bras pour le forcer à se retourner, et elle lui avait dit d'une voix aussi neutre que possible : « Ce pauvre type est innocent. Ne me demande pas pourquoi, mais je le sens. J'espère seulement qu'il pourra se défendre et qu'il sera acquitté. » Cette fois, il ne s'était pas énervé, se contentant de répondre brièvement : « On verra bien. »

Aujourd'hui encore, elle ne s'explique pas son acharnement et la certitude qui l'avait gagnée. Peut-être, sans oser se l'avouer, était-elle déjà convaincue de la culpabilité de son mari ?

Voilà ce qu'elle se dit ce soir en y repensant.

Soudain, le téléphone retentit. « Laisse sonner, dit-il, je suis sûr que c'est le fiston, je n'ai pas envie de lui parler pour le moment. » Elle insiste pourtant :

« Tu devrais répondre, quand même... »

Comme il ne bouge pas, elle se lève avec vivacité.

« Allô ?... À qui voulez-vous parler ? »

En silence, elle lui tend le combiné.

« C'est pour toi.

— C'est qui ?

— Aucune idée. »

Elle espère qu'il ne perçoit pas le léger tremblement dans sa voix. Mais non, il ne la regarde même pas quand elle lui tend le téléphone.

« Allô ? Qui est à l'appareil ? »

Elle entend une voix sourde, venue de très loin. Elle devine à peine : *« Je sais que c'est toi qui as tué la petite. »*

Il réplique d'un ton rogue : « C'est quoi, cette histoire ? » Mais sa question résonne dans le vide. À l'autre bout, on a raccroché.

Elle voit qu'il se creuse la tête, cherchant de qui il peut bien s'agir. Cette voix indéfinissable, un homme, une femme ? L'appel l'a déstabilisé, bien plus qu'il ne veut le montrer. Qui ose le défier ainsi ? Elle le regarde et, se souvenant des instructions du commissaire, elle demande d'une voix inquiète :

« C'était qui ?

— Un faux numéro.

— Encore !

— Eh oui, encore. Je n'y peux rien, moi, s'il y a des cons qui font des erreurs de numéro.

— Pourtant, il a demandé à te parler...

— Tu as mal compris. C'est un faux numéro, je te dis ! » rétorque-t-il avec vigueur, sans se démonter.

Toujours ces mensonges.

Mais lorsqu'il parle sur ce ton, elle n'insiste jamais.

Tout de même, elle regrette que le flic ait appelé si tard. Il a déjà surmonté le trouble qu'elle avait perçu tout à l'heure. Elle avait tenté de le pousser dans ses contradictions, mais, de nouveau, il est maître de ses émotions. Trop tard...

Maintenant, il ne laisse plus rien paraître. Il est impassible, presque serein. Attentif uniquement à ce que raconte la télé. Simple spectateur d'un drame dont il est l'acteur principal.

Au plus profond d'elle-même, elle le maudit : « Tu te crois fort, mais nous t'aurons. Je t'aurai... Le fumier, c'est toi ! »

22 h 57

À l'image, des dizaines de gens font la queue au bas des marches du palais de justice d'Avignon. Carte d'identité en main, ils attendent patiemment de passer à la fouille avant d'être admis dans la salle des assises. La voix du commentateur reprend :

« Le procès de Louis Verdière s'est ouvert le 24 octobre 1995 devant la cour d'assises d'Avignon. Il est accusé d'assassinat et viol sur mineure de moins de 12 ans, un délit passible de la réclusion à perpétuité, assortie d'une peine incompressible. Les débats étaient prévus pour durer trois jours. Et même si le sort de l'accusé semblait scellé, des dizaines de curieux se sont présentés au tribunal pour assister à son procès. Une foule de gens voulaient voir le visage du tueur. Mais beaucoup n'entreront pas, puisque seulement cinquante places étaient prévues pour le public. L'affluence témoigne de l'émotion que suscitait toujours l'affaire dans la région, un an et demi presque jour pour jour après la disparition de l'enfant. »

Antoine Vasseur avait dû patienter lui aussi. Il n'y avait aucun passe-droit, même pour ceux qui, comme lui, étaient concernés de près et avaient participé aux recherches du corps de la petite. Il avait bien tenté de resquiller, allant parler à un policier pour lui expliquer son rôle dans cette affaire, mais le flic était resté de marbre et lui avait fermement demandé de regagner sa place dans la file. Par chance, il avait aperçu Lemoual et sa femme, arrivés dans les premiers, et, entraînant Eugénie avec fermeté, il s'était glissé à leurs côtés. Il avait compté : il devait être en douzième position. Il était rassuré : il pourrait entrer. À quelques rangs derrière lui, il avait aperçu Bidault. Il l'avait salué de la main en se disant que cela allait être ric-rac pour eux. Comme d'habitude, Annie était restée discrète, en retrait de son mari. Éric, en revanche, avait levé le pouce, l'air de dire : « Pas de problème. » Vasseur avait pensé : « Décidément, ce gars, toujours le moral. »

Annie et Éric avaient été les derniers autorisés à pénétrer dans la salle. Antoine avait dû se décaler sur la gauche pour permettre à Bidault et à sa femme de s'asseoir à côté d'eux, au fond de la salle. Ce faisant, il avait donné à Aliette un coup de pied à la jambe et elle avait lâché un petit cri. Il s'était excusé. Quand tout le monde avait été assis, ils avaient vu entrer Nathalie et Vincent Doussaint, par une porte latérale. Elle la première, entièrement vêtue de noir, un petit sac serré contre sa poitrine. Elle avait parcouru la salle des yeux, semblant étonnée de découvrir autant de monde. Lui, tendu et nerveux comme à son habitude.

Ils avaient gagné leur place dans le silence pesant, presque effrayant, qui s'était emparé d'un seul coup de la salle. Tous les yeux étaient posés sur eux. Sans doute avaient-ils senti le poids de ces regards car ils s'étaient hâtés de s'asseoir, au premier rang, séparés par une jeune femme aux longs cheveux bruns, qui ne cessait de s'adresser à eux à tour de rôle. Aliette, à qui rien n'échappait, les avait renseignés : c'était l'assistante de leur avocat. De là où ils se trouvaient, ils devaient tendre le cou ou même se lever pour apercevoir le couple. Ils ne se parlaient pas. Ils attendaient simplement que le procès débute, tandis qu'un léger brouhaha avait repris dans la salle.

Eugénie lui avait montré Simon et Estelle, présents eux aussi. Ils étaient perdus dans le public, quatre rangs derrière Vincent et Nathalie. Au moment où ils étaient apparus, Simon avait esquissé le geste de se lever, mais Estelle l'avait retenu par le bras. Il s'était rassis sans insister.

À 9 heures précises, un homme en robe noire avait annoncé : « La cour. Veuillez vous lever. » Seule Nathalie n'avait pas bougé.

La caméra parcourt la salle d'audience bondée. L'image est si rapide qu'Antoine n'a pas eu le temps de se voir. Le commentaire continue :

« La cour d'assises était présidée par le juge Édouard Bernoux, un homme d'expérience qui avait la réputation de ne rien laisser au hasard. Louis Verdière était défendu par Philippe Varet, le bâtonnier du barreau d'Aix-en-Provence. Celui-ci n'avait pris le dossier que quelques semaines plus tôt. L'avocat commis d'office qui avait accompagné Verdière pendant l'instruction avait jeté l'éponge. Maître Varet n'avait eu que très peu de temps pour se préparer, mais ses demandes de report du procès avaient été rejetées. »

Un homme à l'impressionnante crinière grise, identique à celle qu'il arborait dix-sept ans plus tôt, apparaît à l'image. L'âge ne semble pas l'avoir entamé. Face au journaliste, dans son bureau encombré de dossiers épais, il confie de cette même voix grave et posée qui avait tant impressionné l'assistance : *« Ma tâche était ardue : je devais défendre un homme qui s'était accusé et qui, en tête à tête avec moi, avait maintenu ses déclarations, alors que j'étais persuadé de son innocence. Je n'ai rencontré Louis Verdière qu'une seule fois. La visite avait duré moins d'une heure. J'en étais sorti ébranlé, avec cette question : comment personne n'a-t-il voulu voir que Verdière était dément ? Pour moi, ce point devait être au centre des débats et je comptais bien l'aborder d'emblée. Malheureusement, nous n'avions pas eu le temps d'y répondre lors de l'instruction du procès, comme vous le savez. Cette faillite de l'institution judiciaire me poursuivra toujours, mais je souhaite ne pas être le seul à m'interroger de la sorte. À la place des policiers, du juge d'instruction et des membres de la chambre d'accusation, je ne serais pas fier. L'innocence de cet homme sautait aux yeux. J'affirme ici que non seulement tout le monde s'est trompé, mais qu'on l'a fait en pleine connaissance de cause. Il fallait un coupable et Louis Verdière était le coupable idéal. Il avait été condamné avant même que son procès ne commence. J'étais révolté, et je le suis encore. »*

Le public était toujours debout lorsque Verdière est entré, encadré par deux gendarmes. Les caméras avaient été autorisées à filmer son arrivée.

« Tiens, le voilà ! s'exclame Eugénie. Ce pauvre type n'avait vraiment pas l'air bien dangereux ! »

Antoine ne dit rien. Il se souvient qu'il avait eu le

même sentiment lorsqu'il avait vu Verdière entrer dans le box.

Sur l'image, l'accusé apparaît, totalement perdu, le regard vague et en même temps perplexe, comme s'il se demandait ce qu'il faisait là. Il reste debout, parcourant la salle des yeux. Il est vêtu d'un costume gris trop large pour lui, qui le rend encore plus pitoyable.

Soudain, on entend des éclats de voix, une agitation qui monte de la salle. La caméra abandonne l'accusé. À l'image, on voit clairement Vincent Doussaint retenu par l'avocate. Si celle-ci ne s'était pas interposée, Vincent se serait précipité contre la vitre épaisse qui séparait Verdière de la foule transpirant la haine. Mais elle n'avait pu empêcher le père de crier :

« Ordure, salaud, je te crèverai ! »

Antoine se rappelle qu'il avait soufflé à Annie Bidault : « À sa place, j'aurais réagi pareil. Mais moi, personne ne m'aurait retenu. Ce fumier mérite de crever. Quand on pense qu'ils ont supprimé la peine de mort. C'est pourtant tout ce qu'il mérite. »

Éric Bidault, qui avait entendu, avait répondu à la place de sa femme : « Tu as raison, Antoine. Ce fumier ne mérite pas de vivre. »

Le cameraman a oublié l'entrée de l'accusé. Il s'attarde sur le père qui sanglote, le visage enfoui dans ses deux mains. À ses côtés, la femme aux cheveux longs lui parle à l'oreille en lui passant la main dans le dos. Nathalie, elle, reste immobile, cloîtrée dans son mutisme. La caméra revient sur Verdière. Il a les bras écartés de celui qui ne comprend pas, comme s'il s'excusait de l'agitation qu'il avait provoquée. En fond sonore, on entend le juge Bernoux : *« Asseyez-vous, mesdames et messieurs. Les débats vont commencer. Je demande aux caméras de quitter la salle. »*

Le président du tribunal avait imposé le silence général, d'un simple geste de la main.

22 h 58

L'extrême maigreur et le regard apeuré de Verdière avaient frappé tout le monde dans l'assistance, Éric Bidault comme les autres.

Éric se rappelle qu'il s'attendait à découvrir le visage d'un monstre. Or, l'homme qu'il avait vu dans le box n'était pas celui dont les journaux avaient diffusé le portrait effrayant. C'était juste un pauvre gars auquel on avait retiré les menottes et qu'un gendarme avait forcé à s'asseoir en lui posant la main sur l'épaule. Et puis il avait ce regard, pas tout à fait celui d'un fou ou d'un malade, non, mais celui d'un homme qui se demandait où il avait atterri. Il regardait le juge, la salle, sans s'attarder sur les parents de la petite. Il n'avait jamais baissé les yeux, ce qui avait été ressenti comme de la provocation. Éric l'avait bien observé et, peut-être le seul à ce moment au milieu d'un public mû par la haine, il avait compris que ce type était fou. *Je me demande s'il se rend compte du piège dans lequel sa folie l'a fourré*, s'était-il demandé. Il faut être taré pour s'accuser d'un crime qu'on n'a pas commis. Sa femme avait raison ; ce n'est pas ce type qui aurait dû se trouver dans ce box.

Cependant, il en était persuadé, ce pauvre gars allait forcément être condamné, broyé par une machine trop puissante pour lui. Sauvant la réputation et la vie du véritable assassin.

Éric s'était souvenu des aveux qu'il avait faits aux gendarmes. Par bonheur, il avait pu échapper à ce cirque. Malgré lui, il s'était vu ici, à la place de Verdière. Il aurait alors senti le même souffle de dégoût et de haine. Il aurait vu ses gosses, sa femme. Serait-elle venue, aurait-elle planté son regard dans le sien ? Sans le lâcher ? *Comment aurais-je fait mon entrée ?* s'était-il interrogé. *Tête basse, honteux et résigné, ou, au contraire, prêt à défendre ma peau ? Est-ce que j'aurais demandé pardon ? Non, je crois que je n'aurais pas dit un mot. Comment aurais-je réussi à répondre à leurs questions ? Je n'aurais pas tenu une minute dans ce tribunal. Je me serais effondré comme une merde.*

La tension avait alors été si vive qu'il avait tressailli et s'était mis à transpirer. Il avait pris un mouchoir et s'était épongé discrètement le front, espérant que ses voisins ne sentent pas son trouble. Personne, ni surtout sa femme à qui rien n'échappait, n'avait fait de remarque. Peu à peu, il avait recouvré sa maîtrise. Il s'était de nouveau essuyé le front à la dérobée.

Cela n'avait duré que quelques secondes. Des secondes d'éternité cependant, durant lesquelles il s'était senti complètement seul. Et si vulnérable.

« *D'entrée,* poursuit l'ancien avocat de Verdière sur l'écran de télévision, *j'ai demandé le renvoi du procès. J'ai dénoncé une instruction à sens unique et exigé de nouvelles expertises psychiatriques. Je savais que ma tentative était vouée à l'échec mais je devais la faire néanmoins. Comme prévu, le juge, après m'avoir laissé exposer mes arguments, m'a remercié et a indiqué que le procès allait commencer. Je me souviens que Verdière m'a appelé à lui. Il m'a dit : "Vous vous battez en pure perte, maître. C'est moi qui ai tué la gamine, que vous le vouliez ou non." Je lui ai pris la main, et je lui ai répondu qu'il était innocent et qu'il devait se défendre. Il m'a dit, et je ne l'oublierai jamais : "C'est trop tard maintenant." Quand on sait ce qui s'est passé ensuite, ces paroles prennent tout leur sens. Mais à ce moment-là, je ne les ai pas comprises.* »

« Et toi, Éric, tu avais compris ? » intervient Annie. Elle le regarde à présent, avec tant d'insistance qu'il se sent obligé de lui répondre.

« Comment aurais-je pu l'entendre ! Nous étions trop loin.

— Tu sais très bien ce que je veux dire. Tu avais compris que ce pauvre diable était innocent ?

— Tout le monde disait qu'il avait assassiné Laetitia.

— Oui, mais toi ?

— Moi aussi, bien sûr. Il avait avoué.

— Moi, depuis le début, je le savais, que ça puait l'erreur judiciaire à plein nez !

— Oui, je me rappelle, j'ai jamais compris comment tu pouvais en être si sûre. À l'époque, il n'y avait que son avocat pour le croire innocent. Et toi, visiblement ! »

Comme elle ne répond pas, il évite de la regarder et se concentre sur l'émission.

« Après l'introduction de la défense, considérée comme une inutile tentative de gagner du temps, le

procès s'est ouvert avec la longue lecture de l'acte d'accusation. Aucun détail, même le plus sordide, n'a été épargné aux parents. Le viol, le meurtre, le visage massacré de l'enfant, la longue confession de Verdière, les éléments rassemblés contre lui par l'accusation. Nathalie et Vincent Doussaint ont écouté ces horreurs pendant deux heures sans craquer. Lorsque le juge a terminé, un silence pesant s'est abattu sur la salle. Il a conclu en annonçant que la séance était levée et que les débats reprendraient à 14 heures. »

Le bâtonnier Varet avait demandé la parole. En pure perte, car le président ne lui avait porté aucune attention. Le public avait commencé à quitter la salle. Éric avait suivi le mouvement, se mêlant à la foule, écoutant les commentaires des uns et des autres. On trouvait « ce salaud vraiment répugnant ». « Ordure », « monstre », « saloperie », « fumier », ces termes revenaient sans cesse, et l'horreur face au calvaire qu'avait vécu la petite. « J'ai eu envie de vomir », lui avait soufflé Eugénie, la femme d'Antoine. Son mari avait renchéri : « Le pire, c'est qu'il a l'air de s'en foutre. » Tout le monde était d'accord pour dire qu'il ne méritait qu'une balle entre les deux yeux.

Puis Éric s'était retrouvé avec les Vasseur, les Lemoual et les Doussaint au pied des marches du tribunal, entourés de journalistes désireux de recueillir leurs impressions. Simon Doussaint, l'oncle, avait accepté de leur parler : « Ce monstre ne m'inspire que du dégoût. »

Puis il ne se rappelle plus si c'est lui qui avait lancé l'idée, mais ils avaient décidé d'aller déjeuner ensemble.

Ils avaient faim. « Les émotions, ça creuse ! » avait bêtement fanfaronné Éric, s'attirant un regard courroucé d'Estelle Doussaint.

LUI, 22 h 59

Il était sorti du tribunal plus que rassuré : la matinée s'était déroulée au mieux pour lui. Il avait beau être innocent, Verdière ne pourrait pas s'en tirer.

Elle prend un ton grave, presque triste, qui l'étonne :

« Quand je pense que nous sommes tous allés déjeuner ensemble dans ce restau chinois, comme si de rien n'était. Avec ce qui s'est passé ensuite, ça fait un peu mal au cœur, non ? »

Il s'apprête à répondre qu'« il fallait bien bouffer », mais le téléphone retentit à nouveau. Elle désigne l'appareil du menton.

« Décroche, c'est pour toi.

— Ah bon ? Comment tu sais ça ?

— Tous les appels sont pour toi, ce soir, apparemment. Je ne vais pas me déranger toutes les deux minutes. Et puis qui veux-tu qui m'appelle, moi ? »

Il se résout à décrocher, à la quatrième sonnerie, mal à l'aise. Sa femme l'observe d'un air détaché et il n'aime pas ça. Si c'est encore l'autre dingue, il est bien décidé à l'envoyer promener. Ce con ne va pas lui pourrir toute la soirée. Il s'apprête à répondre violemment, quand il entend la voix de sa fille :

« Tu regardes toujours ? C'est passionnant, hein, papa ? dit-elle sobrement.

— Ça réveille plutôt de mauvais souvenirs, tu peux me croire.

— Ce type fait pitié, non ? Il n'avait pas la tête d'un assassin. Qu'est-ce que tu en penses ?

— Pas grand-chose. À l'époque, tout le monde estimait que c'était lui. Les flics en tête.

— Mais pas moi ! lance sa femme. Ça sautait aux yeux qu'il était innocent.

— Qu'est-ce qu'elle a dit ? questionne la voix, à l'autre bout du téléphone.

— Qu'elle ne croyait pas que c'était lui. Ta mère pense que les flics sont des cons.

— C'est clair ! Moi aussi ! Ils se sont bien gourés. Mais alors qui a tué Laetitia ? Tu dirais quoi, toi ?

— Comment veux-tu que je le sache. Et puis c'est si loin, ces histoires... Je raccroche, chérie. J'ai un double appel. »

Il appuie machinalement sur la touche « renvoi ». Il entend la voix demander : « Tu avais bien déjeuné, le jour du procès, l'assassin ? »

Pris de court, il bredouille : « Vous faites erreur, ce n'est pas le bon... » Il n'a pas le temps de finir sa phrase. L'autre a raccroché. La tonalité résonne au bout du fil. Cette fois, il est certain que son trouble n'a pas échappé à sa femme.

Il reste figé, l'appareil collé à l'oreille, car il vient de se rendre compte que cette voix ne lui est pas étrangère. Il fouille sa mémoire. C'est une voix d'homme, il en est certain désormais. Il réalise que cet interlocuteur mystérieux sait tout de sa vie, jusqu'à ce repas qui les avait réunis le jour du procès. *Et si c'était l'un d'eux qui me menaçait ce soir ?* Non, c'est impossible. Aucun de ces imbéciles ne se doute de rien, et ils n'auraient pas les couilles. Un flic ? Non. Comment saurait-il, pour le déjeuner ?

Qui, alors ?

Vincent ? Impossible, là aussi. Pourquoi ?

En tout cas, personne ne le baisera. Il a tenu jusque-là, ce n'est pas ce soir qu'il va craquer. Il reprend confiance.

Qu'il rappelle, le gus, ses tentatives stupides ne l'atteindront plus. Il restera intouchable.

ELLE, 23 heures

Elle a vu la faille. Il est déstabilisé, il s'est trahi. Oh ! juste l'espace de quelques secondes, à l'instant où il a raccroché. On ne passe pas autant d'années avec un homme sans voir ces choses-là.

C'est sa première lueur d'espoir de la soirée. Elle a douté, mais maintenant elle sent qu'il est possible de réussir.

S'il a vacillé, c'est qu'il a senti le danger. Qu'il a compris qu'il devait prendre ces appels anonymes au sérieux. Elle a noté aussi la manière dont il a peu à peu repris la maîtrise de soi.

À nouveau, il montre un visage si serein et tranquille qu'il en est inquiétant.

Par chance, il ne s'occupe pas d'elle. Sinon il aurait perçu son dégoût. Sa révolte, sa tristesse, tous ces sentiments douloureux qui la submergent d'un coup après cet instant de brève euphorie.

Son envie de se dresser face à lui et de le maudire.

De lui dire qu'elle sait.

De triompher, enfin.

Mais il continue à l'ignorer. Elle réalise à quel point elle ne reste, à ses yeux, que quantité négligeable. Un petit jouet qu'il a manipulé durant toutes ces années.

23 h 01

«La lecture de l'acte d'accusation, prononcée dans un silence glacial, avait été accablante pour l'accusé. Le rapport précis, froid et presque chirurgical avait impressionné la salle d'audience, restée ensuite muette durant d'interminables secondes. Le public, mais aussi les juges et les jurés, sans parler bien sûr de la famille, étaient bouleversés. Pourtant, le comportement de Louis Verdière avait surpris. Il avait à peine réagi en écoutant énoncer les atrocités pour lesquelles il était jugé. Sa posture n'avait pas changé : il parcourait la salle des yeux, s'arrêtant parfois sur un visage. La plupart de ceux qu'il fixait baissaient la tête, trop impressionnés pour l'affronter.»

«Moi, je l'ai fixé droit dans les yeux et je l'ai obligé à détourner le regard», se vante Simon Doussaint, prenant sa femme à témoin. Il se rappelle ce regard vide, sans expression. Qui s'attardait sur vous, sans raison, avant d'aller se poser ailleurs.

Au bas des marches, Simon n'avait pu échapper aux journalistes. Il se voit à l'image, avec sa cravate noire, la même qu'il portait aux obsèques de la petite, aveuglé par les flashes et les éclairages des caméras, peu à peu acculé contre les murs gris. D'abord, il avait tenté de se défiler. Il avait accéléré le pas, faisant signe qu'il n'avait rien à déclarer. « *Pas maintenant, on verra ce soir* », répétait-il. Finalement, il s'était laissé piéger. À présent, découvrant ces images de lui qu'il n'avait jamais vues, il est surpris de s'entendre parler d'une voix aussi ferme :

« *La matinée a été éprouvante, vous l'imaginez bien. Écouter le calvaire que ma nièce a vécu a été un moment insupportable pour toute notre famille. En cet instant, je pense à elle, cette petite fille magnifique, aimée de tous, et à ses parents. Mon frère et ma belle-sœur.* »

Une voix venue de la meute s'élève : « *Monsieur Doussaint, qu'avez-vous ressenti quand Verdière a pénétré dans le box ?* » Il s'entend répondre avec la même assurance : « *Qu'il ne fait aucun doute que c'est lui l'assassin de ma nièce et qu'il devra payer pour son crime. Ce monstre ne m'inspire que du dégoût. Je n'ai rien d'autre à ajouter.* »

Simon se souvient qu'il avait fendu l'attroupement des journalistes avec autorité, refusant de répondre davantage aux questions qui fusaient dans le vide. Il avait aperçu Bidault à ses côtés. Éric l'avait félicité : « Tu as été très bon avec les journaleux, quels fouilleurs de merde ! » Ils avaient rejoint les Vasseur et les Lemoual, et s'étaient mis à l'écart pour échanger leurs impressions sur le début du procès, sur ce type qui leur laissait à tous un profond sentiment de malaise.

Ils étaient un peu désemparés, ne savaient trop quoi faire, n'osant pas se séparer. Alors Simon avait lancé l'idée d'aller déjeuner ensemble. Il connaissait un restaurant chinois pas trop loin du palais où ils seraient tranquilles. Le service était rapide et ils n'avaient qu'une heure avant la reprise des débats. L'idée les avait séduits, surtout les hommes. Aliette Lemoual avait un peu renâclé car elle avait préparé des sandwichs au jambon. Mais elle s'était dit qu'ils feraient encore l'affaire demain, et s'était rendue à l'avis général : « Il y a longtemps que nous ne sommes pas allés au restaurant. J'adore le chinois. »

Il se souvient que Bidault avait eu une phrase malheureuse, du genre : « Ces émotions m'ont ouvert l'appétit, j'ai la dalle », et qu'Estelle l'avait fusillé du regard.

Alors qu'ils se mettaient en chemin, ils avaient aperçu Vincent et Nathalie qui montaient dans la voiture noire de leur avocat, et s'étaient demandé où ils pouvaient bien aller.

Estelle avait retenu son mari à l'arrière pour lui reprocher « son idée à la con ». « Qu'est-ce qui t'est passé par la tête ? Je te préviens, chacun paie sa part. » Elle prenait les devants car elle le connaissait, Simon était bien capable de régler l'addition pour tout le monde.

Simon délaisse le reportage qui précise à présent certains détails de la personnalité de Louis Verdière, et se perd dans ses souvenirs de ce midi d'octobre. Ce déjeuner, ce fut le seul et le dernier, qui avait réuni ceux qui avaient découvert le corps de l'enfant.

Tandis qu'ils avançaient rapidement dans les rues piétonnières, Bidault avait éprouvé le besoin de rompre le silence qui s'était abattu. « Pauvre gamine. Je n'oublierai jamais ce que ce salaud lui a fait endurer », avait-il relancé. Vasseur avait renchéri : « On connaît le coupable, le fumier qui est dans le box. C'est déjà ça. »

Ils s'étaient installés au fond de la salle, refusant les

tables qui donnaient sur la rue, comme si, par réflexe, ils n'avaient pas voulu qu'on les aperçoive ensemble. Ils avaient commandé des « nems pour tout le monde ». Simon se souvient même qu'il avait choisi du bœuf aux oignons et du riz cantonnais. Bidault, en face de lui, ne cessait de parler. Il les avait pris à témoin : « Comment un être humain peut-il en arriver là ? » L'idée même de s'en prendre à une gamine lui faisait horreur. Lorsque la conversation déviait, quand ils évoquaient leurs gosses, leur boulot, le quartier, les vacances, Bidault y revenait. Inlassablement, malgré les tentatives des autres, sa femme la première, pour faire cesser le flot de ses paroles. « Tu ne pourrais pas parler d'autre chose », l'avait-elle finalement interrompu. Mais il avait continué à pérorer d'une voix forte, au point que les gens, aux autres tables, avaient peu à peu fait le silence pour l'écouter : leur nuit de recherche, la découverte effroyable du corps, ses quarante-sept jours de détention, les humiliations qu'il avait endurées... « Je veux qu'il paie pour tout ça, cette ordure. » Son plat à peine entamé était devenu froid, tandis qu'il interpellait Simon. « Pourquoi étais-tu assis si loin de ton frère. Tu devrais être à côté d'eux, non ? Vous êtes fâchés ? » Il y avait eu un instant de gêne. Il était manifeste que Doussaint ne voulait pas répondre, mais Bidault avait insisté : « C'est ton frère, quand même ! Et c'était ta nièce ! »

Estelle était intervenue :

« Ce sont nos affaires. Tu sais, Vincent n'est pas facile. Il ne se remet pas de la mort de sa fille. Mais nous sommes venus au procès pour leur montrer que nous sommes avec eux deux.

— De toute façon, il y avait tant de monde que

nous n'avons pas pu nous asseoir plus près, avait lancé Simon comme en s'excusant.

— Mais vous n'êtes même pas allés les voir ?» s'était étonné Éric. Son insistance devenait grossière.

« Ce n'était pas le moment. Et de quoi tu te mêles ?» s'était agacée Estelle. Elle semblait à deux doigts de se lever et de partir. « C'est notre famille et la petite, nous l'aimions tant, pas vrai, Simon ?

— Bien sûr, avait murmuré celui-ci, comme pour lui seul.

— Oui, arrête, Éric », était alors intervenue Annie. Elle avait vu qu'Estelle était à la limite de quitter la table. Pour tenter d'apaiser l'atmosphère, elle avait parlé des enfants. Comment avaient-ils supporté la disparition de leur cousine ?

« Comme nous, avait répondu Estelle, ils souffrent. » Heureusement, la serveuse était alors arrivée avec les plats.

« Finis les nems, avait soufflé Annie à son mari. Il en reste un.

— Dis donc, pour un type aussi maigre, qu'est-ce que tu bouffes !» avait remarqué Antoine, pourtant lui-même d'ordinaire une solide fourchette, presque sur le ton du reproche.

La bouche pleine, Bidault avait répondu, rigolard : « J'ai la dalle et j'adore les nems. Fallait pas m'emmener chez les riz jaunes !» Annie avait paru se décomposer. Les autres avaient eu du mal à dissimuler leur malaise. « Faire des blagues un jour pareil ! Et il se croit malin... » avait dit plus tard Estelle Doussaint à son mari. Éric avait dû sentir qu'il en avait trop fait, car il avait changé de ton : « Si c'est pas triste, tout ça... Et il a fallu que ça tombe sur nous. »

Tous avaient acquiescé, même Lemoual. L'incident était clos, au grand soulagement d'Annie.

Hervé était assis entre Annie et Antoine Vasseur, à sa droite. Il n'avait presque pas parlé, n'avait mangé qu'un seul nem et avait à peine touché au canard laqué que sa femme avait commandé pour lui. Tous avaient remarqué qu'il n'était pas bien, il était très amaigri, taciturne. Mais ils s'étaient comportés comme s'ils n'avaient rien vu. Bidault, qui avait trop bu, avait encore eu une parole malheureuse en vidant cul sec le petit verre d'alcool de riz offert par le patron : « En souvenir de la petite ! »

À la surprise de tous, Lemoual s'était levé d'un coup, avait attrapé d'un geste vif son imperméable et était sorti sans dire un mot. Aliette s'était excusée : « Cette affaire l'a secoué. » Elle paraissait si ébranlée qu'Annie lui avait pris la main et lui avait gentiment répondu : « Nous sommes tous secoués. Il va nous falloir à tous du temps pour que ça passe... »

Antoine avait ajouté : « Heureusement qu'ils le tiennent enfin. J'espère bien qu'il va prendre le maximum. Putain, il y a des jours où je regrette la peine de mort ! » Bidault avait renchéri : « Moi, je lui couperais les couilles et je les lui ferais bouffer, avant d'ajouter, regardant sa montre : Il faut qu'on se grouille, sinon on ne pourra pas rentrer. C'est moins le quart ! Je n'ai pas envie de rater ça. » Il était si agité que tous en étaient gênés, même s'ils comprenaient les raisons de son excitation : après tout, Bidault avait frôlé de très près l'erreur judiciaire. Il devait se voir, rétrospectivement, dans le box à la place de ce Verdière, et il décompressait, en réalisant à quoi il avait échappé.

Pour couper court, Antoine avait donné le signal du départ, en gobant le dernier letchi qui traînait dans une coupe : « On a bien déjeuné. C'est pas mal, ici, on pourrait revenir demain ? »

Personne n'avait réagi. À ce moment, en réalité, tous repensaient aux aveux de Bidault. Le souvenir de cet épisode avait soudain rendu l'atmosphère irrespirable. Il était temps de se séparer.

Bidault s'était levé en dernier. « Et maintenant la douloureuse ! » s'était-il exclamé, comme insensible à l'ambiance pesante. Ils avaient divisé l'addition en trois, sans tenir compte du fait qu'Antoine et Bidault avaient bu deux bières chacun, alors que les autres s'étaient contentés d'une carafe d'eau.

Estelle en avait fait le reproche à Simon tandis qu'ils regagnaient le tribunal d'un pas vif, il se faisait toujours avoir. Puis elle avait ajouté qu'elle était certaine qu'Hervé couvait une dépression. « Aliette m'a dit qu'elle ne savait plus comment faire. Elle vit un enfer avec ce pauvre type. À croire que c'est lui qui a perdu son enfant. »

Simon, lui, n'avait pas compris pourquoi Lemoual était tombé aussi bas. Un vrai zombie. Mais à l'inverse de sa femme, il n'avait éprouvé que de la pitié pour son voisin du Grand-Chêne.

23 h 03

Autant Hervé Lemoual n'oubliera jamais le 24 octobre 1995, depuis l'impression que lui avait faite Verdière jusqu'aux nuages épais qui couvraient la ville ce jour-là, laissant craindre un orage, autant il ne garde en mémoire que des bribes incertaines de ce déjeuner.

Il a fallu que sa femme lui demande s'il se souvenait de ce repas qu'ils avaient pris ensemble pour que les choses lui reviennent vaguement. Il l'avait oublié, alors qu'il se souvient en revanche très nettement à quel point il tenait à assister au procès de Verdière. Pour ne pas le manquer, il avait même posé trois jours de congés. Il avait dû revenir à la charge auprès du directeur de l'école, qui dans un premier temps avait refusé. « L'Éducation nationale est trop bonne avec vous », avait-il commenté après avoir cédé.

Il avait très peu et mal dormi, et avait réveillé Aliette à l'aube.

« Allez, il faut se préparer, avait-il ordonné.

— Il n'est que 6 heures. On a le temps !

— Je veux arriver en avance. Les places seront chères, il ne faut pas traîner », avait-il répliqué.

Devant sa fébrilité, elle n'avait pas protesté et, dès 7 heures, ils étaient prêts.

Puis de manière incompréhensible, il avait voulu

renoncer : à l'instant de monter dans la voiture, il avait annoncé à sa femme qu'il avait changé d'avis. Il ne voulait plus assister à ce procès. À l'époque, tout ce qui lui rappelait le meurtre de l'enfant était une souffrance inexplicable. Il avait vraiment fallu qu'Aliette insiste pour qu'il se rende à la raison, lui disant qu'il risquait de regretter sa décision. Pas étonnant dans ces conditions qu'il ait oublié cet épisode, quelle importance ? À présent, des bribes lui reviennent. Bidault qui disait tout et n'importe quoi. Bidault, encore, qui avait lourdement insisté pour savoir si Simon était fâché avec son frère.

Pourquoi, ce soir, est-ce le plat de nems qui s'impose à sa mémoire ? Un plat auquel il n'avait quasiment pas touché ? Contrairement à ce qu'ils avaient tous pensé, il n'avait pas vécu ce déjeuner comme une souffrance. Plutôt comme une parenthèse, durant laquelle il était resté étranger à ce qui se disait. Comment aurait-il pu leur expliquer ce qu'il endurait, les idées qui le submergeaient ? Au point d'avoir envie de les planter là. Il se souvient précisément, à cet instant, ses voisins et leurs parlottes interminables lui étaient soudain devenus insupportables. Poussé par le besoin impérieux de retrouver sa place dans la salle, de revoir ce Verdière, il avait quitté le restaurant précipitamment et avait couru jusqu'au tribunal, incapable de se maîtriser plus longtemps, les laissant interdits.

Assis tout en haut des marches, il les avait vus approcher, Doussaint en tête, les autres un peu en arrière. En les voyant avancer ainsi, sans s'adresser la parole, il s'était dit que chacun faisait en sorte de ne pas se laisser distancer, d'arriver le premier. Comme le matin, il n'y aurait pas de place pour tous.

Parvenu à la hauteur des grilles, Vasseur était repassé devant. Bidault et sa femme le suivaient. Aliette venait loin derrière. Elle était la seule à ne pas se hâter, elle devait compter sur lui pour lui réserver une place. Tout allait se jouer entre Doussaint et Vasseur dans la montée des marches. Antoine avait perdu de précieuses secondes à cause d'Eugénie, qui s'était arrêtée, essoufflée. « Attends-moi ! » avait-elle intimé à son mari. Mais il l'avait plantée là et s'était mis à grimper les marches deux par deux avec détermination, en lui lançant : « Je te garde une place ! »

Hervé avait suivi cette course d'un œil triste. Tout cela était si dérisoire et déplacé. Vasseur était sur le point de le dépasser sans s'arrêter, quand il lui avait annoncé d'un ton bref : « C'est plus la peine de courir. » Antoine avait stoppé son élan si brusquement que Doussaint l'avait heurté, manquant de le faire chuter.

« Fais gaffe ! avait protesté Vasseur.

— Qu'est-ce qui se passe ? » avait demandé Doussaint. Il était à bout de souffle.

« Le procès est ajourné, avait répondu Lemoual sans lever les yeux sur les cinq personnes qui l'entouraient à présent.

— Comment ça, ajourné ? Qu'est-ce que tu racontes ? avait rétorqué Doussaint.

— Je n'en sais pas plus. C'est ce qu'ils m'ont dit quand je suis arrivé. Il y a un sacré bordel là-haut. »

Lemoual avait fait un vague geste de la main en direction de l'entrée de la salle d'audience, où attendait la meute des journalistes. Une foule de curieux s'y agglutinait déjà, tout aussi avide.

« Je vais voir », avait décidé Bidault, immédiatement suivi des quatre autres.

Même Aliette avait abandonné son mari sur les marches. Hervé avait fini par se lever à son tour pour les rejoindre.

Il se souvient de l'extrême lassitude qui s'était emparée de lui tandis qu'il grimpait les derniers degrés.

Sur l'écran de télé, le commentaire reprend sur une série de photos prises cet après-midi-là, en haut de l'escalier.

« Regarde, s'exclame Aliette, c'est toi ! Là, à droite. »

Hervé s'est repéré, indifférent, parmi les gens massés devant la porte. Tous attendent des informations, les yeux fixés sur la lourde porte de bois sombre qui reste close. Sur ces clichés, Hervé est le seul qui a le regard tourné vers le photographe.

« L'audience devait reprendre à 14 heures. La foule se massait devant le tribunal pour retourner dans la salle, quand un huissier est sorti, prenant tout le monde de court. » Un homme d'une cinquantaine d'années en costume sombre apparaît à l'image. Il annonce d'une voix forte, afin que tous l'entendent : *« Le procès de Louis Verdière est ajourné* sine die. *Il est inutile d'attendre. »*

Hervé est tétanisé par ce qu'il voit sur l'écran : l'huissier qui referme la porte derrière lui, une ambulance qui s'éloigne, toutes sirènes hurlantes, les journalistes se précipitant vers les parents qui sortent sur le côté du bâtiment et qui s'engouffrent dans une limousine noire, leur avocat faisant une déclaration devant une forêt de micros : *« Louis Verdière a tenté de mettre fin à ses jours pendant l'interruption d'audience. »*

Un journaliste demande s'il est vivant. *« Oui, il a été conduit à l'hôpital. Nous saurons dans la journée si le procès est simplement ajourné ou s'il sera reporté. »* Il ajoute d'un ton menaçant : *« Au nom de la famille de la petite Laetitia, assassinée par ce monstre qui, par ce geste, démontre qu'il n'a pas voulu affronter la réalité des faits, nous avons l'intention de demander des comptes au tribunal et à l'administration pénitentiaire. Comment est-il possible que soit laissé seul dans sa cellule, sans surveillance, un homme accusé d'un tel crime ? Une faute inadmissible a été commise et les responsables devront en répondre. Merci, mesdames et messieurs. »* Le commentateur reprend :

« Louis Verdière s'est pendu à l'aide des lacets de ses souliers, qu'il a accrochés aux barreaux de la cellule, dans les sous-sols du palais de justice. On lui avait apporté à déjeuner. Les gardiens étaient restés avec lui le temps qu'il finisse son plateau. Ils ne s'étaient absentés que quelques minutes pour, selon le procès-verbal établi par la suite, fumer une cigarette. Ils affirmeront que rien, dans le comportement de l'accusé, qui s'était montré plutôt disert, contrairement à son habitude, ne laissait présager un tel dénouement. Verdière leur aurait même dit de prendre leur temps, ajoutant qu'il avait arrêté de fumer depuis une dizaine d'années et qu'ils devraient en faire autant. "Je pète la forme", aurait-il commenté, sourire aux lèvres. Selon les premiers témoins accourus sur place, Louis Verdière était en état de mort clinique quand on l'a détaché. Mais son décès ne fut officiellement déclaré que lorsqu'il est arrivé à l'hôpital. »

Hervé avait traîné l'après-midi entier avec les autres,

arpentant les alentours du palais de justice. Personne ne savait alors que Verdière était mort. Ils ne l'avaient appris que le soir, aux informations. Simon Doussaint s'était exprimé devant les journalistes, au nom de la famille. L'image repasse maintenant. Il l'entend dire : *« Le suicide de l'assassin de ma nièce est bien la preuve que cet homme n'a pas voulu affronter ses juges. Ce n'est pas seulement un monstre, mais un lâche. Un immonde lâche. »*

À ses derniers mots, Hervé résiste à l'envie d'éteindre le poste et de fuir, comme il l'avait fait des années plus tôt, au restaurant chinois. Il se contente de s'éponger le front, évitant de se tourner vers sa femme qui a posé sa main sur la sienne.

« Ça ne va pas, Hervé ? Tu es tout drôle. C'est de reparler du suicide de Verdière qui te met dans cet état ? »

ELLE, 23 h 05

Elle est parvenue à reprendre le dessus. Elle ignore par quel miracle elle a réussi à juguler sa haine et son dégoût. Le flic l'a prévenue : « Surtout ne montrez rien. Ne vous dévoilez pas. Restez calme. Concentrez-vous sur ce que racontera la télé et tâchez de faire abstraction du reste. Je le sais : c'est plus facile à dire qu'à faire mais, croyez-moi, s'il devine quelque chose, vous serez vraiment en danger. » Elle avait été si visiblement angoissée quand il lui avait fait ces recommandations qu'il s'était empressé d'ajouter : « Je ne serai pas loin. Vous ne risquez rien. » Puis ils avaient convenu d'un code si les choses ne se passaient pas comme elle l'espérait. D'un autre si tout allait bien. « Cet homme est dangereux. Il a déjà tué. Ne l'oubliez jamais. » Il le lui avait assuré : « À la moindre alerte, mes hommes et moi serons prêts à intervenir. »

Elle se demande à présent si les micros dont ils ont truffé le salon les avertiront à temps.

Elle doit trouver la force de résister à la panique. Pour écarter sa peur, elle feint de suivre la voix off qui relate les bévues de l'enquête.

« Le suicide de Louis Verdière a éteint l'action de la justice. Conformément à la loi, l'accusé ne sera jamais

jugé et, à en croire les journaux publiés le lendemain, l'assassinat de l'enfant restera à jamais impuni. Après la consternation, la presse a réclamé des comptes, des têtes, mais surtout elle s'est acharnée sur Verdière. Les articles des journaux comme les commentaires à la télévision étaient unanimes. Ainsi, dans Le Figaro, *on a pu lire sous la signature de Florence Darcourt cet avis péremptoire : "Il ne fait aucun doute que c'est lui l'assassin, quoi qu'en dise toujours son avocat. Confronté le matin à l'horreur de son crime, pendant la lecture glaçante de l'acte d'accusation, il a préféré se tuer plutôt que d'affronter la vérité. Outre l'ignominie de son acte, Verdière a réussi en plus à susciter un mépris éternel."* »

Une femme d'une cinquantaine d'années, la chevelure noire barrée par une étonnante mèche blanche, apparaît à l'image. « Florence Darcourt, grand reporter », indique le sous-titre. Interviewée dans les locaux du journal parisien, elle affiche un regard résolu quand elle affirme : « *La mort de Louis Verdière avait fait naître une énorme frustration. Il ne s'était pas seulement dérobé devant l'obstacle, il nous avait volé la vérité. Voilà pourquoi la presse était si déchaînée contre lui. D'une certaine manière, c'est une trahison. Un coupable qui refuse d'assumer, il n'y a pas pire. Dans mon article, je n'ai fait que résumer le sentiment général.* »

Les mots de la journaliste réveillent sa rage. Elle oublie sa panique, à présent elle voudrait absolument le voir réagir. Tout de suite. Mesurer sa lâcheté.

Elle ne retient plus sa frustration. Elle se met à

parler, libère sa colère contre « cette justice incompétente » qui a laissé cet homme se foutre en l'air et qui finalement s'en est tirée à si bon compte. « Aucun des responsables n'a été inquiété, alors qu'ils ont commis une faute professionnelle majeure ! » Elle ajoute : « Ainsi va notre société : personne n'est jamais responsable de rien. » Puis elle se tait. Elle n'en revient pas : elle a parlé en restant parfaitement maîtresse d'elle-même et de ses émotions. Comment va-t-il réagir maintenant à sa poussée de colère si inhabituelle ?

Il semble à peine surpris : « Il ne faut pas te mettre dans un état pareil. » Il parle d'une voix si posée qu'elle en devient inquiétante : « Je ne pensais pas que tu prenais cette histoire tellement à cœur. »

Il s'interrompt un instant et ajoute : « Moi aussi, comme des centaines de gens, j'ai signé la pétition pour réclamer des sanctions. Tout ça est resté lettre morte. Toujours pareil avec les politiques. Ils se protègent entre eux ! »

Elle est frustrée. Il ne baisse pas la garde. Son éclat a été inutile. Il ne laisse rien filtrer, que la tranquille assurance d'un homme qui déplore la mauvaise tournure qu'ont prise les événements.

D'un autre côté, elle se sent rassurée. Elle ne s'est pas trahie. Il ne soupçonne rien. Il la croit si naïve.

Serait-il gagné par l'euphorie de son triomphe ? Pas question qu'elle lui octroie ce plaisir. Il ne faut en aucun cas lui accorder de répit. Elle reprend immédiatement :

« Quand je pense que l'assassin de la petite est toujours en liberté.

— Tu n'arrêtes pas de répéter ça, ce soir. Je suis

aussi bouleversé que toi, l'assure-t-il de sa voix douce. Tout ça est affreux. »

À ces mots, elle ne peut s'empêcher de frissonner : où puise-t-il son assurance ? Il est trop fort pour elle. Elle n'y arrivera pas. Même lorsqu'elle brandira la preuve de sa monstruosité.

Le commissaire l'avait convaincue de chercher dans son atelier. « Il a peut-être gardé des trophées, en premier lieu la culotte de l'enfant. » Elle lui avait obéi. Pendant des jours, elle avait fouillé l'atelier, la maison, les combles. Elle n'avait rien trouvé. « Je suis certain qu'il a conservé quelque chose, insistait-il. Ils le font tous. » Lorsqu'elle lui faisait part de sa déconvenue, il répondait invariablement : « C'est qu'il l'a bien cachée. Il faut chercher encore. » Et elle se remettait à prospecter partout. Des jours et des jours. Opiniâtrement.

En vain.

Le commissaire a fini par admettre cet échec tout en assurant que rien n'était perdu. On le ferait craquer le jour de l'émission à la télé. Il lui avait expliqué son plan.

Elle sait que ce flic l'a manipulée, en quelque sorte. Mais il faut en finir et elle ne le regrette pas.

Alors, après une bouffée de dégoût irrépressible, elle se reprend. Elle ne va pas lâcher, elle doit aller au bout de leur stratagème. Elle parvient à repousser ses angoisses et à oublier la boule qui lui serre l'estomac. Elle se sent de nouveau pleine d'énergie. Elle a honte d'avoir douté...

Et puis, d'un seul coup, malgré elle, la peur revient. Insidieuse, elle l'envahit tout entière. Elle voit son mari à la place de ce Verdière. Accusé du pire, regardé comme un monstre. Aura-t-il des remords ou continuera-t-il, lâchement, à nier ? Comment pourra-t-elle avoir la force de vivre, avec le poids de ces dix-neuf ans passés avec ce pervers ?

En cet instant, elle prie pour que le téléphone ne sonne pas. Elle pourrait s'effondrer au seul bruit de la sonnerie. Par bonheur, il reste muet. Elle jette un coup d'œil à l'appareil, s'aperçoit qu'il clignote. Elle comprend : volontairement, il l'a mal raccroché pour échapper à ces appels accusateurs. « C'est lui qui a peur ! » Il n'est pas aussi serein qu'il veut bien le faire croire.

Se levant avec désinvolture, elle va y mettre bon ordre.

« Tiens, le téléphone est décroché. Si les enfants ont appelé, on n'a pas pu les entendre.

— J'ai dû mal raccrocher », répond-il, très calme.

Trop calme.

Le reportage évoque *« le trouble immense qui s'est emparé du pays après la mort de Verdière »*. Des témoins se succèdent à l'image. Elle en reconnaît certains, d'autres pas. Elle entend les mots « honte », « saloperie », « fumiers ». Le commissaire Bouvard, dans un entretien daté du 12 novembre 1995, confirme : *« L'action de la justice est éteinte, mais le coupable est connu. Louis Verdière est l'assassin de Laetitia Doussaint. L'enquête est close. »* Il lui est insupportable alors d'entendre son mari exprimer sa satisfaction : « Tu vois, ce type, il n'était pas net, en laissant échapper un lourd soupir plein de suffisance.

— Pourquoi souffles-tu ?

— Je ne souffle pas.

— Si, je t'assure, tu as soufflé.

— Il n'était pas net. C'est tout ce que j'ai à dire. Et je n'ai pas soufflé. Et d'abord, qu'est-ce que ça peut faire ? Si j'ai envie de souffler, je souffle ! C'est long ! À croire que cette émission ne finira jamais... tempête-t-il. Et toi qui es là, à me surveiller... ! »

En cet instant, quelques secondes seulement, le silence qui s'abat sur eux est terrifiant. Pourvu que le téléphone sonne ! Maintenant.

Et la sonnerie retentit. Enfin. Elle se lève précipitamment et lui tend l'appareil. Il ne doit pas y échapper.

Il n'écoute que quelques secondes avant de le reposer violemment, sans dire un mot. Elle fait mine de s'intéresser au reportage qui se poursuit.

Mais elle a parfaitement entendu la question du commissaire : *« Pourquoi tu souffles, l'assassin ? »*

23 h 06

«Après le décès de Louis Verdière et la fin de l'action judiciaire, reprend le journaliste en marchant dans les rues du Grand-Chêne, face à la caméra, *l'affaire fut classée. Les policiers cessèrent toute nouvelle investigation. Dans une interview donnée au* Midi libre, *le commissaire Bouvard déplorait que Verdière ait échappé à une condamnation méritée. Mais, au moins, disait-il, le coupable avait été confondu et le calme pouvait revenir. Les autorités judiciaires et pénitentiaires avaient fait leur mea-culpa, et, finalement, les choses en étaient restées là. Certains voyaient même dans le suicide de Verdière une juste sanction. Pourtant, dans l'opinion, l'émotion restait encore vive.»*

Simon Doussaint apparaît à l'image, debout devant le palais de justice. À ses côtés se tient un avocat de petite taille dans sa robe noire, les cheveux blancs, une fine moustache grise. Le regard retors de celui auquel on ne la fait plus. Nous sommes en décembre 1995, Simon présente à la caméra une épaisse liasse de feuillets. Il se regarde prenant la parole avec détermination : *« 12 547 personnes ont signé cette pétition. Des citoyens de tout le pays et de toute condition l'ont signée. Nous sommes certains qu'elle reflète un sentiment général. Avec maître Garaud, nous réclamons la peine de mort pour les tueurs d'enfants. Nous allons remettre cette pétition au président du tribunal. – Et en adresser copie au garde des Sceaux*, complète le vieil avocat avec la même résolution. *Le viol et l'assassinat de la petite Carmen Delgado, il y a quinze jours à Liévin, nous confortent dans notre volonté. Seule l'exemplarité de la sanction suprême peut empêcher ces agissements monstrueux. Nous voulons que la question du rétablissement de la peine de mort pour les tueurs d'enfants soit examinée par l'Assemblée nationale au plus vite. De nombreux députés soutiennent notre action. – Si l'assassin de ma nièce avait su ce qu'il risquait, Laetitia Doussaint serait peut-être toujours en vie »*, conclut théâtralement Simon, avant de se tourner pour entamer l'ascension de l'escalier, suivi de l'avocat.

Le visage souriant d'une petite fille remplit l'écran.

« Carmen Delgado avait 8 ans quand elle avait été enlevée à la sortie de son école par le mari de sa gardienne. L'homme, un certain Paul Favier, a rapidement été identifié. Il a reconnu son crime et a conduit les enquêteurs sur les lieux où il avait perpétré son acte. L'enquête a démontré que l'enfant avait été abandonnée agonisante, toujours en vie. Son calvaire avait duré plusieurs heures. L'homme avait expliqué son geste par une pulsion soudaine. Au juge, il avait déclaré : "Je suis un monstre, je dois être soigné." Par le passé, Favier avait déjà été condamné en correctionnelle à deux ans de prison, dont un ferme, pour attouchements sur mineure. »

« C'est vraiment du vent, tout ça, siffle Estelle.

— Quoi, du vent ? réplique Simon.

— Cette histoire de pétition : du vent et du temps perdu.

— Pffffff ! » Il renonce à argumenter.

C'est à peine s'ils écoutent les sommités de l'époque qui se succèdent à l'écran. Des hommes politiques, des avocats, des psychologues, gesticulent et se disputent au cours d'innombrables émissions.

« *Les meurtres atroces des deux petites filles*, explique le commentaire, *ont relancé le débat sur l'exemplarité de la peine de mort. Avec cette question : faut-il la rétablir pour les tueurs d'enfants ? 55 % des personnes interrogées y étaient favorables.* »

« Ah, tu vois bien que notre action avait servi à quelque chose !

— Des bêtises. Tu le sais parfaitement. Tout ça, c'est vraiment du bla-bla... »

Il a rarement vu sa femme aussi exaspérée. Elle hurle presque, jusqu'à couvrir le son de la télé :

« Ces types sont des malades. Ce n'est pas la guillotine qui va les arrêter. Je me demande encore ce que tu es allé foutre dans cette histoire.

— Laetitia serait encore en vie ! proteste-t-il.

— Tu racontes n'importe quoi, Simon. C'est comme ça, rien ne pouvait sauver ta chère petite nièce ce jour-là. Tu le sais très bien. Elle a croisé la route d'un pervers. Et crois-moi, quand ce salaud l'a violée et qu'il lui a détruit le visage avec une pierre, il n'a pas pensé à la guillotine ! rugit-elle.

— Tu es contre la peine de mort, alors ? s'insurge-t-il. Imagine que ça soit arrivé à Émilie, tu serais allée câliner son assassin en prison, peut-être ? »

Elle appuie sur la touche « pause » de la télécommande. Sa voix est calme, si déterminée qu'elle en est glaçante :

« Regarde-moi. »

Il lève les yeux avec réticence.

« Tu me débectes, Simon. Comment peux-tu dire ça ? La peine de mort, j'y suis favorable à 1 000 %. Nous vivons depuis dix-neuf ans avec le souvenir de la mort de Laetitia. Tu ne t'en doutes pas, parce que tu penses que je suis froide et indifférente au malheur. Détrompe-toi : il ne se passe pas un jour sans que j'y pense, sans que j'attende que le vrai coupable soit arrêté. Je rêve de le voir souffrir. Écoute bien ce que je vais te dire : si c'était toi le coupable, je te regarderais crever en me disant que c'est mérité et j'applaudirais des deux mains. Crois-moi : je ne te cajolerais pas. »

Simon est troublé. Jamais il n'a vu sa femme dans cet état, jamais il n'a pensé qu'elle prenait cette affaire autant à cœur. Mais qu'est-ce qu'il a à voir là-dedans ? Qu'est-ce qu'elle veut dire, avec ses insinuations ?

« Qu'est-ce que tu racontes ? Tu es malade ou quoi ? Tu penses que j'ai pu toucher à la petite ?

— Non. Bien sûr que non.

— Je préfère ça, putain de merde !

— Calme-toi. J'ai seulement voulu t'expliquer que, quel que soit le coupable, cet homme n'aura droit qu'à ma haine. Pour ce qu'il a fait subir à Laetitia... Et aussi à moi. »

Il n'en revient pas. Il ne reconnaît pas son épouse, d'habitude si froide, si dure, si intransigeante.

« À toi ?

— Oui, Simon, à moi. J'ai dix-neuf ans de souffrances à rattraper.

— Je n'en reviens pas de ce que tu dis. Ça me fait un choc.

— Comment ça ?

— Que cette affaire t'ait affectée à ce point !

— Ça te fait un choc que j'aie un cœur, c'est ça ?

— Non, ce n'est pas ce que j'ai voulu dire...

— Restons-en là. Cela vaudra mieux.

— Mieux ?

— Mieux pour tous les deux. »

Elle se tourne vers le poste et relance l'émission.

« La pétition remise ce jour de décembre par l'oncle de Laetitia Doussaint est restée lettre morte. Le Parlement n'a pas rouvert le débat. »

« Tu vois, c'est bien ce que je disais...

— Pfouuuuu...

— Tu peux soupirer, tu ne sais plus quoi dire !

— Si ça te plaît d'enfoncer le clou...

— Pas spécialement. Mais je sais. Et quand je sais, je sais.

— Et qu'est-ce que tu sais d'autre, madame je sais tout ? Allez, tais-toi, s'il te plaît, tais-toi.

— D'accord, je me tais. Mais je n'en pense pas moins... »

Son ton est devenu presque menaçant. Simon frissonne. Il s'interroge. *Ce n'est pas possible qu'elle pense que j'ai tué la petite. Après toutes ces années.*

Le présentateur revient à l'image. Ce qu'il annonce d'un ton neutre est un coup de poignard dans le dos de Simon : *« Le débat sur la peine de mort n'a été qu'un soubresaut. En février de l'année suivante, un événement capital allait relancer l'affaire Laetitia Doussaint, que l'on pensait terminée. Ce fut un véritable cataclysme pour tous. Un témoignage inattendu parvint à la police, une lettre d'un certain Rémi Pujol. Il apportait un démenti total à la culpabilité de Verdière. En effet, assurait-il, en mars 1994, Louis Verdière travaillait pour lui dans une exploitation forestière près de Mende, en Lozère. Monsieur Pujol l'hébergeait en échange de menus travaux. Dans un premier temps, ce courrier n'a eu aucun écho. Rémi Pujol s'est alors déplacé en personne au commissariat d'Avignon. Après avoir patienté une matinée, il a d'abord été reçu par un capitaine. Il avait apporté des preuves irréfutables : des photos prises le soir du 18 mars 1994, dans la salle à manger de Pujol, sur lesquelles on peut voir trois hommes et une femme trinquer à l'anniversaire du forestier qui fêtait ses 50 ans ce soir-là. Celui qui souriait sur la droite fut identifié sans erreur possible comme étant Louis Verdière.* »

L'image zoome sur l'homme assis à droite sur la photo, verre en main. Mais il n'y a aucun doute. C'est bien Verdière. Le présentateur poursuit : « *Rémi Pujol a affirmé aux policiers qu'il ignorait que Verdière était impliqué dans cette affaire. Il ne l'avait appris qu'en décembre, en découvrant son nom dans un journal. Il a déclaré aux enquêteurs que Verdière était un brave type, certes un peu bizarre. Nous sommes allés retrouver Rémi Pujol dans son exploitation forestière de Lozère.* »

Pujol apparaît à l'image. C'est un vieil homme barbu, les yeux cachés sous de grosses lunettes sombres. Le reportage précise que « *bien qu'il soit aujourd'hui presque aveugle, il n'a rien perdu de sa détermination d'autrefois »*. L'homme déclare d'une voix cassée par l'alcool et la cigarette : *« Verdière est resté avec nous deux mois. Nous savions qu'il avait fait de la prison. Il ne s'en est jamais caché. Nous l'avions accepté comme l'un des nôtres. Franchement, ici, il faut travailler dur, et je n'ai jamais eu à me plaindre de lui. Il a disparu sans explication la semaine qui a suivi mon anniversaire. Sur le moment, je n'ai pas apprécié, mais nous l'avons vite oublié. Des types bizarres, j'en ai vu passer ! Un de plus, un de moins... Il a fallu que je tombe par hasard avec ma femme sur une émission à la radio, qui racontait toute l'affaire. Franchement, ça m'a dégoûté : un salopard qui avait violé et tué une gamine, et que j'avais reçu chez moi. C'est ma femme qui s'est aperçue que les dates ne correspondaient pas. Elle m'a dit qu'il fallait écrire aux flics. Je n'ai pas eu de nouvelles pendant un mois, je n'ai même pas su s'ils avaient reçu ma lettre. Alors elle m'a dit qu'il fallait que j'aille les voir. Le vrai coupable était en liberté, on pouvait pas laisser ça. Mais franchement, il y a des moments où j'ai presque regretté d'y être allé. Ils m'ont traité comme si c'était moi l'assassin ! »*

« Dans un premier temps, en effet, explique le reporter, *les policiers n'ont pas pris la déclaration de Rémi Pujol au sérieux. Ils affirmaient qu'il avait dû se tromper sur les dates et c'est tout juste s'ils ne le soupçonnaient pas de vouloir protéger un assassin. »*

« Ils m'ont dit que je cherchais à foutre la merde, reprend Pujol. *J'ai menacé d'aller voir la presse. Alors ils se sont énervés. Ils m'ont dit qu'ils allaient s'intéresser de près à mon cas. Que si ça se trouve, j'étais complice du meurtre de la petite. Franchement, je les emmerdais, ça se voyait. Ça a duré tout l'après-midi,*

et même la soirée. Ils voulaient que je lâche l'affaire, mais pour finir, j'ai gueulé plus fort qu'eux! »

Le commentaire reprend : « *Les hommes du commissaire Bouvard ont dû s'y résoudre : le témoignage du forestier était crédible. Sans en référer à la hiérarchie judiciaire pour n'alerter personne, ils ont discrètement mené des investigations pendant plusieurs semaines. Ils sont remontés jusqu'à Sedan où l'un d'eux s'était installé, et ont retrouvé les autres personnes qui étaient présentes ce jour-là, et ils ont confronté leurs témoignages. Ils ont chronométré le temps de trajet entre Mende et Carpentras, même s'ils savaient que cela ne servait pas à grand-chose à cause de la distance entre les deux villes. Rien n'a été laissé au hasard. Verdière avait bien passé la journée du 14 mars 1994 à l'exploitation de Rémi Pujol. Il ne pouvait pas être l'assassin de Laetitia Doussaint.* »

Le commissaire Bouvard apparaît à son tour, interrogé dans son bureau du SRPJ d'Avignon : « *C'est vrai qu'au début, nous n'avons pas cru aux déclarations tardives de ce forestier. Mais nous avons dû nous rendre à l'évidence : Verdière ne pouvait pas avoir tué Laetitia. Le 4 mars au matin, je suis allé voir le juge avec ces nouveaux éléments. Il m'a écouté pendant une heure, il a eu du mal à se laisser convaincre de rouvrir le dossier. Je me souviens de sa réaction. Il était abasourdi, et même effrayé. Nous allions déclencher un véritable cataclysme, est-ce qu'il était vraiment nécessaire de tout bouleverser? "Tout bouleverser", ce sont ses mots. Mais bien entendu, la conclusion s'imposait, il fallait rouvrir l'affaire, quelles que soient les conséquences. Malgré ses réticences, il a fini par donner son aval.* »

Le commissaire s'interrompt un instant, pose ses lunettes sur le bureau et demande : *« Bien sûr, la question reste entière. Pourquoi Verdière s'était-il accusé spontanément ? Pourquoi s'est-il suicidé ensuite ? Vous ne pouvez pas savoir combien de fois je me suis posé ces questions. Je n'ai toujours pas de réponse. »* La caméra s'attarde sur ses deux poings serrés. Il ajoute : *« Le résultat ? Un vrai cataclysme, plus fort encore que ce qu'on pouvait imaginer. Tout ça aurait pu nous décourager, mais au contraire, pour ma part, ça n'a fait que renforcer ma détermination à trouver le coupable. Je suis toujours aussi résolu. Celui qui a fait ça, je l'aurai, tôt ou tard, mais je l'aurai. Le témoignage de Pujol nous a prouvé que des éléments nouveaux peuvent toujours se présenter. »*

« Tu le crois ? demande soudain Estelle.

— Je crois que c'est des conneries. C'est bien trop loin maintenant, tout ça, qu'est-ce qu'ils pourraient bien trouver aujourd'hui qu'ils n'auraient pas vu pendant des années ? » répond Simon d'une voix assurée. Pourtant, la détermination du commissaire l'a ébranlé, même s'il ne veut pas le montrer.

« Moi, je le crois », lance Estelle, comme un défi.

Simon ne relève pas. Il n'a pas envie de lutter avec elle.

23 h 07

«Le lendemain, l'affaire faisait la une de tous les journaux.»

Éric Bidault voit défiler les titres des quotidiens : *«Affaire Laetitia Doussaint : Louis Verdière innocenté»*, *«Verdière : une mort pour rien»*, *«Une terrible erreur judiciaire»*, *«Laetitia : Louis Verdière n'est pas le tueur»*, *«Les fautes de la justice»*, *«Laetitia : L'assassin court toujours»*, *«Qui a tué Laetitia Doussaint ?»*, *«L'enquête repart à zéro»*. L'image s'arrête sur un dernier titre : *«Pourquoi ?»*

«Oui, pourquoi ? poursuit le journaliste sur l'image figée. *Ce mot, cette question, résume le sentiment général qui a secoué le pays en ce mois de mars 1996. La presse s'interroge sur ce fiasco, cherche des responsables. Louis Verdière n'est plus le monstre décrit quelques mois plus tôt, mais une victime, broyée par un système implacable. Des langues se délient, d'anciens amis témoignent de sa fragilité, évoquent le parcours chaotique d'un homme brisé par la vie, mais incapable de faire le mal.»*

Éric avait pris le travail à 6 heures ce matin-là. Il était en bout de chaîne, assis au volant de son Fenwick. Attendant que les gars aient fini de charger la palette, il faisait une pause. Il fumait tranquillement une cigarette en les regardant s'affairer. Desjoyaux, le contremaître, s'était approché, un journal à la main. Dire que les deux hommes s'appréciaient peu était un euphémisme : ils se vouaient une haine réciproque.

Desjoyaux avait été de ceux qui avaient craché au visage d'Éric, le jour où les gendarmes étaient venus l'arrêter. Éric se souvenait de son sourire triomphant quand ils lui avaient passé les menottes.

Il avait pardonné, ou du moins fait semblant, aux autres gars, parce qu'il le fallait bien. Mais avec lui, c'était une autre histoire. Impossible d'oublier son attitude, d'autant plus qu'il était manifeste que son chef ne l'aimait pas et refusait de croire à son innocence. Éric l'avait souvent entendu en parler aux gars à demi-mot. Il avait souvent dit à Annie qu'il se méfiait de lui comme de la peste, que c'était un sale type qui montait les mecs contre lui. Elle lui répondait de ne pas y prêter attention, que ça lui passerait, avec le temps. Mais même quand Verdière avait été arrêté, Desjoyaux avait continué à le regarder avec suspicion. Éric était bien obligé de faire avec, mais il lui parlait le moins possible, et prenait ses ordres, sans plus.

Desjoyaux s'était planté à côté du transpalette, affichant un grand sourire sarcastique. Il avait déplié le journal sur le volant et avait lancé : « T'es au courant de ça, Bidault ? »

« Affaire Laetitia Doussaint : Louis Verdière innocenté. Le coupable court toujours. » Ç'avait été plus fort que lui, Éric avait sursauté en découvrant le titre, et cela n'avait pas échappé au contremaître qui s'était mis à ricaner.

« Ben alors, Bidault, je t'ai fait peur ?

— Sûrement pas. Je suis surpris, c'est tout, il y a de quoi, non ?

— C'est sûr, pour un coup de théâtre, c'est un putain de coup de théâtre. T'as vu : c'était pas le bon mec ! Quel gâchis ! Les flics ont dit qu'ils allaient tout reprendre à zéro. Qu'est-ce que tu en penses, toi qui connais bien l'affaire ? »

Il avait ironisé, content de lui :

« Paraît que tu es un spécialiste !

— J'en pense rien », s'était-il borné à répondre, en écartant le journal pour redémarrer le Fenwick.

Il avait besoin de reprendre ses esprits, et de digérer l'information que Desjoyaux venait de lui jeter à la figure. Ce salopard le cherchait, mais il ne le trouverait pas. Il avait tenu tête au juge, aux gendarmes et enfin aux flics. Ce n'était pas ce type qui allait l'impressionner. Il aurait aimé être seul et lire cet article, mais Desjoyaux avait repris le journal : « Je te le passerai tout à l'heure, à la pause, si tu es sage ! En attendant, il faut charger. Faut pas t'endormir sur tes lauriers, Bidault ! » Du menton, il avait désigné deux palettes pleines. Puis il était allé s'asseoir sur une caisse, un peu à l'écart, mais bien en vue, déployant le journal. Il commentait à haute voix : « Les flics, quels cons ! », « Quand on pense que ce pauvre gars a payé pour un autre... » Et enfin, quand Éric était revenu se garer près de lui : « Ils disent que l'assassin est toujours en liberté et qu'ils vont tout mettre en œuvre pour l'arrêter. J'en connais un qui doit être dans ses petits souliers, ce matin ! T'as pas une petite idée de la personne à laquelle je pense, Bidault ? »

Cause toujours, s'était dit Éric. *Tu m'atteindras pas.*

« Quand je pense qu'on le connaît peut-être, ce

fumier ! avait conclu Desjoyaux, avant de s'éloigner enfin, tout en brandissant le journal à l'intention d'Éric : Je te le garde au chaud ! »

Pendant la pause, Éric n'avait pu résister et était allé récupérer le canard sur le bureau du chef. Il s'était isolé dans un coin pour le lire et le relire, au point de laisser passer l'heure de la reprise, groggy.

« Eh alors, Bidault, tu l'apprends par cœur ! » Le contremaître avait surgi dehors, le surprenant assis sur l'escalier de l'aire de chargement. À nouveau, il avait sursauté, se sentant pris en faute. Ce sursaut, la gêne qu'il avait laissés paraître devant son chef, il se les était longtemps reprochés. Comme il se reprochait de n'avoir pu que bafouiller, donnant l'impression de se justifier : « C'est incroyable. Avec leurs méthodes, les flics feraient avouer n'importe quoi à n'importe qui. J'en sais quelque chose... » La suite était restée dans sa gorge. Desjoyaux buvait du petit-lait :

« Pour ça, ce sont des cadors. Même les plus malins n'y résistent pas. Tu verras, Bidault !

— Je le sais », avait-il encore bredouillé. Il s'était levé et lui avait tendu le journal.

« Dis donc, tu m'as l'air sonné, avait commenté Desjoyaux, pas mécontent de lui. Tu veux prendre ta matinée ?

— Pas du tout, tout va bien.

— T'as pas l'air dans ton assiette.

— Tout va bien, je vous dis. C'est juste que ça secoue. Le pauvre type... »

Éric s'était senti mal, de ne pas être capable de masquer son trouble face à l'hostilité de son chef. Il ne s'expliquait pas les raisons de son acharnement, et sentait croître la boule d'angoisse qui lui avait saisi l'estomac depuis qu'il avait vu le titre du journal. Il s'était éloigné pour aller retrouver les gars sur la chaîne, mais les machines étaient stoppées. Rassemblés dans un coin de l'atelier, ils ne parlaient que de ça. « Le cirque va recommencer, avait lancé Raymond, le second cariste, en parlant des flics. – Oui, ça va être un carnage. Je ne voudrais pas être à la place du prochain qui sera dans le collimateur », avait ajouté Desjoyaux qui les avait rejoints.

Toufik, un type de la maintenance, s'était adressé à Bidault. « Qu'est-ce que tu en penses, toi qui as été aux premières loges ? » Tous le regardaient, sans malice, mais avec curiosité. Il la connaissait mieux que personne, cette affaire, non ?

Mais là où il n'aurait dû voir que des interrogations, Éric avait cru déceler de la suspicion. Des sous-entendus, de l'inquiétude. Alors il s'était énervé, immédiatement.

« Vous me faites chier avec cette histoire. Ce n'est plus mon affaire », s'était-il emporté, et il était parti se réfugier dans son engin, les plantant là, interloqués. Il s'en était voulu aussitôt de la bêtise de sa réaction, mais s'était senti incapable de retourner vers eux.

« Je vous l'avais bien dit. Il n'est pas net-net », avait aboyé Desjoyaux, assez fort pour qu'il l'entende. Mais il avait fait semblant de rien, n'avait pas bronché. Il avait tellement hâte que la chaîne soit relancée, que tous reprennent le travail, et que cette matinée se termine. Hâte de retrouver Annie, qui saurait trouver les mots pour l'apaiser. Il savait qu'il pouvait compter sur sa femme.

Mais ce qu'il avait lu sur le visage d'Annie quand

elle était rentrée de l'école avec les enfants, c'était une immense angoisse. Elle aussi, cela sautait aux yeux, avait été bouleversée par la nouvelle.

Ils avaient attendu que les enfants soient couchés avant d'évoquer enfin les derniers événements. Annie lui avait avoué qu'elle était tourmentée, anxieuse. « On n'en finira jamais avec cette histoire. C'est un vrai cauchemar... » Elle était certaine que les flics allaient revenir.

Puis, lorsqu'il l'avait attirée à lui, elle avait murmuré qu'elle avait toujours su que Verdière était innocent. Elle était au bord des larmes, et c'est lui qui avait dû la consoler. « Je ne risque rien, je tiendrai bon. Ne t'inquiète pas », lui avait-il chuchoté à l'oreille. Mais lui aussi, il était persuadé que les policiers allaient revenir. Ils avaient déjà vécu l'enfer, ils en étaient sortis, et chacun, à sa façon, était terrifié à l'idée d'y replonger.

« Les jours suivants, la presse s'est déchaînée contre les responsables de ce fiasco. Un nouveau juge a été désigné, le doyen du tribunal, Robert Laforge. En dépit de l'hostilité de la presse à l'égard de la police, il a donné l'ordre de rouvrir l'enquête sous la responsabilité du commissaire Bouvard et du SRPJ d'Avignon, réaffirmant dans un bref communiqué qu'il accordait toute sa confiance à ce policier de grande valeur. "Ensemble, nous mettrons tout en œuvre pour trouver le coupable. Personne ni aucune piste ne sera négligé." »

Et là, ce soir, devant le poste de télévision, Éric sent qu'Annie est sur le point de craquer à nouveau. Il devrait se lever, la prendre dans ses bras et la rassurer comme autrefois. Mais il fait mine de ne rien voir.

Il est sans énergie, sans envie. Ce soir, il ne peut rien.

23 h 08

Hervé Lemoual avait été hospitalisé dix jours après la mise hors de cause de Verdière. De l'avis des médecins, il n'avait pas frôlé la mort, mais son état était préoccupant. « C'est dans la tête », avaient-ils donné pour seul diagnostic avant de le confier au service de psychiatrie. Plus tard, les médecins psychiatres avaient expliqué à Aliette que le geste de son mari était plus un appel à l'aide que la volonté réelle de se donner la mort. Leur diagnostic était simple : Hervé devait être soigné pour la grave dépression dont il souffrait et dont il fallait découvrir les causes. Aliette avait son idée sur la question, mais elle l'avait gardée pour elle. Ce n'était pas le moment. Cela ne regardait pas les médecins.

Aliette avait découvert son mari inconscient, assis au volant de la voiture, dans le garage. La porte restée grande ouverte l'avait intriguée quand elle était revenue chez eux, après être allée chercher les enfants à l'école. Saisie d'un mauvais pressentiment, elle leur avait ordonné de rentrer dans la maison et elle s'était précipitée. Hervé avait basculé sur le siège passager. Aliette l'avait retourné, et ce mouvement avait fait glisser du siège la boîte de somnifères. Elle avait aussitôt compris. Hervé respirait très fort, les yeux clos. Elle avait enfoncé ses doigts au fond de sa gorge pour le forcer à vomir. Il avait vidé ses tripes sur le plancher de la voiture, puis, très vite, il avait ouvert les yeux.

Il avait pris du Valium, prescrit par le docteur Marcantoni, leur médecin de famille, pour l'aider à dormir. C'est Aliette qui s'occupait de gérer son traitement. Elle lui donnait un comprimé après le dîner, puis elle cachait la boîte. Hervé répétait souvent qu'il allait « se foutre en l'air », et, même si elle n'y croyait pas véritablement, elle préférait prendre ses précautions. Mais ça n'avait pas été suffisant, puisque Hervé avait trouvé le Valium dans un tiroir de la cuisine, derrière les couverts, et qu'il avait avalé les dix cachets restants, puis était allé se réfugier dans la Toyota.

Le mot qu'il avait laissé avait tiré des larmes à Aliette et réveillé ses interrogations : « Je n'en peux plus. Pardonnez-moi pour ce que j'ai fait. Je vous aime beaucoup, toi, mon Aliette, vous, mes enfants. Je ne veux pas vous entraîner dans ma chute. Je ne vous mérite pas. Je pars avec tant de regrets. Ne m'en voulez pas. Pardon, pardon, pardon. Je vous aime. »

Hervé avait écrit à l'encre rouge.

Aliette n'a jamais oublié ce qu'elle a lu dans le regard de son mari au moment où il reprenait conscience. Du désespoir, bien sûr. De la honte aussi. Mais surtout un éclair de haine, un éclat de violence rentrée. Comme si, pendant quelques secondes, il n'avait plus dissimulé sa vraie nature. Elle n'a pas oublié combien, soudain, cet homme lui avait paru étranger. Un inconnu effrayant.

Sur le moment, elle avait effacé cette mauvaise impression. Elle lui avait pris la main et avait chuchoté à son oreille : « Ça va aller, mon amour. Nous avons besoin de toi. Je t'aime. » Elle l'avait laissé pour appeler les secours. Aux enfants qui l'attendaient dans la cuisine, un peu inquiets, elle avait dit que papa avait eu un petit malaise dans le garage. Elle avait appelé les pompiers mais, « à présent, tout allait bien ». Elle avait refusé qu'ils sortent mais elle les avait aperçus le nez collé à la vitre du salon, tandis que leur père était emmené en toute hâte sur un brancard. Annie et Éric Bidault, qui étaient accourus aussitôt, étaient avec eux, les tenaient par les épaules et tentaient de les apaiser. Au milieu de l'agitation qui avait gagné tout le voisinage, Aliette n'entendait que les cris et les sanglots de ses enfants.

Hervé était à nouveau inconscient, un masque respiratoire posé sur le visage, quand elle l'avait rejoint dans l'ambulance. Elle s'était campée à ses côtés et l'avait embrassé sur le front. Un pompier l'avait rassurée :

« Ce n'est pas grave, ne vous en faites pas. Un bon lavage d'estomac et il s'en sortira.

— Merci, vous êtes sûr ? avait-elle demandé.

— Oui, madame, votre mari sera sur pied dans deux ou trois jours.

— Merci, avait-elle répété.

— C'est lui qui doit vous remercier. Vous avez réagi comme il fallait. Il vous doit une fière chandelle. »

Arrivés aux urgences, elle n'avait pas eu l'autorisation de le suivre dans le service. Elle avait attendu trois heures à l'accueil, sur une inconfortable chaise en plastique blanc. Tandis qu'elle restait là, toute seule, elle revoyait sans cesse le regard que lui avait lancé son mari dans la voiture. Comme l'obsédait sans cesse cette phrase qu'il avait dite le jour où il était sorti du commissariat, après son interrogatoire, ce « je n'ai rien avoué », qu'elle avait préféré ranger dans un recoin sombre de sa mémoire et qui lui vrillait la tête à présent, sonnant comme un aveu. Elle avait beau se répéter que tout cela était impossible, l'angoisse l'avait étreinte, si puissante qu'elle aurait défailli si une infirmière n'était pas venue la chercher. « Tout va bien, madame Lemoual. Votre mari est hors de danger. Vous pouvez aller le voir. »

Hervé était sous perfusion et dormait paisiblement. Quand le personnel hospitalier s'était retiré, elle s'était approchée du lit. Elle l'avait secoué et, debout, face à lui, elle avait demandé d'une voix forte :

« Dis-moi que ce n'est pas toi. »

Enfermé dans son sommeil, Hervé n'avait pas réagi. Alors, pour la première fois de cette terrible soirée, Aliette avait fondu en larmes.

ELLE, 23 h 09

Comment est-ce qu'elle réagirait si, soudain, il éteignait la télé et, les yeux baissés, le visage inondé de larmes, il lui confessait son crime ?

Voilà ce qu'elle se demande en cet instant, avec une intensité si puissante qu'elle en oublie tout le reste.

Mais elle le sait, cela n'arrivera pas.

LUI, 23 h 09

Il s'exclame :

« Tiens, revoilà Nathalie !

— La malheureuse », répond-elle de cette voix maîtrisée qu'il trouve si bizarre ce soir. Décidément, ce programme l'a bouleversée, en ranimant tous ces vieux souvenirs éprouvants.

Mais s'il doit redouter quelque chose, ce n'est en tout cas pas à propos de sa femme. Comment aurait-elle pu supporter tant d'années de vie commune si elle avait eu de réels soupçons ? Non, ce qui l'inquiète, c'est celui qui le harcèle au téléphone depuis cet après-midi. Et ces paroles étranges. Ils n'ont quand même pas pu placer des micros dans le salon !

Tu deviens parano, mon gars, se reproche-t-il en lui-même. Mais il a beau être persuadé qu'il ne risque rien, ces appels le perturbent.

« À sa place, je n'aurais pas pu résister, face à tout ce malheur. Je la plains, ah oui, je la plains ! Ma pauvre Nathalie, comme tu as dû souffrir...

— C'est sûr, approuve-t-il. Parfois, je me demande ce que nous serions devenus si c'était à nous que c'était arrivé.

— Vraiment ?

— Oui, vraiment. »

ELLE, 23 h 10

Il semble si sincère... Il n'y a pas si longtemps, elle se serait laissé abuser.

Parfois, le monstre redevient humain, se dit-elle. *Mais c'est fini. Je ne me laisserai plus jamais prendre à ses simagrées.* Elle ne désire plus qu'une chose : qu'il craque et qu'ils en terminent avec tout ça.

Nathalie est accroupie devant la tombe de sa fille. On la voit caresser le prénom de Laetitia, inscrit en lettres d'or sur la pierre tombale. Elle passe son doigt dans les fines rainures.

« Le fiasco qui a conduit au suicide de Louis Verdière a été durement ressenti par la famille de l'enfant assassinée. Le couple, déjà ébranlé par la disparition de l'enfant, n'a pas résisté à cette nouvelle épreuve. Nathalie et Vincent Doussaint se sont séparés quelques semaines seulement après la débâcle judiciaire. »

Nathalie lève son regard vers la caméra et déclare : *« J'ai cru à la culpabilité de Verdière. Je l'ai haï à un point que personne ne peut imaginer. Cela ne me rendait pas mon enfant, mais un monstre allait être condamné et, au fond de moi, je ressentais du soulagement. Quand j'ai appris son suicide, je me suis sentie dépossédée de ma vengeance. J'étais désespérée.*

J'ai souffert, beaucoup souffert. J'aurais sans doute continué à vivre là, sans cet incroyable rebondissement. Apprendre que Verdière n'était pas le meurtrier de Laetitia a provoqué un véritable électrochoc chez moi. Je devais tourner la page. C'était une question de survie... Et surtout, je n'y croyais plus. Je n'avais plus aucun espoir qu'on arrête le monstre qui avait tué ma petite fille. Je n'avais plus aucune confiance dans les enquêteurs. C'était fini. Il fallait que j'accepte de continuer à vivre en sachant que l'assassin de mon enfant ne serait jamais démasqué et puni. La haine n'a pas disparu. Elle est seulement enfouie là, au plus profond de mon cœur. Si je prie aujourd'hui, c'est seulement pour que ce ne soit pas quelqu'un que je connaissais. Ce serait la pire des choses.»

Dans son coin du canapé, elle ne peut retenir ses larmes. Les paroles de Nathalie l'ont anéantie. Jamais autant qu'en cet instant elle ne s'est sentie si proche de la maman de Laetitia. Toutes deux victimes du même monstre.

«Tu pleures ?

— C'est terrible de l'entendre parler comme ça. Ça ne te fait rien, à toi ?

— Ce n'est pas parce que je ne chiale pas que ça ne me fait rien !» Il s'offusque, avec cette éternelle assurance. Insupportable.

Mais soudain elle se tourne vers lui, elle voit son regard brillant, elle prend conscience de son trouble.

«Tu es contente ?» renifle-t-il, en lui lançant un regard de noyé.

Peut-être va-t-il s'effondrer maintenant ? Devrait-elle aller vers lui ? Faire mine de le consoler ? Peut-être n’attend-il que ça : qu’elle aille vers lui. Et enfin, il lui raconterait tout.

Mais elle n’hésite qu’un moment. Non. Le chagrin arrive trop tard. Sa tristesse sonne faux. Il y a mis tout ce qu’il avait de cœur, d’énergie, mais ses larmes sont celles d’un menteur.

Elle n’y croit plus.

À cet instant, le téléphone retentit.

LUI, 23 h 11

Il voit l'indication sur l'écran. Numéro masqué. C'est lui.

Il s'était dit que s'il rappelait, il laisserait sonner. Mais il a besoin de savoir, il ne peut y tenir. Il décroche. Et le regrette aussitôt.

« Je vois de la lumière chez toi. Ça va ? Tu regardes toujours la télé ? Tu supportes ?

— Qui êtes-vous ? réplique-t-il, furieux, prêt à raccrocher.

— Tout ce malheur autour de toi... Si tu n'étais pas un tel salaud, je te plaindrais presque ! Tu n'as jamais de remords ? »

Il encaisse sans broncher, évalue la situation. L'homme parle fort. Est-ce que sa femme peut l'entendre ? Non, il voit son regard levé vers lui, qui demande qui est au bout du fil. Il la laisse à ses interrogations et poursuit :

« Qu'est-ce que tu veux ?

— Que tu paies. Je voulais aussi te prévenir que je te regardais en ce moment. Tu sais ? Je ne suis pas loin ! Crois-moi, c'est marrant de voir un assassin au téléphone. Et de le voir pleurnicher. Tiens, à propos, raconte, tu as pleuré quand tu as massacré la petite ?

Voilà tout ce que je voulais te dire : je te regarde et c'est marrant ! À tout à l'heure ! »

Cette fois encore, il raccroche le premier. Il est fou furieux : contre celui qui le harcèle, contre lui-même qui n'a pas su comment réagir. Contre ce danger qu'il sent à présent tout autour de lui. Et contre elle qui demande d'une voix douce et inquisitrice, parfaitement insupportable : « C'était qui ? »

Il ne répond pas. Il se précipite à la fenêtre. Personne. Il sort. La rue est vide. Il peste. Il se demande si l'homme est encore là. Planqué au milieu des ombres, d'où il l'observe. Il ne voit personne. Il n'ose pas s'aventurer dans la rue.

Dans sa tête, une chose est sûre : quelqu'un le soupçonne et le menace. Est-ce qu'il sait vraiment ? Et pourquoi maintenant ? Qui ?

Il revient au salon. Elle s'étonne : « Qu'est-ce que tu fabriques ? »

Elle le regarde se rasseoir à l'autre extrémité du canapé. Puis, très calmement, elle constate : « Tu es en nage. C'est étrange comme tu transpires ce soir. » Il ne dit rien.

« Ce sont ces appels qui te mettent dans un état pareil ?

— C'est un petit malin qui me cherche, si tu crois que ça m'impressionne !

— Je ne t'ai pas vu dans cet état depuis la mort de Laetitia. Tu te souviens ? Tu étais trempé de sueur. Il avait fallu que tu te changes avant de repartir dans la forêt.

— Non, je ne me souviens pas. »

Il s'essuie le front du revers de la manche. C'est vrai, il est trempé.

« Ça m'inquiète. Tu ne couverais pas quelque chose ?

— Mais tu vas me foutre la paix, oui !

— Pourquoi tu es sorti ? Qu'est-ce qui se passe, enfin ? Tu ne me dis rien...

— Il ne se passe rien, j'ai cru entendre un bruit dehors, c'est tout.

— Et alors ?

— Rien... Je n'ai rien vu. »

Mais elle ne lâche pas prise :

« Mais dis-moi qui a appelé tout à l'heure ?

— J'en sais rien. Un dingue.

— Un dingue ? Tu avais l'air affolé. Qu'est-ce qu'il t'a dit, à la fin ? »

Elle ne va pas le laisser en paix. Il faut qu'il dise quelque chose. Alors il déclare, de nouveau serein : « C'est un taré. Il m'a dit qu'il nous voyait dans le salon, qu'il se marrait à nous regarder. C'est pour ça que je suis allé voir dehors. Mais il n'y a personne, c'est du pipeau, ne t'inquiète pas. »

Elle réplique :

« Tu veux rire ? Si, justement, je m'inquiète. Si un malade nous surveille, il faut prévenir la police.

— Ça va pas ? Tu ne crois pas que je les ai assez vus, les flics ?

— Il faudrait... »

Il l'interrompt, hors de lui, serrant les poings : « Non ! Pas question qu'ils refoutent les pieds chez moi, tu as compris ? » Il se reprend, ironise : « Tu n'as pas la trouille, quand même ? »

Elle murmure, implorante : « Si, j'ai peur. » Il se lève : « Si ça peut te rassurer, je vais fermer partout. »

Il quitte le salon pour faire le tour du rez-de-chaussée. Il tire les volets, vérifie que la porte d'entrée est bien verrouillée. Tiens, non, ils avaient oublié de fermer à clef. De la cuisine, il entend retentir le téléphone. Il se précipite. Elle a déjà décroché. Il reste dans le couloir et, immobile dans le noir, il l'observe. Elle se contente d'écouter. Pourquoi ne parle-t-elle pas ? Il veut comprendre ce qui se trame. Il s'approche, se place face à elle.

Elle lève les yeux et lui fait signe, en posant son index sur sa tempe, qu'elle n'y comprend rien. Elle murmure : « C'est le dingue. » Puis, soudain, elle crie en reposant brusquement le téléphone sur sa base :

« Foutez-nous la paix ! Arrêtez d'appeler ! »

« Arrêtez d'appeler », c'est leur mot de passe. Celui qui doit lui annoncer qu'elle a la situation en main.

Toujours debout devant elle, il s'enquiert, le regard sombre :

« C'était l'autre taré ?

— Oui. Je crois... »

Il y a un bref silence.

« Je n'arrive pas à savoir si c'est un homme ou une femme. Et toi ?

— Je dirais un homme. Je crois.

— Je crois ! Je crois ! Tu n'as que ce mot à la bouche !

— La voix était déguisée, non ?

— Et qu'est-ce qu'il t'a dit ? s'impatiente-t-il.

— Des conneries. »

Il insiste, presque menaçant : « Justement, répète-moi exactement les conneries que ce malade t'a racontées. »

Elle lève la tête, le regarde droit dans les yeux, puis lui répond, en le fixant toujours :

« Il a seulement dit qu'il nous regardait assis dans le salon et que ça l'amusait.

— C'est tout ? Ça m'a paru plus long que ça.

— Il n'a rien dit d'autre, je te jure.

— Pourquoi tu jures ? Tu n'as pas besoin de jurer ! Je te crois. »

Elle poursuit, l'air perplexe :

« À bien y réfléchir, je ne suis pas certaine que ce soit un homme.

— Si, si, c'est un connard de mec. J'en suis sûr.

— Bon, tu as sans doute raison. Après tout, il t'a davantage parlé à toi qu'à moi. »

Il ne relève pas, comme si ce qu'elle venait de dire n'avait aucune importance, et il reprend sa place sur le canapé. Il essaie d'avoir l'air détaché, mais sa nervosité est palpable. Il se sent à présent totalement ébranlé. Qui se cache derrière cette voix maquillée ? Il passe en revue les noms de tous ceux qui seraient capables de le soupçonner. Il saisit la télécommande, d'un geste brusque, légèrement tremblant. Mais il appuie sur une touche et change de chaîne. Un instant, il croit suivre la suite du reportage : des gens en blouse blanche sont penchés sur le corps d'une jeune fille à la morgue. C'est un épisode des *Experts* : *Miami*. Elle proteste :

« Qu'est-ce que tu fais ? Remets le reportage !

— Ça va ! Je me suis gouré. Je voulais juste monter le son.

— Reviens sur la deux ! »

Il tarde à réagir. Alors, d'autorité, elle arrache la télécommande de sa main sans force.

Le présentateur est maintenant seul devant la tombe fleurie de Laetitia : *« La famille de Laetitia a été dévastée. La mère, Nathalie, est partie s'installer à Marseille où elle a refait sa vie. Le père, Vincent Doussaint, est resté vivre de longs mois au Grand-Chêne, se repliant de plus en plus sur lui-même. Puis un jour, au mois de juin 1996, deux ans après le décès de sa fille, il a fermé les volets du pavillon familial et il a quitté la région. Peu après, la maison a été mise en vente. Il n'est jamais reparu.* »

Et soudain, émergeant de sa léthargie, il s'écrie : « Cette voix, je la connais ! » Frappé par l'évidence, il poursuit pour lui-même, en proie à la plus vive excitation. Il annonce : « Ce n'est pas possible que ce soit lui ! Il m'en veut vraiment, ce salaud ! »

ELLE, 23 h 12

Il va craquer. Elle le sent et elle est prête à affronter ce moment décisif.

Le commissaire avait raison : « À force de le harceler, lui répétait-il, ses défenses vont se fissurer. Nous l'aurons à l'usure. C'est un impulsif. Ce genre de type résiste, ils sont très forts, on croit qu'on ne va jamais parvenir à les faire céder. Mais d'un coup, ils craquent. Vous verrez ! »

Ses mots lui reviennent en mémoire, il avait été très ferme : « Dès que vous sentez une faille, glissez-vous dedans. »

Elle réagit du tac au tac :

« Quel salaud ?... De qui parles-tu ?

— Quoi ? Qu'est-ce que tu me chantes ?

— Tu dis que quelqu'un t'en veut ?

— Tu vas la fermer, oui ! »

Elle prend un air offensé :

« Oh, ne t'énerve pas !

— Je ne m'énerve pas ! » Il hurle presque, à présent.

« Eh bien, tu ne t'es pas vu ! C'est le type du téléphone, qui te met dans une furie pareille ?

— Mais nom de Dieu, tu vas te taire ? »

Je le tiens, il va craquer, triomphe-t-elle déjà.

Elle reprend après un bref moment de silence :

« Alors, dis-moi, qui est ce type qui n'a pas arrêté de t'appeler toute la journée. Que peut-il bien te raconter pour te mettre dans un tel état ? Tu sais bien que tu peux tout me dire, mon chéri. »

Ce « mon chéri », elle est allée le chercher au plus profond de ses tripes. Comme ça lui déchire les lèvres, de prononcer ces deux tout petits mots !

Il n'y tient plus, se lève, le visage écarlate. Il éructe : « Tu veux savoir qui c'est ? un salaud qui me fait chier ! Je vais le massacrer ! »

Étrangement, la colère de son mari ne l'impressionne plus. Au contraire, elle se sent parfaitement calme, comme dans l'œil du cyclone. C'est le moment d'en profiter. Elle demande, presque affectueuse : « Tu veux que j'appelle la police ? »

Elle le voit se figer d'un seul coup. Il se tait, rassemble ses esprits.

Puis il fait machine arrière : « Tout ça n'a aucune importance. On ne va pas déranger la police pour un petit couillon qui se croit malin. » Sa voix est à nouveau posée. Il demande, d'un ton légèrement insidieux :

« Et toi, tu n'as pas une idée ? Qui pourrait nous faire ce genre de blague idiote ? »

La volte-face de son mari l'a décontenancée. Elle se trouble :

« Non. Comment veux-tu que je sache ? Je l'ai à peine entendu. C'est un malade, tu as dit. »

Elle est inquiète, se demande si elle a pu se trahir. Il est tellement malin. *S'il comprend que je sais quelque chose...* Pour la première fois, elle se sent vraiment en danger. Le regard inquisiteur qu'il pose sur elle fait grandir son anxiété. Elle n'ose pas lever les yeux. Pour échapper à son malaise et faire diversion, elle monte le son et se concentre sur l'écran de télévision.

« Tu es sourde ou quoi ? peste-t-il. Baisse ! »

Elle obéit. Il se rassoit. L'alerte est passée. Elle se tranquillise. Il est persuadé de n'avoir rien à craindre d'elle, c'est évident.

« Nathalie Doussaint revient une fois par mois à Carpentras fleurir la tombe de sa fille. Toujours seule. "Je ne veux pas l'oublier", dit-elle en caressant une seconde fois le prénom de sa fille. Elle ajoute : *« Le juge nous a convoqués le 12 mars 1996. Je m'en souviens précisément, parce que c'était deux jours avant l'anniversaire de Laetitia. À l'approche de cette date, j'étais encore plus désemparée, je dormais mal, tout remontait d'un coup. Lorsque le juge nous a informés que Louis Verdière n'était pas l'assassin de notre fille, j'ai pleuré. J'ai juste pleuré. Mon mari, en revanche, était hors de lui. Il hurlait, il s'est précipité sur le juge, et il a fallu que notre avocat et un gendarme se jettent sur lui pour le maîtriser. J'ai cru qu'il allait le tuer. Notre avocat nous a raccompagnés chez nous. Mon mari criait toujours, il était effrayant. Moi, je pleurais, je ne pouvais pas m'arrêter. C'est cet après-midi-là, dans la voiture, que j'ai décidé de quitter la ville, et de le quitter. C'est dur à dire mais j'ai compris qu'il n'y avait plus d'espoir. Pour rien. »*

Nathalie fixe la caméra, les yeux secs.

Quelle souffrance ! C'est à cette mère brisée qu'elle pense maintenant. Au calvaire que l'assassin lui a fait endurer et dont elle ne s'est jamais guérie.

Voir Nathalie raffermit son courage pour continuer

à affronter cet homme, qui affiche à nouveau une si troublante sérénité. Cet homme pour lequel elle n'a finalement jamais été que quantité négligeable.

Mais elle doute, que va-t-elle devenir demain si tout ça ne prend pas fin ce soir ?

En cet instant, la preuve ultime, celle dont elle dispose en secret, et qui l'achèverait, lui, lui semble vraiment dérisoire.

23 h 13

La douleur de sa belle-sœur fait frissonner Simon. Il se souvient, comme si c'était hier, du jour où Nathalie est venue à son bureau pour lui annoncer qu'elle avait décidé de partir. Le 27 mars 1996.

C'est loin, dix-sept ans déjà, mais la scène est tout à fait présente dans sa mémoire.

Là, face à l'écran, il suffoque presque, tant le souvenir de leur dernière rencontre est violent. D'une voix posée, elle lui avait expliqué qu'elle ne pouvait plus vivre au côté de son frère. « Nous nous enfermons dans notre malheur, lui avait-elle dit. Il nous détruit, il me détruit. Je ne sais pas ce que je vais devenir, mais je sais une chose : il faut que je m'éloigne de lui. Il est obsédé par l'idée que l'assassin de Laetitia est toujours en liberté. Cette affreuse histoire avec Verdière a fini de nous séparer l'un de l'autre. Vincent ne vit plus et il m'entraîne avec lui. Je ne veux pas sombrer. Je dois le quitter. »

Il avait tenté de la faire changer d'avis, tout en sachant que ses efforts seraient vains :

« Vincent a besoin de toi, tu le sais.

— Plus maintenant », avait-elle répondu avec une fermeté qu'il ne lui connaissait pas.

Sur le point de passer la porte, elle était revenue sur

ses pas et l'avait embrassé rapidement sur les deux joues :

« Je ne sais pas quand nous nous reverrons. » Enfin, après un instant d'hésitation, elle avait ajouté : « Fais bien attention à toi, Simon. Vincent cherche toujours l'assassin de Laetitia. Il est tellement obsédé que parfois, il lui arrive de dire que c'est toi qui as tué notre fille. Ton frère sombre, Simon. Il soupçonne tout le monde.

— Moi ? Mais c'est de la folie ! Et qu'est-ce que tu lui réponds ? » Il avait été lui-même surpris de son ton geignard, curieusement implorant.

« Qu'il se trompe, évidemment, que c'est impossible que ce soit toi. Qu'est-ce que je pourrais dire d'autre ?

— Oui, évidemment, ce n'est pas moi, avait-il répété, d'une voix si faible qu'il s'était soudain senti coupable. Mais toi, est-ce que tu soupçonnes certaines personnes ?

— Moi ? »

Elle avait fait silence, en le regardant droit dans les yeux, puis avait repris :

« Moi... J'essaie juste de cesser de me torturer avec tout ça. Ces questions ne font qu'empirer ma douleur. J'espère seulement que l'assassin de Laetitia souffre autant que moi pour ce qu'il a fait. Personne ne peut comprendre mon calvaire. Ni le partager. Alors le reste... »

Sa phrase était restée en suspens. Elle l'avait embrassé une seconde fois. Elle avait murmuré : « Sois heureux et oublie tout ça. » Elle était sortie sans se retourner, sans un mot de plus, l'abandonnant à son désarroi et à ses interrogations. Et à ce problème crucial : comment convaincre son frère qu'il était innocent ?

Cette question l'avait tenu en éveil des nuits entières, sans qu'il ose aller en parler à Vincent. Et surtout pas à Estelle. Depuis le départ de Nathalie, les deux frères s'étaient rapprochés. Vincent passait chez eux à n'importe quelle heure de la journée. Ses visites intempestives agaçaient Estelle, qui imaginait toutes sortes de stratagèmes pour le flanquer à la porte et le décourager de revenir.

Ni lui ni Estelle n'ont oublié ce soir de début juin où son frère avait frappé chez eux. Simon avait traîné au bureau. Il était rentré vers 20 h 30 à la maison. Depuis des jours et des jours, sans y prendre vraiment garde, il retardait le moment du retour. Souvent, les enfants étaient déjà couchés.

Estelle lui avait servi une entrecôte saignante. Il les aime ainsi, à peine passées à la poêle. Elle lui demande toujours comment il peut avaler ça. D'habitude, il dînait seul, mais pas ce soir-là. Elle s'était assise en face de lui. Elle avait besoin de parler, lui avait-elle dit. Et elle lui avait expliqué que son frère était passé en fin d'après-midi. « Ton frère devient complètement maboule, Simon. Ça va mal finir. J'en ai assez de le voir débouler chez nous. » Il n'avait rien répondu, mais s'était demandé comment elle pouvait être aussi dénuée de cœur, parfois. Mais il était resté muet, il n'avait pas envie de l'énerver. Alors elle avait parlé de l'enquête. Elle voulait savoir ce qu'il en pensait. Est-ce qu'ils trouveraient quelque chose, à son avis ? « Moi, je crois qu'il est bien tranquille et qu'il ne risque rien, le fumier. Les flics merdent complètement et ils sont dans les choux. » Il n'avait pu qu'approuver. Il espérait simplement qu'elle finirait par se lasser et retournerait à sa télé. Mais elle ne semblait pas décidée à le laisser en paix.

« C'est bon ?

— Cuit comme j'aime ! Je me régale. »

La viande était saignante, mais pleine de nerfs et de gras.

Au bruit de la sonnette, elle avait sursauté :

« Qui ça peut être à cette heure ? J'espère que ce n'est pas encore ton frère !

— J'y vais », avait-il dit.

Il s'était levé précipitamment, incapable de maîtriser l'angoisse qui lui avait brusquement serré les tripes. Vincent ne passait jamais aussi tard. Est-ce que c'étaient les flics ? Il s'était dirigé vers la porte d'entrée, inquiet. Il ne se sentait pas prêt à répondre à de nouvelles questions.

Il avait ouvert la porte du pavillon. C'était son frère. Soulagé, il avait souri. Il allait lui faire la bise quand il avait vu le fusil de chasse pointé sur sa poitrine. Dans un inutile réflexe, Simon avait fait le geste de refermer la porte, mais Vincent avait été plus prompt et il était entré en le bousculant avec tant de force que Simon était tombé. C'est à genoux, les yeux plantés dans ceux de son frère, qu'il avait juré qu'il n'avait rien fait, qu'il était innocent.

« C'est toi, hein, salaud, c'est toi ? avait crié Vincent. Les flics te laissent tranquille mais moi, je sais que tu as tué Laetitia. Je vais te flinguer, fumier, c'est tout ce que tu mérites. Après, je me mettrai une balle dans la tête. Ma pauvre chérie sera vengée.

— Vincent ! avait imploré Simon. Je suis ton frère ! Ne fais pas ça.

— Je vais te tuer. Tu n'es pas mon frère. Avoue, putain, dis-moi tout !

— Je n'ai rien fait, je n'aurais jamais fait une chose pareille, je te le jure... sur la tête de Laetitia. » Il avait entendu Estelle supplier :

« Il n'a rien fait. Je te le jure, moi aussi !

— Sur la tête de Laetitia ?

— Je te le jure ! »

Il avait hurlé avec toute la force de son désespoir. De sa peur.

À ce moment, il était glacé de terreur, persuadé que son frère allait l'abattre.

Mais, brusquement, Vincent avait baissé son arme. Il avait éclaté en sanglots. Avec lenteur, Simon s'était relevé, aidé par Estelle. Vincent l'avait regardée comme s'il la voyait pour la première fois. Il s'était tourné vers les enfants, figés d'angoisse, en haut des marches, et il avait murmuré : « Vous avez bien de la chance. » Puis il était sorti, laissant la porte grande ouverte. Simon n'avait pas tenté de le retenir. Il s'était laissé retomber sur le carrelage de l'entrée, réalisant qu'il était passé tout près de la mort. Ses enfants, en larmes, étaient venus se blottir contre lui. « Votre oncle est devenu fou, avait-il dit doucement, pour les rassurer. Il faut le comprendre, mes chéris. Il a perdu son enfant. »

Estelle, qui se tenait légèrement en retrait, ne pleurait pas. Elle était seulement soulagée.

Depuis ce jour de juin 1996, Vincent est sorti de leur vie. Les deux frères ne se sont plus jamais reparlé. Vincent a disparu quelques semaines plus tard sans prévenir quiconque, après avoir fermé tous les volets de sa maison, mais en laissant la porte d'entrée entrebâillée. Il n'avait rien emporté et, peu de temps après, le pavillon avait été pillé. Même la chambre de Laetitia avait été mise à sac.

Estelle l'a souvent répété à son mari : « Ton frère, il ne nous manque pas. Je trouve même qu'il avait une mauvaise influence sur toi. » Certains jours, elle allait jusqu'à affirmer : « J'espère que nous ne le reverrons plus jamais. Il nous a suffisamment gâché la vie comme ça. »

Il n'osait pas la contredire.

« Le 20 juin 1996, un samedi après-midi, Vincent Doussaint voulut organiser une marche blanche à la mémoire de sa fille. Les jours précédents, il avait tenté de mobiliser le quartier en passant de maison en maison. Il ne voulait pas, expliquait-il dans le Midi libre, *que le martyre de sa fille soit oublié. Les enquêteurs ne devaient pas abandonner. Trop de pistes avaient été négligées, selon lui, et il fallait reprendre les investigations. Il espérait une mobilisation massive, mais ce fut un échec. Quelques dizaines de personnes seulement répondirent à son appel. »*

On voit une procession, filmée par les actualités régionales. En découvrant ces images, Simon se sent honteux. Il ne s'y était pas joint. Il était resté à sa fenêtre, dissimulé derrière les rideaux, pour regarder passer le cortège. Son frère, tout en blanc, avançait seul en tête, brandissant une grande photo de sa fille. Il semblait ne prêter aucune attention à la troupe famélique qui le suivait. Quelques-uns des manifestants portaient un tee-shirt à l'effigie de Laetitia, le même qu'ils avaient le jour des funérailles de la petite, ressorti des placards pour cette occasion. Ils devaient marcher jusqu'à l'endroit où avait été retrouvé le corps de l'enfant mais beaucoup s'étaient arrêtés à la sortie du lotissement, laissant Vincent poursuivre, accompagné tout au plus de deux ou trois personnes. Simon avait vu Lemoual et Vasseur revenir ensemble. Ils parlaient si fort qu'il avait saisi leur conversation. Ils étaient occupés à parier sur le match de la soirée. Simon était sorti pour les rejoindre et leur avait demandé pourquoi la marche s'était disloquée aussi rapidement. Vincent ne leur avait jamais dit qu'ils devaient marcher jusqu'à la ville, avait pesté Antoine.

« Nous devions seulement tourner dans le quartier, avait précisé Lemoual.

— Ben oui, et il faut se grouiller, le match commence dans un quart d'heure, avait ajouté Vasseur. Tu es témoin, Simon, j'ai mis cent balles et un apéro sur un nul. Lui, il dit que les Bleus vont gagner. Allez, je vous laisse. »

Plus tard, Simon avait appris que Bidault avait été l'un des rares à avoir continué jusqu'au bout. « Je n'ai pas osé le laisser tout seul, comme les autres, lui avait-il expliqué. Ton frangin ne mérite pas qu'on l'abandonne. »

Simon avait vu Vincent revenir seul, la photo de sa fille sous le bras, affichant la même résolution, et pourtant pitoyable, dans son habit blanc. Il était passé devant leur maison sans y jeter un regard et avait regagné son pavillon d'un pas raide, sans paraître entendre les éclats de voix qui sortaient des fenêtres ouvertes. L'Espagne venait d'égaliser. Oubliant son frère, Simon avait songé alors que Vasseur avait gagné son pari, « cet enfoiré gagnait toujours ses paris ».

« L'échec de la marche blanche organisée par le

père de Laetitia reflète l'état d'esprit général qui entourait l'affaire un peu plus de deux ans après les faits : une immense lassitude et un certain agacement.» *«Il faut nous comprendre*, explique un grand maigre aux cheveux graisseux, tirés en arrière, *ça faisait deux ans que ça durait, cette histoire.»*

«Mais c'est ce con de Cazaux ! s'exclame Estelle qui a reconnu son voisin du 26.

— Laisse-moi écouter ce qu'il dit, intervient doucement Simon.

— Cet ivrogne !»

Simon monte le son, dans l'espoir de la faire taire.

Face à la caméra, Cazaux continue : *«Nous aimions bien cette famille. Nous avons partagé sa douleur. Mais, à la longue, trop, c'est trop. Nous n'en pouvions plus, ce deuil, nous l'avions assez porté.»*

Le commentaire poursuit : *«Les journalistes n'étaient plus les bienvenus au lotissement du Grand-Chêne. Au mieux, ils trouvaient portes closes, au pire, ils se faisaient prendre à parti. Une équipe d'une chaîne nationale avait été agressée par un groupe d'habitants. Le cameraman s'était fait molester violemment, au point de se retrouver à l'hôpital avec un traumatisme crânien.»*

Cazaux reprend : *«Pas étonnant que ça ait pété.»* Il répète de sa voix de fausset : *«Il faut nous comprendre. Nous n'étions pas préparés à vivre tout cela. C'était un quartier paisible, ici, et nous étions traités pire que des assassins. Tous ces journaleux de merde fouinaient partout...»*

Ça ne l'a pas empêché de leur parler, se dit Simon.

« Pour une fois, Cazaux n'a pas dit de bêtises. Il n'est peut-être pas si bête, finalement », claironne Estelle.

Elle ajoute : « Baisse le son, Simon ! Ça me donne mal au crâne. »

Il obéit. « Plus fort, voyons, j'entends plus rien ! » proteste-t-elle encore.

Une caméra tombe au sol, on entend des cris et des injures, l'image se brouille.

23 h 14

Il avait fallu retenir Antoine Vasseur pour qu'il n'assène pas un troisième coup de pied à l'homme à terre. Il l'avait violemment touché au ventre et maintenant il allait frapper à la tête.

L'altercation avec l'équipe de la télé avait commencé une demi-heure plus tôt. Frédéric Cazaux avait été le premier à montrer les dents. À l'instant où il les avait vus approcher, il était allé à leur rencontre, entraînant les autres à sa suite. Il était décidé « à se payer ces enfoirés » et il leur avait demandé ce qu'ils foutaient là : « Il n'y a plus rien pour vous ici ! » Après cela, Cazaux avait été convoqué à la gendarmerie et avait dû s'expliquer : « Ces journalistes, ils se croient en pays conquis, et cette morveuse, là, à mettre son nez partout. On n'est pas des malfrats, et on a notre honneur quand même ! »

La journaliste, une toute jeune femme de 25 à 30 ans, avait désigné Cazaux à son cameraman. Ils s'étaient approchés de lui, amicaux et souriants :

« Vous avez une déclaration à faire, monsieur ?

— Oui, je t'emmerde », avait répliqué Cazaux, déclenchant les rires des premiers qui l'avaient rejoint. La journaliste était restée sans voix. On lui avait dit que les habitants du quartier étaient accueillants avec la presse.

« La fille n'a pas apprécié. J'ai dit ça pour rigoler, capitaine, avait plaidé Cazaux devant les gendarmes. Faut nous comprendre, c'est eux qui sont venus nous chercher, après tout. »

La fille s'était reprise, toujours amicale. Elle avait tenté de parlementer :

« Allons, messieurs... je vous explique, nous faisons un reportage pour *Envoyé spécial*, vous connaissez ?

— Un reportage sur quoi, au juste ? était intervenu Vasseur. Sur nous ? Je me demande ce qu'on peut bien vouloir encore raconter sur nous ? »

Il était encore très calme, à l'inverse de Cazaux et de deux ou trois autres gars qui s'agitaient déjà et faisaient signe à des habitants du quartier de les rejoindre. Le cameraman, la quarantaine, avait pris le relais : « Laisse-moi faire », avait-il dit à la jeune journaliste, sur le ton de celui qui est habitué à des situations autrement plus tendues. Il avait remarqué ce grand type, un peu en retrait, qui semblait plus raisonnable que les autres. Il s'était donc adressé à Antoine. Avec son aide, il allait calmer ces excités.

« Nous faisons une enquête de fond.

— De fond ? » l'avait encouragé Vasseur, souriant.

Le cameraman, sentant qu'il avait une ouverture, avait fait signe à la fille de le laisser continuer :

« C'est ça, nous menons une enquête de fond pour le magazine *Envoyé spécial*, comme vous l'a dit Florence. Nous sommes là pour comprendre comment une communauté comme la vôtre vit un pareil drame, plusieurs mois après les faits.

— Et en sachant que le coupable se balade toujours

en liberté, avait appuyé Antoine, apparemment indifférent aux gens qui s'agglutinaient autour d'eux, toujours plus nombreux.

— Exactement, avait approuvé le cameraman, se félicitant d'avoir trouvé un interlocuteur valable dans ce groupe de ploucs.

— Donc, vous voulez savoir comment on vit ici, en se disant que c'est peut-être l'un d'entre nous qui a massacré la petite fille ?

— Heu, non... Ce n'est pas exactement ça.

— C'est quoi, alors ? Vous fouillez dans les poubelles du Grand-Chêne. T'as pas encore compris qu'on en a ras le bol de vous voir traîner chez nous ? »

Antoine avait brusquement haussé le ton, et cela aurait dû alerter le cameraman, mais il était resté souriant, l'œil vissé à sa caméra, sans voir autour d'eux les gens attroupés, qui grondaient de plus en plus fort. La journaliste, inquiète, avait soufflé à son compagnon : « Il faut se barrer. Ils ont l'air dingues, ici. » Et Antoine l'avait entendue. Jusque-là, il s'était maîtrisé, mais, d'un seul coup, il n'avait plus contrôlé la rage qui l'avait saisi. « C'est mon caractère, avait-il déclaré aux gendarmes, je suis un impulsif, un sanguin. Je ne suis pas méchant, mais il faut pas me chercher... »

« Non... Ce n'est pas ça... » Le cameraman n'avait pas pu aller plus loin. Dans un élan, les bras tendus, Vasseur l'avait poussé à terre et s'était précipité sur lui. La tête du technicien avait violemment heurté le bitume. Sans s'en soucier, Antoine lui avait envoyé un premier coup en plein dans l'estomac, puis un second, et s'apprêtait à le frapper à la tête, quand Bidault était intervenu. Il avait mis toute son énergie pour ceinturer son voisin, se prenant au passage un méchant coup de coude dans l'œil. Mais il n'avait pas lâché prise, tirant Antoine en arrière en lui criant : « Arrête ça, Antoine, tu vas tuer ce connard ! » Vasseur avait continué à donner des coups de pied dans le vide, insultant la fille, tentant de cracher sur le cameraman qui, à genoux, tentait de reprendre son souffle, en se tenant le ventre de ses deux mains.

Les hurlements de Vasseur et les bruits de l'échauffourée avaient attiré tout le quartier, qui semblait pris de folie. La journaliste reculait, affolée face à ces hommes, ces femmes et ces enfants qui hurlaient : « Foutez le camp ! Allez-vous-en ! », en les couvrant d'insultes. Elle avait aidé son collègue à se relever, avait ramassé la caméra. Parvenant à se dégager de l'étreinte de Bidault, Antoine avait bondi pour la lui arracher des mains, lançant à la jeune journaliste : « Viens la chercher, salope ! » Puis il avait jeté la caméra contre la barrière du 28 et l'avait réduite en miettes à coups de pied. Il avait fallu l'aide de Lartigue, le costaud de la rue Gluck, avec son quintal et son mètre quatre-vingt-dix, pour l'empêcher de se jeter à nouveau sur le cameraman, tandis que les deux journalistes couraient vers leur voiture garée à l'entrée du lotissement, suivis par une cinquantaine de personnes qui vociféraient. Les quolibets fusaient, un gamin, posté un peu plus loin, avait jeté une grosse pierre qui avait fait voler en éclats le pare-brise arrière. Tout le monde l'avait applaudi et le petit avait agité les bras en signe de victoire. Cazaux avait levé le pouce en criant :

« Bravo, mon fils ! »

Blancs de peur, les journalistes prenaient la fuite, et la cité triomphait.

Restés à l'arrière, Éric, Annie et Eugénie, sa femme, s'efforçaient de calmer Vasseur. Eugénie le suppliait : « Mais qu'est-ce qui t'arrive ? Par pitié, Antoine, arrête, je ne t'ai jamais vu comme ça ! » Elle répétait ces mots comme une litanie, cependant qu'Antoine continuait à fulminer, semblant n'obéir qu'à sa rage.

Puis Eugénie s'était ressaisie. Se dressant devant Antoine, elle avait ordonné avec force : « Ça suffit, maintenant. » Tous avaient craint qu'il ne lève la main sur elle, tant il paraissait hors de contrôle. Mais à la surprise générale, il s'était calmé d'un seul coup. Il avait répondu à sa femme : « Ça va. Je rentre », puis avait tourné les talons en direction de leur pavillon.

La foule s'était rapidement dispersée lorsqu'on avait vu approcher la fourgonnette bleue de la gendarmerie. Ils avaient dû être renseignés, car ils s'étaient dirigés directement vers le pavillon des Vasseur. Eugénie, qui attendait sur le pas de la porte, leur avait dit en désignant l'intérieur de la maison : « Il est là. Il vous attend. » Comme l'un des gendarmes faisait mine de sortir son arme, elle avait ajouté : « Vous êtes fou ! C'est inutile. Il est parfaitement calme maintenant. » Ils avaient trouvé Antoine assis devant la télévision. Il avait vidé son verre de whisky, avant de se lever et d'annoncer sur un ton neutre : « Je suis à vous, messieurs. » Il les avait suivis sans regimber, après avoir embrassé ses deux enfants. Eugénie, quant à elle, s'était discrètement reculée lorsqu'il s'était approché d'elle, se contentant de lui tendre sa veste polaire. Il n'avait pas insisté.

Elle n'avait jamais vu son mari aussi hors de lui. Mais ce qui l'avait le plus impressionnée, c'était la soudaineté avec laquelle il avait retrouvé son calme. Comme s'il avait gommé de sa mémoire cette effrayante colère.

« Antoine Vasseur a été inculpé pour coups et blessures. Il a été jugé en correctionnelle en octobre 1996 par le tribunal d'Avignon, en présence d'une foule nombreuse venue le soutenir. Son avocat a plaidé les circonstances atténuantes, parlant d'une pression médiatique insupportable, mais ses arguments sont restés lettre morte. Antoine Vasseur a été condamné à deux mois de prison avec sursis, à une amende équivalent à 2 500 €, et à des dommages et intérêts à hauteur d'environ 10 000 €. Le cameraman de France Télévisions, qui avait souffert d'un éclatement du foie, a accepté de revenir sur ces événements. »

Un homme d'une soixantaine d'années, au visage buriné, parle face à la caméra : *« Dans mes souvenirs, davantage que la douleur que j'ai ressentie, cela reste comme un moment effrayant. Effrayant parce que mon agresseur a basculé dans la violence en une fraction de seconde. Il paraissait le plus calme de tous, l'un des rares avec lequel il serait possible de discuter. Et puis, soudain, il s'est transformé en monstre incontrôlable. Je crois que si personne ne l'avait retenu, il aurait pu me tuer. Aujourd'hui encore, j'en ai des frissons. »*

« Tu aurais vraiment tué ce type, Antoine, hein ? » demande Eugénie.

Ses mots sont davantage une accusation qu'une simple question.

« J'ai pas voulu le tuer, répond Antoine. Je lui ai

donné une correction. Il ne voulait rien comprendre, ce con. Et, maintenant, à la télé, il en fait des tonnes !

— Quand même ! Je ne t'avais jamais vu dans un état pareil, j'étais terrorisée.

— Bon, c'est fini, cette histoire, non ? On ne va pas revenir encore sur ces salades. Crois-moi, si je m'étais vraiment énervé, ce connard ne serait pas là pour en parler !

— Oui, c'est probable, il y a des moments où tu ne te contrôles plus.

— Tu veux vraiment voir comment je suis quand je ne me contrôle plus ? » menace-t-il.

Elle ne répond rien.

« À la suite de cet incident, le reportage a été abandonné par Envoyé spécial, poursuit le commentaire. *Antoine Vasseur faisait partie du petit groupe qui, deux ans plus tôt, avait découvert le corps de l'enfant assassinée. C'est le deuxième en partant de la droite, sur la photo prise cette nuit-là. Il avait à l'époque été longuement interrogé, comme tous les suspects potentiels, sans être inquiété davantage.* »

« Tout de même, les flics t'ont eu dans le collimateur, glisse Eugénie.

— Tu tiens vraiment à m'énerver ? Décidément, tu n'y comprendras jamais rien à rien... à cette histoire. Je te rappelle que je n'ai jamais été accusé ! Tout le monde dans le quartier est passé chez les flics. Ils m'ont interrogé, comme les autres. Point final. »

Il a à nouveau son air mauvais. Eugénie comprend qu'elle doit s'en tenir là. Elle ne sait que trop comment il est quand il sort de ses gonds. Et là, elle sent qu'il est tout près d'exploser.

Elle ne veut pas de ses coups, surtout pas ce soir.

Antoine se rencogne dans le canapé. Il s'enfonce dans le souvenir de la discussion qu'il avait eue avec Eugénie lorsqu'elle l'avait rejoint à la maison, après son altercation avec le cameraman. Elle s'était plantée devant lui, résolue à ne pas le laisser s'en tirer comme ça.

« Qu'est-ce qui t'a pris ?

— Il fallait que quelqu'un foute une raclée à ce connard. J'en ai plein le cul de ces journalistes. Point final.

— Non, pas "point final" ! Tu es un malade. Et arrête, avec ce whisky ! »

Elle lui avait arraché le verre des mains, avant d'ajouter :

« Je ne t'avais jamais vu dans cet état.

— Quel état ? Arrête de dramatiser. Tu déraillles. Rends-moi mon verre.

— Pas question. »

Il s'était levé, avait sorti un autre verre pour se resservir, l'avait narguée : « À ta santé ! » Il avait vidé le verre d'un trait.

« Pauvre type.

— C'est celui qui dit qui l'est, ma chérie !

— Tu devrais te faire soigner, mon amour ! » Elle avait prononcé ces deux derniers mots avec tant d'ironie et de mépris qu'il avait été déstabilisé pendant quelques secondes. Brusquement, il avait senti la rage l'envahir de nouveau, et l'envie soudaine de la punir. « Ne me cherche pas », l'avait-il menacée. Il lui aurait écrasé son verre sur la figure, il le sait, si Kévin n'était pas entré à ce moment-là, courant vers son père pour l'embrasser. Antoine avait aussitôt repris ses esprits. Il avait serré son fils contre lui et il avait lancé : « Allez, on oublie tout ça ! Ce n'est pas grave. » Il était hilare, à présent.

« Qu'est-ce qui n'est pas grave ? avait demandé l'enfant.

— Rien. Rien du tout, justement, avait répondu sa mère précipitamment.

— Bien. Je préfère ça. »

Antoine souriait toujours.

Mais Eugénie avait pris conscience du danger auquel elle avait été exposée. Se servant de son fils comme d'un bouclier, elle était montée avec lui à l'étage. Une fois dans sa chambre, elle avait appelé les gendarmes. Quand ils étaient arrivés une demi-heure plus tard, il avait tout de suite compris que c'était elle qui les avait appelés. « Attends-moi gentiment », lui avait-il glissé au moment où elle lui tendait sa veste. Elle avait eu un mouvement de recul quand il avait voulu l'embrasser.

Il était rentré de la gendarmerie vers 2 heures du matin. Elle l'attendait dans le salon. Elle l'avait provoqué. « Alors, *mon amour*, les gendarmes t'ont donné la fessée ? » Elle savait ce qui lui en coûterait, autant en finir. Il avait défait sa ceinture et l'avait frappée, au dos et au ventre. Elle avait à peine protesté. Au moins, cette fois, il n'avait pas utilisé ses poings.

« Tu as vu comme tu transpires ? » Eugénie le ramène à la réalité.

« Fous-moi la paix. Promis, je prendrai une douche avant de me coucher », ironise-t-il.

Il ne lui prête plus attention. En cet instant, le traverse la question de savoir si Christine regarde la même émission. Il évoque son image avec un brin de nostalgie : « En voilà une qui savait s'y prendre... Pas comme cette vieille toupie... »

23 h 15

Ce n'est qu'ensuite, en voyant Vasseur monter dans la fourgonnette des gendarmes, que Bidault s'était rendu compte que son arcade sourcilière le faisait souffrir. Annie lui avait préparé une poche de glace. Mais trop tard, et il avait gardé le visage tuméfié pendant plus d'un mois. Un bleu disgracieux couvrait la moitié de son visage. Au boulot, Desjoyaux ne l'avait pas raté :

« Tiens, y en a une qui s'est défendue ? » Puis, goguenard : « Elle ne voulait pas, elle non plus ?

— Si vous continuez, je vous en colle une, avait répliqué Bidault.

— Essaie un peu !

— Je ne vais pas vous faire ce plaisir, chef !

— Dommage, ça m'aurait fait plaisir de te virer !

— Tu n'es qu'un pauvre connard !

— On tutoie son chef, maintenant ? C'est nouveau !

— Oui, il va falloir t'y habituer, chef ! »

Éric avait préféré s'en tenir là et il avait tourné les talons. Il savait que Desjoyaux reviendrait à la charge. Mais, pour tout dire, il s'en fichait presque, ce vieux birbe ne lui faisait pas peur.

« Si tu veux jouer au con, on sera deux, lui avait-il balancé. Mais le chef des cons, c'est toujours toi, chef !

— Tu ne feras pas longtemps le malin, Bidault. »

Ce soir, à l'évocation de cette échauffourée avec les journalistes, c'est le souvenir de l'acharnement de Desjoyaux qui lui revient en mémoire. Des mois, des années, il n'a jamais lâché prise, le persécutant à coups d'allusions, de sous-entendus et même, parfois, d'attaques directes. Il était sans cesse après lui, avec son regard insidieux et accusateur. Chaque fois que des journaux écrivaient que les policiers étaient sur une nouvelle piste, Desjoyaux venait le voir et lui annonçait : « Encore un peu de répit de gagné, Bidault. Mais ça ne durera pas. » Il persistait les jours suivants : « Ils n'ont pas l'air d'avancer, qu'en penses-tu ? » Et quand la piste était abandonnée, il triomphait : « L'étau se resserre, Bidault. Tu pourrais bien être le prochain sur la liste. » La plupart du temps, Éric se contentait de hausser les épaules. Parfois même, c'était lui qui prenait les devants : « Alors, chef, du nouveau aujourd'hui ? », et l'autre démarrait au quart de tour.

Un jour, Desjoyaux l'avait surpris dans le vestiaire en train de fumer et lui avait lancé : « C'est interdit de cloper ici ! Qu'est-ce que tu trafiques ? » Éric lui avait balancé la fumée de la cigarette dans la figure : « Chef, si ça te dit de niquer une gamine, un de ces quatre, tu peux m'accompagner, je te montrerai si ça te tente. De la bombe, les lolitas... » Desjoyaux était resté stupéfait pendant quelques secondes puis, comme l'avait espéré Éric, il s'était mis hors de lui.

« Fais pas le malin, Bidault ! Un jour, tu vas tomber, j'en suis sûr. Et ce jour-là, je serai au premier rang et je me foutrai bien de ta gueule de salopard.

— Ce n'est pas bien de dire des gros mots, chef ! »

Desjoyaux lui avait enfoncé l'index sur la poitrine, menaçant :

« Je te ferai craquer avant mon départ à la retraite. Crois-moi, je t'aurai avant.

— Je compte les jours, chef ! Et surtout, me fais pas le coup du départ à la retraite anticipée.

— Je sais que c'est toi.

— Moi, quoi ? De quoi tu parles ?

— Tu le sais très bien, salaud.

— Promis, chef, je ne fumerai plus dans les vestiaires. Autre chose ?

— Tu es vraiment une pourriture.

— Tu vieillis, chef, tu radotes. Y a pas à dire, c'est le moment de laisser la place aux jeunes. »

Desjoyaux éructait. Plus il l'insultait, plus Éric se régalait, tandis qu'il écrasait sa cigarette sur le carrelage. Pourtant, cette fois-là, ils avaient failli en venir aux mains.

À partir de ce jour, leurs relations avaient changé. Ce n'était plus un jeu mais une lutte de tous les instants, de plus en plus directe, violente et haineuse.

Éric n'est pas mécontent de lui : il n'a jamais cédé face aux attaques de ce fumier. Il n'est pas tombé dans le piège, il n'est pas allé se plaindre à la direction ni auprès de quiconque. Surtout pas à Annie. Tout cela est toujours resté une affaire entre lui et Desjoyaux. Pourtant, le contremaître, en plus de le harceler verbalement, fouillait régulièrement son casier et venait parfois rôder, le soir, le week-end, autour du pavillon. Il l'avait aperçu à plusieurs reprises. Un jour, il était sorti à sa rencontre.

« On se promène, chef ?

— À mon âge, faut s'entretenir, Bidault.

— C'est vrai que ça approche !

— Quoi ? La retraite ? Ne te réjouis pas trop vite, Bidault...

— La tombe, chef, la tombe ! T'es plus tout jeune...

— Pour toi, c'est plutôt la taule qui approche, Bidault, fais gaffe.

— Fais plutôt gaffe dans ce quartier, chef. Il n'est pas sûr la nuit. Tu pourrais tomber sur un malade !

— Continue à faire le malin... Un jour, tu craqueras, Bidault. Et grâce à qui ? Grâce à bibi !

— Bibi ? Connais pas.

— Tu me dégoûtes.

— J'en ai autant pour toi, chef.

— Mais je t'aurai.

— Va falloir changer de disque, chef. »

Bidault avait tourné les talons : « Allez, j'ai trop peur. Je rentre avant de faire dans mon froc. Bonne nuit, chef ! »

Toutes ces années, Éric avait tenu bon, face à l'animosité opiniâtre de Desjoyaux.

Et il avait également tenu bon lorsque les policiers l'avaient convoqué à nouveau, en mai 1997.

Mais cette fois, cela ne s'était pas su. Depuis des mois, les enquêteurs œuvraient dans le secret, et surtout loin des journalistes de peur que la moindre information ne s'ébruite.

« Le commissaire Bouvard, dit Grosse Tête, disposait d'une équipe de cinq hommes travaillant exclusivement sur le dossier Laetitia Doussaint. Ils procédaient si discrètement qu'on pensait qu'ils avaient abandonné l'affaire. »

Bouvard est à l'image. Il confie : « *Nous avions décidé de changer de stratégie. Plus question de laisser filtrer la moindre information dans les journaux. Même au sein du commissariat, nous en disions le minimum pour éviter les fuites. Cependant, nous étions attentifs à tout. Rien ne nous échappait. »*

« Ainsi, l'équipe de Bouvard mena des dizaines d'investigations hors du département, jusqu'à Coblence en Allemagne, où un pédophile avait été arrêté. Les similitudes avec l'assassinat de Carpentras étaient si flagrantes qu'ils avaient cru tenir enfin leur coupable. En effet, après avoir été violée, la victime, une petite fille du nom de Sonia Klose, avait eu le visage mutilé avec une pierre. De plus, l'homme, un certain Henrich Taverski, âgé de 42 ans, était chauffeur routier, et faisait de nombreux déplacements entre son pays et l'Espagne. »

Des photos anthropométriques, de face et de profil, d'un homme grand, mince, aux beaux yeux bleus, apparaissent à l'écran.

« Il est presque séduisant. C'est incroyable, murmure Annie.

— Séduisant ? s'étonne Éric.

— Oui, enfin... "L'habit ne fait pas le moine", comme on dit, renchérit-elle de sa voix douce. Bien sûr, les assassins ne se promènent pas avec une étiquette "criminel" sur le front... »

Voilà qu'elle se met à avoir des idées, maintenant, se dit-il avec une pointe d'amusement.

« Et surtout, poursuit le commissaire, *les dates coïncidaient. Averti par mes hommes, je me suis rendu en personne à Coblence. À première vue, l'homme paraissait tout ce qu'il y a de plus normal. Affable, souriant,*

presque sympathique. On lui aurait donné le bon Dieu sans confession. En même temps, il était effrayant. Jamais un criminel ne m'a autant donné la chair de poule que lui. Rien ne semblait l'affecter.»

«Henrich Taverski fit au policier français un récit glaçant du meurtre et de l'assassinat de l'enfant, avec la même application que devant ses homologues allemands.»

«Il répéta les faits avec une précision quasi chirurgicale, sans exprimer la moindre émotion, continue le commissaire d'Avignon. *Les Allemands nous ont montré un cahier à spirale où il avait tout noté. Les heures, les dates, les lieux, les noms de ses victimes. Il en tenait une comptabilité exacte, à la minute près. Car, en plus du meurtre de l'enfant, il avait reconnu huit autres crimes. Des prostituées violées et tuées à coups de couteau, en Allemagne, en France et en Espagne, à l'occasion de ses déplacements. "D'habitude, m'a-t-il indiqué froidement, je ne m'en prends jamais à des enfants. Sonia Klose a été la seule exception." D'abord, je ne l'ai pas cru. Nous l'avons cuisiné pendant des heures mais il était surpris qu'on le soupçonne et a toujours maintenu qu'il n'avait rien à voir avec le meurtre de Laetitia, " la pauvre petite Française", comme il disait avec un cynisme glaçant. Il l'a même juré sur la Bible, à plusieurs reprises. Puis, vers la fin de la journée, après avoir redemandé la date et l'heure précises du meurtre de Laetitia, il a fouillé dans sa mémoire pendant quelques secondes et a annoncé que ce jour-là, à cette heure-là, son chargement était contrôlé à la frontière espagnole. La vérification était facile à*

effectuer. Et bien sûr, c'est ce que nous avons fait, mais à ce moment, j'avais déjà compris que c'était inutile.»

«Finalement, le policier français rentra bredouille de Coblence. Quant à Henrich Taverski, condamné à perpétuité, il purge toujours sa peine.»

«Mais curieusement, au lieu de nous anéantir, l'échec de la piste allemande nous a stimulés, relate Bouvard. *Toute mon équipe, et moi le premier, nous avions le sentiment que nous brûlions. L'assassin était là, tout près, presque sous nos yeux, nous en étions convaincus. J'ai dit à mes hommes qu'il nous fallait à nouveau tout reprendre depuis le début, avec un œil neuf. Et c'est ce que nous avons fait. J'ai toujours été persuadé que le coupable était un proche, un familier de l'enfant. Ma conviction n'a pas changé. Il est là.»* De la main, le commissaire montre la carte du département épinglée sur le mur.

«C'est terrifiant, murmure Annie.

— Quoi donc ?

— Se dire qu'il est comme ça, tout près...»

Il se demande si elle se souvient des moments éprouvants qu'il a passés pendant sa seconde garde à vue. C'était au printemps 1997. Juste après que les flics étaient de retour d'Allemagne.

Une voiture banalisée était venue chercher Éric Bidault à 8 heures et demie un samedi matin. Il avait suivi les policiers sans protester. «Ce n'est qu'une formalité», lui avaient-ils expliqué. Les enfants dormaient encore et Annie était au marché. Il avait laissé un simple mot à sa femme pour justifier son absence : « Je reviens vite. »

Assis à l'arrière de la voiture, Éric avait aperçu Desjoyaux, appuyé contre le grand chêne. Quelqu'un l'avait-il prévenu ou était-il là par hasard ? En passant à sa hauteur, il l'avait vu faire le V de la victoire. Éric avait agité son index, en un geste qui signifiait « non ».

Cette victoire, il était décidé à ne pas la lui offrir. Au contraire, à le voir faire le beau devant chez lui, Desjoyaux lui avait redonné l'énergie qui l'avait quitté au moment où les flics avaient débarqué. Les heures éprouvantes passées trois ans plus tôt à la gendarmerie lui étaient revenues en force, et il avait craint de s'effondrer à nouveau. De voir le cauchemar recommencer.

La pensée de Desjoyaux triomphant, alors qu'ils roulaient vers Avignon, lui avait permis de se reprendre. Cette fois, il ne se laisserait pas bêtement piéger.

C'est le sourire plein de morgue de son chef qu'il a en tête tandis que le reporter poursuit son récit : *« Plus de trois ans après l'assassinat de la petite Laetitia, les enquêteurs étaient sans doute les seuls à croire qu'ils pouvaient encore aboutir. Les hommes du commissaire Bouvard avaient ratissé large. Ainsi, on apprit par la suite que, les uns après les autres, la plupart des habitants du quartier, à commencer par les proches de la famille Doussaint, avaient été entendus. Certains même placés en garde à vue. Le commissaire Bouvard n'a jamais renoncé à dénouer cette affaire. »*

Le journaliste poursuit d'un ton las : *« Le*

responsable de l'enquête est bien le dernier à croire que l'affaire puisse encore être élucidée.»

Bouvard apparaît à l'image. Résolu, menaçant, il regarde fixement la caméra : *« Je n'abandonnerai jamais. Voilà le message que j'adresse à l'assassin de Laetitia. Je sais qu'il me regarde ce soir ; jamais ! »*

« Dis donc, il est vraiment tenace, le commissaire Bouvard. Et il a l'air sûr de lui, dit Annie.

— Mouais, après tout ce temps... C'est un malade, ce flic, réplique Éric. Il se fout le doigt dans l'œil !

— Moi, j'y crois. À la place du tueur, je ne serais pas tranquille. Tout peut arriver dans la vie !

— C'est des foutaises ! Si tu crois vraiment ça, tu es aussi tarée que lui... »

ELLE, 23 h 17

Ça, il n'a jamais lâché, le commissaire.

Il y a une vingtaine de jours, elle lui a demandé pourquoi il n'avait pas abandonné. À sa place, elle aurait laissé tomber depuis longtemps. Elle s'attendait à ce qu'il réponde quelque chose du genre : « Ce crime ne peut pas rester impuni » ou « Ces malheureux parents méritent une réponse », mais il lui avait répondu le plus sérieusement du monde, avec un mélange de détermination et de tristesse :

« Je ne supporte pas l'échec. Je veux savoir. Après, je pourrai partir en paix, mais pas avant. Pour moi, c'est impossible à envisager. Je veux le voir sous les verrous.

— Moi aussi. Mais j'ai peur d'échouer. Il est fort, vous savez.

— Je sais, mais ensemble, nous l'aurons. »

C'est devenu un leitmotiv : « Ensemble, nous l'aurons. »

Lorsque, tout à l'heure, elle a prononcé la phrase-code qui signifiait « il est sur le point de craquer » et qu'il a répondu : « C'est bien, ensemble, nous l'aurons », elle a entendu dans sa réponse plus que du soulagement. Presque du bonheur. Celui, inestimable, de toucher enfin au but.

Elle, à l'inverse, elle est effrayée par ce qui va arriver. Elle a soudain pris conscience qu'elle allait devoir affronter l'inéluctable. Pour échapper à ce sentiment oppressant, au point qu'elle peine à respirer, elle met toute son énergie à se concentrer sur le commentaire.

« Pendant des semaines et des mois, la "cellule Laetitia", comme on l'appelait à la PJ, a poursuivi son travail de fourmi. Elle a continué à s'intéresser à toutes les affaires qui mettaient en cause un tueur d'enfants, où que ce soit en France, sans résultats. Mais surtout, elle n'a jamais relâché la pression sur le quartier. Même si personne n'a été inculpé, les enquêteurs gardaient, au fond d'eux-mêmes, la conviction que l'assassin de la petite fille était quelqu'un qui la connaissait et qu'elle avait suivi sans se méfier. Cela explique aussi pourquoi ils n'ont jamais lâché. »

« *C'est un échec*, reconnaît le commissaire Bouvard en montrant l'impressionnante pile de procès-verbaux sur son bureau. *Nous n'avons rien laissé au hasard, je peux vous l'assurer. Nous avons interrogé et placé en garde à vue sans hésiter, chaque fois que ça nous a paru nécessaire, la plupart des protagonistes, disons plutôt des "témoins" de ce crime. Au total, plus d'une quinzaine de personnes. Nous avons eu des soupçons sérieux sur quelques-uns d'entre eux, il y avait des failles dans certains dossiers, mais jamais au point de pouvoir présenter un suspect au juge en vue d'une inculpation.* »

LUI, 23 h 18

Tu peux toujours courir, voilà ce qu'il pense en écoutant « Grosse Tête ». Il se concentre sur sa voix. Il l'a tellement entendue qu'il la reconnaît les yeux fermés. Alors il ferme les yeux. L'homme a les mêmes intonations que l'inconnu qui le harcèle aujourd'hui au téléphone, à la fin de ses phrases, en revanche le rythme est différent. Plus lent, plus saccadé. Il n'est plus certain de l'avoir reconnue et il pense à d'autres, tentant de se souvenir précisément des particularités de leur voix. Mais il s'agace bien vite et revient à l'émission.

À l'écran, « Grosse Tête » s'interrompt un instant, il pose le doigt sur le dessus de la pile et lève la tête vers la caméra. Son ton est menaçant : *« J'affirme sans la moindre hésitation que le coupable est l'un d'entre eux. Je ne m'en irai pas sans l'avoir trouvé. Vous pouvez me faire confiance. Je vais lui donner des cauchemars ! »*

« J'espère que ça l'empêche de dormir, s'exclame son épouse.

— Tu parles de qui ? Du flic ? » s'étonne-t-il. Il ne sait pas ce qui lui traverse l'esprit, un trop-plein d'assurance peut-être, mais il répond : « Moi, en tout cas, je dors comme un bébé.

— Comme un bébé ? » répète-t-elle avec étonnement.

Il n'aime pas la façon dont elle prononce ces derniers mots, comme une insinuation. Mais non, il est sûr qu'elle ne s'est jamais aperçue que, des années après, il lui arrive encore de se réveiller en nage. Certaines nuits, il refait ce rêve atroce, toujours le même : il voit la petite fille, le visage massacré, le supplier de l'épargner. Parfois, elle tient un couteau à la main et se frappe le bas-ventre en souriant. Elle n'a que faire de ses blessures. « Je suis toujours vivante ! » Ses réveils sont douloureux, il ne sait pas s'il a crié en émergeant de son cauchemar. Il entend le souffle régulier de sa femme qui sommeille tranquillement à ses côtés. Il est rassuré : elle dort toujours.

C'est certain, elle n'a jamais rien su. Rien de ses nuits douloureuses, de ses mauvais rêves. Il s'inquiète toujours pour rien. Il se dit qu'il est vraiment con, avec cette femme-là, il a joué sur du velours. *J'ai eu un sacré bol de tomber sur elle*. Il se convainc qu'elle doit l'aimer vraiment pour n'avoir rien vu, rien compris. Ou qu'elle est particulièrement naïve.

Le téléphone retentit. Il sait que c'est lui, mais ça ne l'impressionne pas. Il décroche, sûr de lui. Il parle le premier :

« Qu'est-ce que tu veux, espèce de connard ?

— Juste te dire que je ne t'oublie pas. Il a raison, le commissaire, tu es dans la pile. En bonne place... »

Alors il explose, incapable de se maîtriser plus longtemps : « Fous-moi la paix ! Tu vas arrêter ton cirque, maintenant ! » Sa femme s'inquiète : « C'est encore lui ? Mais qu'est-ce qu'il veut, à la fin ?

— Rien. »

C'est tout ce qu'il trouve à répondre à cette idiote, et cela porte son exaspération à son comble.

Il a oublié que l'autre est toujours en ligne et il l'entend persifler :

« Rien ? Ce n'est pas bien de mentir à sa femme ! Encore une question et je te laisse à ta télé : la culotte de la petite, la petite culotte blanche, tu l'as toujours ?

— Connard !

— Tu devrais aller voir... »

Il crie : « Je te promets, si tu me tombes sous la main, je te tue... »

Et c'est vrai, si ce type était devant lui, il le massacrerait. Il raccroche violemment. Il transpire et une seule question le taraude : comment sait-il qu'elle est blanche ?

« Il faut appeler la police », dit sa femme.

Bon sang, je l'avais presque oubliée, celle-là ! Elle est tellement insignifiante, il faut dire. Peut-être pourtant que, à cause de ces appels, elle finit par se poser des questions. Elle n'est pas totalement stupide, quand même. Alors il songe qu'il faudra qu'ils s'expliquent, tout à l'heure, quand cette émission à la con sera terminée, il faudra qu'il la rassure une fois encore. Comme il a su si bien le faire pendant toutes ces années.

Il trouve le cran de répondre d'un ton détaché.

« La police. Je t'ai déjà dit que non. Je ne vais pas me laisser impressionner par ce malade. C'est un fou, je te dis.

— Justement...

— Non. Point final. »

Elle a compris. Elle n'a pas intérêt à insister. Dans ces moments-là, il est incapable de se maîtriser davantage. « Qui me cherche me trouve ! » Elle le sait.

Il n'a plus en tête qu'une idée : aller vérifier que la culotte est toujours là où il l'a cachée. Mais comment faire sans lui donner l'alerte ? Il doit renoncer. De toute façon, se rassure-t-il, personne n'aurait pu la trouver, là où elle est.

Il a cette faculté de se calmer sur-le-champ et de reprendre le dessus en une fraction de seconde. Cette force l'a souvent aidé par le passé. C'est d'une voix très posée qu'il s'adresse à elle à présent : « Allons, finissons plutôt de regarder ce reportage et après, nous irons nous coucher tranquillement. Que veux-tu qu'il fasse, ce malade ? Crois-moi, nous n'avons rien à craindre. »

Bouvard est toujours à l'image.

« Il est là, l'assassin de la petite ! » répète-t-il violemment en frappant la pile du poing.

Il se demande où se trouve son dossier. Il est là, forcément. En bas, au milieu, perdu parmi les autres... Ou sur le dessus ?

L'image fait un gros plan sur la pile, elle s'attarde quelques secondes sur le dossier qui la surplombe, s'approche encore... Il essaie de déchiffrer le nom écrit en minuscules en haut de la pile.

Est-ce sur le sien que le commissaire s'acharne du poing avec tant de rage ?

23 h 19

Maintenant, le commissaire étale les dossiers sur son bureau. La caméra passe de l'un à l'autre, ne s'attardant sur chacun qu'une fraction de seconde.

Pourtant, Hervé a le temps de voir son nom écrit à la main en lettres noires, sur une des chemises éparpillées au milieu des autres. Il se recroqueville sur le canapé.

Aliette aussi l'a aperçu. Elle s'empresse de réagir :

« Pourquoi font-ils ça ? Ce n'est pas correct de montrer ton nom... On dirait vraiment que c'est toi le coupable.

— Toi aussi, tu l'as vu ? s'étonne-t-il.

— Oui.

— Ce n'est pas grave.

— Mais si, c'est grave, Hervé. Heureusement que tu n'as rien à te reprocher...

— Ça, non.

— Ça veut dire qu'ils t'ont toujours dans le collimateur, Hervé.

— Qu'est-ce que ça peut faire puisque je n'ai rien fait de mal ?

— Mais enfin, tu n'es pas furieux de savoir qu'ils te soupçonnent ? Comment réussis-tu à garder ton calme ? »

Elle a toujours été comme ça, sa femme, depuis

vingt-huit ans : toujours à s'inquiéter pour les autres, et pour lui avant tout. Elle l'a protégé, couvé, même si elle n'aime pas qu'on dise ça. À la vue de ce nom, « Hervé Lemoual », inscrit en fines lettres noires et sur lequel s'est à peine attardée la caméra, voilà que reviennent tous ces souvenirs douloureux et incertains. Enfouis pendant si longtemps, ils ont resurgi ce soir. Pour lui aussi, à l'instant où il a vu son nom, les souvenirs lui ont sauté à la gueule.

L'image s'attarde toujours sur la main de Bouvard tapotant les dossiers avec obstination, laissant planer une lourde menace. Il répète, avec cette certitude inébranlable : *« Il est là. Mais il ne restera pas caché encore longtemps. Je vous le garantis. Et je lui en fais la promesse, à lui, au tueur. »*

Il frappe sur le dossier « Lemoual », puis sur les autres. Hervé croit deviner les noms de Bidault et Vasseur.

Aliette s'agite, elle est en colère. Elle voudrait qu'Hervé réagisse, au lieu de rester là, mou et impassible, comme toujours. Elle le tarabuste : « Bouvard l'a fait exprès. Il pense que c'est toi, voilà ce que ça veut dire... » Pourquoi ne s'insurge-t-il pas, pour une fois ? Qu'il arrête de subir, qu'il cesse d'expier elle ne sait trop quoi. Il souffre, sans doute, mais il garde tout en lui. Elle l'a toujours connu ainsi : replié sur lui-même, secret, un homme qui n'aimait pas exposer ses émotions. Sa longue dépression n'a rien arrangé. Les années passant, il s'était refermé encore davantage. Il a bien fallu faire avec, mais il y a des jours où cela devient invivable. Combien de fois a-t-elle résisté à l'envie de le secouer, de le forcer à se révolter... ou de le quitter... Elle a fini par renoncer. À quoi bon ? Il est ainsi : un faible qui se complaît dans le rôle de la victime.

Victime de qui et de quoi, elle a longtemps choisi de l'ignorer. Mais il n'a plus jamais été le même après l'assassinat de la petite.

Aliette le dévisage, elle ne sait plus que penser. « Dis quelque chose, bon Dieu, Hervé ! Ce flic te montre du doigt et tu restes là sans réagir. »

Hervé répond d'une voix neutre, sans émotion particulière, à sa femme presque suppliante :

« Ça ne te fait rien de voir ton nom à la télé, devant tout le monde ?

— Que veux-tu que j'y fasse ? De toute façon, je ne risque rien. »

Il l'a vue frémir. Il prend conscience de la portée de ses paroles. Ce sont des mots qu'il n'aurait pas dû utiliser. Il se reprend :

« Je ne risque rien, parce que je n'ai rien fait. Tu le sais bien, toi, que je n'ai rien fait de mal à la petite.

— Bien sûr », répond-elle d'une voix plate.

Il est rassuré. Un instant, il a cru lire le doute dans son regard, mais c'est seulement ce nom, leur nom, dans cette pile de dossiers, qui la soucie, songe-t-il.

« Écoute, c'est le hasard, seulement un mauvais hasard. Ce commissaire a toujours mon dossier. Et alors ? Il soupçonne tous les voisins, y a plein d'autres types dans sa pile. Arrête avec ça. Ce type patauge depuis des années. Ce n'est pas maintenant qu'il va aboutir à quelque chose.

— C'est un coriace. Bouvard ne t'a pas épargné toutes ces années.

— Comme une dizaine d'autres. Et il ne m'a pas eu ! »

Cette vantardise lui a échappé. Dans un même élan de joie inexplicable, il claironne : « Je suis plus malin que Grosse Tête ! »

Il voit Aliette tressaillir. *Quel imbécile !* comprend-il aussitôt. Pourquoi n'a-t-il plutôt déclaré : « Ce n'est pas grave, puisque je suis innocent. » Ou : « Si ça se trouve, son coupable n'est pas dans sa pile ! » Il a fallu à tout prix qu'il fanfaronne et, cette fois, il voit qu'elle en frissonne, comme si elle tentait de repousser l'inacceptable.

Il s'en veut. Il a l'impression qu'il vient de se piéger tout seul.

Il sait que les doutes, les questionnements de sa femme avaient duré des mois après son premier interrogatoire au commissariat. Quand il était monté dans la voiture en sortant, il avait déjà eu cette phrase malheureuse : « Je n'ai rien avoué. » Longtemps, des semaines durant, ces quelques mots étaient restés une blessure ouverte entre eux. Jamais il n'avait osé lui en parler directement, de peur qu'elle ne finisse par lui réclamer des explications. Lui-même ne se comprenait pas. Heureusement qu'elle n'a jamais insisté, il était tellement mal qu'il aurait été capable de dire n'importe quoi, qui sait ? de lâcher que c'était lui le coupable.

Ensuite, il y avait eu cette dépression. Profonde et grave. Il l'avait sentie monter en lui et il avait réussi un certain temps à la dissimuler à tous, et surtout à elle. Mais la maladie l'avait violemment rattrapé peu après le procès de ce malheureux type, Verdière. Il y avait eu sa tentative de suicide et il avait passé des mois à se soigner, alternant des séjours plus ou moins longs entre le pavillon et la maison de repos, sans pouvoir reprendre sa place à l'école. Aliette avait mis toute son énergie à le sauver du trou noir où il s'était perdu. Enfin, lorsqu'il avait été guéri, elle s'était montrée si heureuse qu'il était certain que les paroles malencontreuses prononcées à la sortie du commissariat, le message qu'il avait laissé avant de tenter de se donner la mort, « pardonnez-moi pour ce que j'ai fait », tous ces mots maladroits, avaient été oubliés.

Il se souvient que les mois suivant sa guérison avaient été les plus satisfaisants de sa vie. Débarrassé de ses angoisses, content de retrouver sa classe, les gosses et les cahiers à corriger.

Et Aliette, davantage encore que lui, avait traversé cette période avec sérénité, rassurée de retrouver leur petite vie sans histoire. Il avait constaté à quel point alors elle était gaie, paisible, heureuse en somme. Loin de ses interrogations.

Elle se rappelle qu'à l'époque Hervé avait insisté pour changer de voiture. Il avait remplacé son vieux break aux cent vingt mille kilomètres par une Mégane neuve. Le dimanche, ils chargeaient le coffre et partaient pique-niquer loin du Grand-Chêne, juste pour le plaisir de rouler avec les gosses dans la voiture rutilante qu'il avait lustrée la veille.

Malheureusement, ce bonheur retrouvé a été éphémère.

Il y avait eu cette nouvelle convocation à la police qui avait détruit ce bel équilibre. Après, Hervé avait replongé dans son mal-vivre et Aliette avait été rattrapée par ses doutes.

Leur existence était devenue un éternel non-dit.

Hervé avait été l'un des derniers du quartier à être entendu par les flics lorsqu'ils avaient relancé l'enquête, après le fiasco du procès de Verdière. Avant lui, Bidault, Vasseur, jusqu'à ce pauvre Simon Doussaint, le frère lui-même, traité comme un vulgaire assassin, et d'autres encore, bien des gars y étaient passés.

Les flics avaient patiemment attendu qu'il ait été rétabli avant de le convoquer. Lorsqu'il était arrivé au commissariat, Hervé n'aurait pas pu imaginer qu'il était devenu leur principal suspect. Un faisceau de détails, quelques présomptions, cette dépression suivie d'une tentative de suicide, tout cela avait attiré l'attention des enquêteurs sur lui. N'avait-il pas été l'instituteur de Laetitia ? Quelques témoignages de collègues les avaient alertés. Lemoual était « bizarre » avec les enfants... Surtout, certains s'en souvenaient bien, avec la petite Doussaint, « sa chouchoute ». Personne n'avait jamais franchi le pas, mais les sous-entendus allaient bon train. Les enquêteurs étaient intrigués par son attitude la nuit des recherches. Durant des semaines, ils avaient concentré leurs investigations sur lui. Ils avaient accumulé tant de menus indices, et recueilli de si nombreuses dépositions auprès de proches et de voisins qu'ils étaient arrivés à penser qu'ils tenaient leur coupable. Pourtant, par peur d'un vice de procédure – dont aurait pu profiter sa défense en argumentant sur sa faiblesse psychologique – ou de commettre un impair, comme les gendarmes avec Bidault, ils avaient choisi d'attendre qu'il recouvre la santé.

Mais ils avaient dû déchanter. Ils s'étaient heurtés à un mur de certitudes et de bonne foi. Ils n'avaient rien pu tirer de ce « brave type » marqué par la mort de « sa petite voisine », de « son écolière », et, n'avait-il cessé de répéter, « incapable de faire du mal à une mouche ».

Ils l'avaient laissé partir après huit heures de garde à vue infructueuses.

Il avait fait dire à Aliette de ne pas s'inquiéter et de ne pas venir le chercher. Il était rentré en taxi à la maison, après avoir poliment refusé que les policiers le ramènent. Son vœu le plus cher était de se retrouver seul. Les enquêteurs n'avaient pas senti à quel point ces moments avaient été durs pour lui. Ils étaient restés perplexes. Et lui savait qu'il avait bien passé cette épreuve. Mais à présent, libre, leur simple vue lui était intolérable. Ce n'est qu'en descendant du taxi qu'il s'était senti délivré. Pendant le trajet, il s'était si souvent retourné que le chauffeur lui avait demandé s'il avait peur d'être suivi.

Aliette l'attendait sur le pas de la porte. Elle portait son jogging rose, le même que le soir de la disparition de la petite. La nuit tombait, qui promettait d'être fraîche et claire. Immobile, elle l'avait regardé avancer. L'air fatigué, mais souriant. D'abord, il l'avait embrassée sur la joue, puis elle s'était serrée contre lui.

« Les enfants sont là. Je leur ai dit que tu étais au travail, l'avait-elle prévenu.

— C'est terminé, maintenant, l'avait-il rassurée.

— C'est vrai ? avait-elle demandé d'une voix implorante.

— Bien sûr que c'est vrai. »

Elle avait pleuré. Il l'avait consolée en lui caressant les cheveux.

« Je suis si heureuse », avait-elle murmuré, remplie d'espoir.

Pourquoi avait-il eu alors ces paroles désastreuses ?

« Des vrais coriaces, ces flics. Tu peux être fière de moi. Je ne leur ai rien dit ! »

Aliette était restée quelques instants contre lui, n'osant s'écarter tant il la serrait fort pour mieux jouir de sa douce chaleur. Elle s'était enfin dégagée en essuyant ses larmes sur sa manche. Il l'avait entendue appeler les enfants. C'était seulement lorsque Paul et Sophie s'étaient précipités dans ses bras en hurlant qu'il avait repensé à ses mots maladroits. Elle se tenait en retrait, silencieuse. Quand il avait levé la tête vers elle, au milieu des rires de ses gosses, il avait deviné chez elle tant de souffrance qu'il avait compris que les doutes l'assaillaient à nouveau.

Elle sanglotait.

C'est cette même souffrance qu'il voit ce soir dans le regard d'Aliette tandis que résonne le commentaire : *« Le commissaire Bouvard conserve dans son bureau des centaines de dépositions et de procès-verbaux. Ils n'ont pas abouti malgré les efforts déployés par les enquêteurs. Pourtant, est-ce du professionnalisme ou de l'inconscience, mais il est toujours persuadé, dix-neuf ans après les faits, de pouvoir résoudre l'affaire. »*

« Ils n'arrêtent pas de répéter qu'il va y arriver, commente Hervé.

— Pourquoi pas ? souffle-t-elle. J'aimerais tellement savoir. Pas toi ?

— Si, bien sûr. »

« Maintenant, affirme le commissaire, l'index posé sur la pile qu'il a remise en place, *le nombre des suspects s'est considérablement réduit. L'assassin est là. Je le démasquerai plus vite qu'il ne le croit. »*

À l'image, Bouvard, se tournant vers la caméra,

heurte du coude le dossier du dessus, dont les feuilles s'éparpillent sur le bureau. Une photo glisse sur le parquet. Hervé la reconnaît : c'est celle qui avait été prise au matin du 15 mars 1994. Où, tournant le dos aux autres, il fixe l'objectif inquisiteur de l'appareil photo.

« Décidément, ils t'en veulent ! » commente Aliette d'une voix sourde.

23 h 20

« Il est vraiment bizarre, Lemoual, sur la photo. Non ? On dirait qu'il refuse de regarder. Comme s'il ne voulait pas voir. »

L'interpellation de sa femme extirpe Antoine Vasseur de la contemplation muette de la photo qui occupe l'écran. Elle a appuyé sur « pause », elle se lève et elle met le doigt sur l'écran. Sur le visage de Lemoual, tout à droite.

Antoine Vasseur était plongé dans ses souvenirs, si anciens et si présents à la fois. Comment pourrait-il oublier le dégoût qui l'avait saisi, comme les autres, à la vue du corps de l'enfant dénudée sous les branchages ? Découvrir l'horreur étalée à quelques mètres de lui l'avait figé d'effroi. Pendant quelques interminables secondes, il avait été incapable de bouger. Puis une curiosité morbide s'était emparée de lui. Si on ne lui avait pas interdit d'approcher, il se serait précipité.

« Qui ? sursaute Antoine.

— Lemoual. Il n'a pas l'air normal, commente-t-elle, intriguée, l'index toujours posé sur la télé.

— Qu'est-ce que tu veux dire ?

— Il est louche, assène-t-elle avec le même naturel. Pourquoi regarde-t-il dans ce sens ? C'est bizarre, non ? Et si c'était lui, l'assassin ? »

Elle insiste : « Tu en penses quoi ? Tu as bien une idée, non ? »

Qu'est-ce qui lui prend ce soir ? s'interroge-t-il.

« Lemoual ? C'est un brave type, se contente-t-il de répondre. Ne va pas imaginer des choses qui ne sont pas. »

C'est vrai qu'il semble paniqué sur la photo, songe-t-il pourtant.

Lui, il ne l'était pas. Il se souvient de l'horreur qu'il avait ressentie en apercevant le corps dans les faisceaux des lampes torches et de la seule question qu'il avait en tête : « Est-elle toujours en vie ? » Le gendarme qui avait retiré les branchages y avait répondu. Il s'était penché sur le corps, et le geste qu'il avait fait de la main signifiait sans équivoque qu'il n'y avait plus d'espoir. Bizarrement, Antoine avait eu l'impression qu'il ne s'était adressé qu'à lui.

« Allez, relance la télé », ordonne-t-il, tant la vue de cette photo figée lui est devenue intolérable.

Le commentaire a repris. Antoine est agacé. À cause d'elle, ils ont raté les premiers mots du journaliste : *« ... de Laetitia n'occupait plus les esprits. D'autres affaires, d'autres drames étaient survenus. Les années passaient, inexorables, et seul le hasard, pensait-on encore, pourrait permettre de confondre le coupable. Le maigre espoir que l'assassin, pris de remords, se dénonce avait disparu. La cellule Laetitia avait été dissoute. Le lotissement, autrefois isolé, avait été rattrapé par la ville. Beaucoup l'avaient quitté. La vie normale avait repris son cours. Pourtant, huit ans après les faits, l'affaire connut un nouveau rebondissement, à la surprise générale. C'était en 2002. »*

Le commissaire Bouvard revient à l'image : *« Je*

n'ai jamais abdiqué, contrairement à ce que certains pouvaient penser. J'ai voulu envoyer un message fort à l'assassin de Laetitia.»

«Le commissaire, explique le journaliste, *était tombé sur un article paru dans le magazine* Le Point. *Il racontait qu'aux États-Unis une affaire avait été résolue plusieurs années après, grâce aux traces découvertes sous les ongles du cadavre d'un enfant.»*

«Les ongles sont l'unique partie du corps qui ne se désagrège pas, précise le commissaire, face à la caméra. *Les techniques d'investigation avaient beaucoup progressé et, dans l'affaire en question, les enquêteurs américains avaient découvert sous les ongles du petit garçon un groupe sanguin rare mêlé à la terre. L'enfant avait griffé son assaillant en se défendant. C'est ainsi que l'assassin avait été confondu.»*

«Le commissaire Bouvard se rendit alors en personne à Saint Louis, dans le Missouri, et il en revint avec la certitude que la partie devait être relancée. Si aucune trace d'ADN n'avait été relevée sur la scène de crime ni sur le corps de la victime, c'est parce qu'à l'époque, on ne les cherchait pas. Ou mal. Il a convaincu le juge de faire exhumer Laetitia Doussaint. La trace de l'assassin était peut-être sous ses ongles intacts.»

«Convaincre les parents de l'enfant a été très difficile. Le père surtout, étonnamment, raconte Bouvard. *Plus encore que son ex-femme, il n'y croyait plus désormais et préférait oublier, me disait-il. Je me souviens qu'à l'époque il m'a paru complètement perdu. Il ne voulait plus qu'on touche au corps de son enfant. Il a fallu plusieurs semaines de discussions pour qu'il accepte.»*

« L'exhumation a eu lieu le 28 avril 2004. Dix années après le meurtre. Aucun des deux parents n'est venu y assister. Seul leur avocat était présent. Malgré les consignes de silence, l'affaire s'était ébruitée et l'ouverture du caveau s'est faite en présence de plusieurs journalistes, tenus à distance cependant. »

À l'écran, on voit des hommes soulever le petit cercueil avec précaution et le déposer dans une fourgonnette rouge des pompiers. Bouvard est sur le côté, silencieux et immobile, se contentant d'observer. Puis il franchit le rideau de journalistes avec une froide assurance, sans s'arrêter ni répondre à leurs questions, et s'engouffre à l'arrière de sa berline noire.

« Le jour même, la presse se perd en conjectures : "L'affaire Laetitia Doussaint relancée ?", "Laetitia : les enquêteurs sur une nouvelle piste ?", "Que cherche la police ?" »

Les titres des journaux se succèdent à l'image. *« D'interrogatifs*, poursuit le présentateur, *ils deviennent affirmatifs : "Nouveaux rebondissements dans l'affaire Laetitia", "La vérité, enfin !", "Huit ans après, nouvel espoir pour Laetitia". Aucune information ne transpire sur les raisons de l'exhumation du corps, mais à nouveau, la presse investit le quartier. En quelques heures, le lotissement du Grand-Chêne se retrouve plongé dans les plus tristes heures de l'affaire Laetitia Doussaint. »*

Antoine se voit apparaître sur l'écran. Il est en train de rentrer chez lui, et refuse de répondre aux journalistes qui se pressent. Il repousse de la main ceux qui le serrent de trop près. Eugénie, au contraire, se retourne et va à la rencontre des caméras.

« Antoine, regarde : c'est moi ! » commente-t-elle simplement.

Comme si je ne m'en étais pas aperçu ! songe Antoine. *Qu'est-ce qu'elle a changé ! Elle était encore jolie à l'époque. C'est dingue ce qu'elle a vieilli !* Il pense au petit cul de Christine. *J'aurais mieux fait de rester avec elle, au lieu de ça, je suis aujourd'hui avec cette mamie !* se dit-il, omettant juste que c'est Christine qui l'a quitté.

« Pourquoi tu me regardes comme ça ? s'insurge-t-elle.

— Je te regarde pas... je regarde la télé ! » réplique-t-il, cinglant.

Vasseur ne se rappelle pas que sa femme avait parlé aux journalistes. Il l'écoute déclarer : « Nous n'avons jamais oublié la petite. J'espère que la police trouvera le coupable. Si seulement la vérité pouvait éclater ! » Puis elle se retire dans le pavillon.

« C'est tout ? Elle n'était pas très bavarde, pour une fois, madame Vasseur ! se moque-t-il.

— Que voulais-tu que je leur raconte ? Que je sais qui est le coupable ?

— Pourquoi pas ? plaisante-t-il. Tu le connais ? »

Antoine se souvient que, à peine entrée, elle s'était précipitée vers lui et avait crié : « Ce n'est pas possible que ça recommence ! » Puis elle avait demandé : « Tu sais quelque chose ? Qu'est-ce qui se passe encore ? »

Il avait répondu d'un haussement d'épaules : « Que veux-tu que je sache ? » Il s'était servi un bon verre de whisky et elle lui avait reproché de trop picoler.

« Qu'est-ce que ça peut bien te faire ? avait-il lancé.

— Un homme qui boit, ça me dégoûte. Voilà ce que ça me fait ! »

Il avait levé son verre : « Santé, chérie ! », et il l'avait vidé d'un coup. Elle le cherchait, elle allait le trouver !

Elle ne l'avait pas lâché de la soirée. Il n'a toujours pas compris pourquoi elle était revenue sans cesse sur le meurtre de la petite. Pendant des années, elle n'en avait pas parlé, ou si peu, et, ce soir-là, elle n'avait pas arrêté. À bout de nerfs, sur le point de la gifler, il lui avait balancé qu'« elle le faisait chier » et il était sorti en claquant la porte. Les journalistes traînaient encore dans le lotissement. Par chance, les images ne sont pas montrées ce soir, sinon il se serait vu en train de les injurier. Il avait menacé de les écraser s'ils ne s'écartaient pas. Personne, à part lui, ne sait qu'il s'est arrêté à hauteur du petit chemin où a été découvert le corps.

Ensuite, il avait fait la tournée des bars de Carpentras. Il était ivre lorsqu'il était revenu vers 2 heures du matin. Eugénie l'attendait et, avant qu'elle ne prononce un mot, il s'était rué sur elle à coups de poing. Il l'avait abandonnée, prostrée sur le carrelage du salon, et il était monté se coucher. Cette rouste avait eu du bon. Elle ne l'avait plus emmerdé avec cette histoire. Leur couple avait encore tenu quelques mois. Il avait commencé à coucher avec sa secrétaire. Ce n'était pas sa première maîtresse, loin de là. Antoine se vantait facilement de ses conquêtes, mais celle-là avait été plus maligne que les autres. Elle s'était fait faire un gosse. Et lorsque Eugénie l'avait quitté, Christine l'avait aussitôt remplacée. Il est vrai aussi qu'il n'avait pas envie de vivre seul. De l'affaire, la fille ne savait pas grand-chose et, franchement ça ne l'intéressait pas. Antoine ne lui a jamais dit que lui aussi avait été soupçonné et longuement interrogé. *Avec celle-là*, pense-t-il, *j'ai passé une année peinarde*. Il sourit. *Et maintenant, il faut que je me tape la vieille !*

« Les matières recueillies sous les ongles de l'enfant furent envoyées pour analyse à Saint Louis. Les résultats ne revinrent que plusieurs mois plus tard, en octobre 2004, mais ils étaient décevants. Un groupe sanguin avait été mis en évidence, mais sans certitude et en quantité trop faible pour relever l'ADN. Le groupe O+, un groupe si répandu que le résultat était difficilement exploitable par les enquêteurs, d'autant plus que c'était aussi le groupe sanguin de l'enfant. »

« Tant d'efforts pour rien ! ironise Eugénie.

— Tu vas la fermer ? se fâche Antoine.

— Pourquoi tu t'énerves ? rétorque-t-elle, minaudant presque. Il ne faut pas, voyons, il n'y a pas de raison. »

C'est le mot de trop. Il se lève subitement, le visage cramoisi, transpirant comme jamais. Elle voit qu'il ne plaisante pas. Elle pense qu'il va se jeter sur elle, et elle se recroqueville dans son coin de fauteuil, prête à recevoir des coups. Elle a l'habitude. Mais il se calme soudain, comme par miracle.

« Laisse-moi écouter, s'il te plaît », demande-t-il d'une voix sourde.

Il se rassoit en s'essuyant le front du revers de la manche. Elle ne cherche pas à savoir ce qui l'a mis dans cet état. Elle se dit qu'elle n'aurait pas dû accepter de revenir. Elle aurait mieux fait de rester loin de lui avec les enfants.

Loin de lui et de cette histoire sordide. Oublier tout ça.

« La chance n'a pas été avec nous, une fois de plus, poursuit le commissaire Bouvard. *L'ADN n'était pas exploitable et il a fallu qu'on tombe sur le groupe sanguin le plus courant. Malgré tout, nous avons fait pratiquer des prises de sang sur nos principaux suspects. Ils ont tous consenti à s'y soumettre, à l'exception de deux, qu'il a fallu contraindre à accepter en les menaçant de conséquences plus dramatiques pour eux. Je ne vous donnerai pas leurs noms, mais je peux vous dire que leur groupe sanguin est O+, justement. Bref, pour finir, tout ce travail n'a débouché que sur un espoir déçu. Cet épisode nous a néanmoins permis d'écarter cinq noms de la liste de nos suspects*, résume, légèrement navré, le commissaire Bouvard.

Tous ceux qui sont là sont O+, ajoute-t-il en désignant la pile de dossiers devant lui. *Il nous restait une dizaine de noms. Neuf exactement. L'étau se resserrait sur l'assassin, c'était déjà ça. Voilà ce que nous nous sommes dit à l'époque. »*

« Mais, dis donc, toi aussi tu es O+, s'exclame Eugénie, presque accusatrice. Si ça se trouve, tu y es, dans sa pile, au commissaire Grosse Tête. »

Contre toute attente, alors qu'il aurait pu garder le silence, il répond : « Bien sûr que j'y suis. »

Ce soir-là, à 23 h 18, Eugénie Vasseur prend conscience que son mari sait qu'il est toujours l'un des principaux suspects dans cette terrible affaire.

« C'est pas possible, souffle-t-elle. Après tout ce temps, tu sais que les policiers te soupçonnent toujours et j'ai l'impression que ça ne te fait ni chaud ni froid. Comment fais-tu ? Incroyable !

— Ferme-la », menace-t-il.

Elle n'a jamais appris qu'il a été l'un des deux à refuser la prise de sang, avant d'y être contraint. Il ne lui a jamais dit non plus que c'était une des raisons pour lesquelles Christine l'avait plaqué. Il ne voulait pas lui donner ce plaisir.

« *Malgré la pression et les interrogations que laissait peser cette prise de sang, aucun des suspects potentiels n'a craqué. Il faut le reconnaître, cet épisode ne fut qu'un soubresaut de plus dans une enquête ratée* », conclut le commentaire.

Antoine Vasseur a un mince sourire ambigu. Sourire qui n'échappe pas à sa femme. Mais elle reste silencieuse.

Ce n'est pas le moment de le chercher.

23 h 21

«Refuse. Ils n'ont pas le droit de te demander ça», lui avait intimé Estelle. Il s'en souvient comme si c'était hier. Elle était remontée comme une pendule : «Simon, tu es l'oncle de la petite, avait-elle insisté, ils n'ont pas le droit de continuer à nous empoisonner la vie.» Puis, tournant les talons et le laissant stupéfait, elle avait crié : «J'en ai marre de tout ce bordel !»

Simon Doussaint avait obéi sans regret à sa femme : il ne voulait pas de cette prise de sang.

Les flics s'étaient présentés chez lui, un jeudi matin de novembre 2004, au moment où il se préparait à partir au travail. «C'est une simple formalité, avait tenté d'expliquer l'un d'eux. Tous les gens du quartier s'y soumettent sans histoire.» Simon se souvient du plaisir qu'il avait pris à les envoyer balader et de la force avec laquelle il leur avait refermé la porte au nez. À travers la porte, ils lui avaient promis qu'ils reviendraient et qu'il serait obligé d'obtempérer. Estelle avait répondu à sa place : «Allez vous faire foutre. Fichez le camp ! Je ne veux plus vous voir chez moi !» Simon ne l'avait jamais vue si déchaînée. «Tu leur as bien cloué le bec, à ces imbéciles, l'avait-il félicitée. Qu'est-ce qu'ils ont encore inventé, avec leurs histoires de prises de sang ? On est tranquilles et il faut qu'ils reviennent nous emmerder ! » Elle avait répété, très fort, afin que les policiers l'entendent : « J'en ai plein le dos de cette histoire. Ils ne nous lâcheront donc jamais, ces cons ? » Lui était satisfait : Estelle était à ses côtés et, ça, ce n'était pas si fréquent. D'ordinaire, elle était toujours à le critiquer. Il n'était jamais assez bien à ses yeux. Mais cette fois, il avait eu l'impression qu'elle aurait été jusqu'à les gifler, s'ils avaient insisté, tellement elle était à bout de nerfs.

La frénésie qui avait suivi l'exhumation du corps de sa nièce s'était calmée rapidement. Avec les vacances, les journalistes avaient déserté le quartier, et, en septembre, la vie avait repris son cours tranquille et ordinaire. La rentrée des classes pour les gosses, le retour au boulot, les souvenirs de vacances, les nouvelles familles dans le quartier. Ces visages inconnus que l'on n'accueillait plus si chaleureusement, désormais. Les temps avaient bien changé, les nouveaux restaient des étrangers. Chacun chez soi.

Sur le moment, personne n'avait compris les raisons exactes de l'exhumation. Les journaux avaient avancé des explications fantaisistes. Rapidement, le bruit avait couru, relayé par la presse : les enquêteurs espéraient trouver les traces d'ADN de l'assassin sur le corps de l'enfant.

À l'automne, les flics étaient reparus au Grand-Chêne, provoquant la confusion dans le lotissement, le retour des journalistes et, à nouveau, beaucoup d'interrogations. Que se passait-il encore, que cherchaient-ils, avec ces prises de sang imposées à tous les hommes du quartier ?

Les policiers étaient repassés le lendemain soir chez Simon Doussaint. Après un bref instant d'hésitation, il avait accepté de les suivre. « Vous voyez, monsieur Doussaint, lui avait lancé le plus âgé, ça ne servait à rien de vous mettre en pétard. » Ils l'avaient menacé à demi-mot : « Sinon, on vous emmène au commissariat en garde à vue. »

Par chance, Estelle était absente. Simon leur avait expliqué que c'était sa femme qui l'avait poussé à refuser : « Il faut la comprendre, cette histoire lui empoisonne la vie. Elle aimait beaucoup sa nièce. Laetitia s'entendait si bien avec notre fille... Moi, je vous donne tout le sang que vous voulez ! » Simon s'était laissé conduire dans un laboratoire sans poser de question. Il avait seulement indiqué, au moment où ils lui faisaient signer le procès-verbal, qu'il était du groupe O+.

« Ce n'est pas ce qu'on cherche, monsieur Doussaint », avait précisé d'un ton ferme le vieux flic. Avant de fanfaronner : « Quand on trouvera, et on va trouver, croyez-moi, je ne vous dis pas le bruit que ça va faire ! »

Simon avait résisté à l'envie de leur demander ce qu'ils cherchaient mais il n'avait pas voulu leur faire ce plaisir. Ils scrutaient sa réaction, il l'avait bien senti. Son indifférence avait été sa carapace. De toute façon, ce flic ne dirait rien et ferait le mystérieux. Autant les snober !

Lorsque Estelle était rentrée, il ne lui avait pas dit qu'ils étaient revenus. Il n'avait pas envie qu'elle lui hurle dessus et le traite de minable.

Puis « cette énième gesticulation policière », comme

l'avait écrit *La Provence*, avait fait un flop, et il n'avait jamais eu à évoquer la venue des flics.

Soudain, Estelle lui tapote la main pour l'obliger à se tourner vers elle.

« Ne me dis pas que tu as fini par donner ton sang, fait-elle, menaçante. Tu ne t'es pas dégonflé, j'espère ?

— Bien sûr que non, tente-t-il, avec un tel manque de conviction qu'elle comprend aussitôt.

— Je t'avais dit que tu ne devais pas faire ça ! s'indigne-t-elle.

— Il a bien fallu. Les flics sont revenus avec des papiers signés par le juge, répond-il du ton le plus détaché possible. J'aurais voulu t'y voir ! Et puis, quelle importance, de toute façon, puisque ça n'a rien donné ?

— Oui, heureusement...

— Quoi, heureusement ? »

Elle le regarde d'un air ironique :

« Eh bien, heureusement que ça n'a rien donné, Simon.

— Que voulais-tu que ça donne ? » murmure-t-il d'une voix inquiète.

D'un geste, elle coupe le son de la télé. Elle le fixe, ou plutôt elle le toise, et lui jette au visage : « Décidément, tu es vraiment un minable. »

Ça y est, c'est reparti, songe-t-il, *je ne pige pas : qu'est-ce qu'elle cherche ?*

« Je comprends maintenant pourquoi tu étais si insupportable à vivre à l'époque », persifle-t-elle, avec ce ton qu'elle a quand elle est décidée à avoir le dernier mot.

Il hausse les épaules, mais elle ne lâche pas prise :

« Tu avais peur à cause de ces analyses de sang, c'est ça, hein ?

— Qu'est-ce que tu racontes ?

— Alors pourquoi prenais-tu des cachets ?

— Quels cachets ? Je n'ai jamais pris de cachets.

— Si, pour ton ulcère. Et je ne parle pas de tes trucs pour dormir !

— Tu dis n'importe quoi.

— Non, je le sais.

— Tu sais toujours tout, toi !

— Exact, je sais tout. »

Elle ajoute, presque menaçante : « Je sais beaucoup plus de choses que tu ne le penses ! »

Il n'insiste pas. Il ne veut pas que cette discussion prenne un tour irréversible. Elle est capable de l'embarquer là où il ne souhaite pas aller : des palabres interminables, dont elle aura le dernier mot. Comme toujours.

Il tente de faire diversion : « Laisse-moi plutôt écouter ce qu'ils racontent. »

Il prend la télécommande et remet le son.

Le présentateur du programme marche d'un pas lent dans les ruelles du Grand-Chêne en s'adressant à la caméra : *« Les enquêteurs étaient restés volontairement discrets sur les motifs de ces prises de sang pratiquées sur des proches de Laetitia et des habitants du lotissement. Pourtant, des informations commencèrent à filtrer dans les journaux. »* Le présentateur a en main la une du *Midi libre* et la présente à la caméra : *« L'ADN de l'assassin sous les ongles de l'enfant ? »* Le journaliste reprend : *« Le commissaire Bouvard nous l'a finalement confié à demi-mot : la police n'avait rien sur les empreintes génétiques du tueur, mais elle laissait filtrer de fausses informations dans l'espoir qu'il fasse la faute qui le trahirait.* »

Il s'arrête devant une maison aux volets clos : « *Les jours suivants, la presse locale, toujours alimentée par les enquêteurs, lâcha ainsi plusieurs noms. Tous les hommes mentionnés avaient eu affaire avec la justice par le passé dans le cadre de cette enquête, sans qu'aucune charge n'ait finalement jamais été retenue contre eux. Bien sûr, les enquêteurs, par la voix de leur chef, s'élevèrent publiquement contre "ces ragots" et "ces informations erronées et infondées", mais en réalité, en livrant des identités en pâture à l'opinion publique, le commissaire espérait une faute de l'assassin, les confidences d'un familier. Ce qui apparaît aujourd'hui comme la tentative de la dernière chance s'est soldé par un échec cuisant, sans compter que nombre de personnes innocentes ont été exposées au grand jour.* »

Simon reconnaît sur la droite de l'image le pavillon où vivait son frère. Comme il regrette la douceur de vivre qui régnait alors ! Avant tout ça. Et son ventre se tord, lui arrachant une grimace de douleur. Elle l'a vu :

« Qu'est-ce que tu as ? demande-t-elle d'un ton inquisiteur.

— Un renvoi de bile, rien de méchant. C'est déjà passé. »

Il lui sourit, s'efforçant de masquer la douleur qui le vrille.

« Tu as mal, ça se voit. Ton ulcère se réveille », dit-elle sans aménité.

Il se souvient de cet ulcère qui l'avait maltraité pendant des semaines d'affilée à l'automne 2004. Il croyait avoir réussi à le lui cacher. Ce soir, il constate que rien ne peut échapper à sa femme.

Et la douleur intolérable le tenaille de nouveau.

ELLE, 23 h 22

Le flic avait raison.

Il était persuadé que son mari pouvait craquer devant l'émission de télé s'ils s'y prenaient bien. Au début, elle avait exprimé ses doutes. Il avait tenu dix-neuf ans, et souvent dans des conditions bien pires que ce soir.

Mais le flic avait raison.

La carapace de l'assassin se fissure chaque seconde davantage.

Pour la première fois de la soirée, elle a l'absolue conviction qu'ils vont gagner face au monstre.

Elle se rappelle qu'après ces histoires de prises de sang l'enquête avait été relancée. Avec une égale intensité. Les gens du quartier étaient replongés des années en arrière. Avec ces flics qui s'étaient remis à tourner dans leurs rues, avec cette atmosphère de suspicion qui pourrissait leur quotidien, avec ces nouvelles convocations qui tombaient tour à tour chez l'un puis chez l'autre, avec ces regards en coin qu'elle sentait parfois portés sur elle. Ceux que l'on adresse, en douce, mais insistants, à l'épouse d'un homme que la justice a dans le collimateur.

Avec, à nouveau, ses doutes et ses interrogations.

C'était terrible de se sentir poussée à soupçonner, à

épier même, cet homme qui partageait sa vie, qui se comportait en bon mari, en bon père. Elle n'avait rien à lui reprocher, ils se querellaient rarement, même si, lorsque cela se produisait, leurs disputes prenaient vite un tour désagréable. Leur vie avançait gentiment, avec des projets et des enfants à élever. Des vacances, des achats, des emprunts, l'éducation des enfants, leur adolescence, leurs études. Bref, tout ce qui construit une vie commune.

Elle a traversé ces années parfois rassurée, souvent inquiète. Face à lui, elle a toujours donné le change. Ce soir, elle se surprend elle-même de pouvoir continuer à jouer ce personnage. Celui de l'épouse qui a partagé à ses côtés tant de turbulences, mais aussi de bons moments. Elle s'était toujours contrainte à le soutenir, même lorsque les hommes de Bouvard l'avaient convoqué une nouvelle fois, et que l'épouvante d'avoir à affronter la vérité l'avait fait vaciller une nuit entière. Interminable.

LUI, 23 h 23

Le reporter est toujours campé devant le pavillon où avait grandi Laetitia. *Il va prendre racine*, s'amuse-t-il, en l'écoutant parler. Encore un autre épisode dont il s'était sorti comme un chef. *Moi aussi, je suis coriace*, se rassure-t-il. Mais il ne parvient pas à se sortir de la tête ces appels incessants qui l'accusent aujourd'hui. Il a beau se dire qu'il n'y a rien contre lui, qu'il ne risque rien, des années après, il ne peut s'empêcher de penser que quelqu'un sait. Il s'oblige à se concentrer sur le commentaire.

« Malgré l'échec patent des recherches d'ADN, et bien que leur hiérarchie leur ait intimé de lever le pied, le commissaire Bouvard et ses hommes maintenaient la pression sur le quartier. Personne n'osait encore le dire ouvertement, mais beaucoup trouvaient cet entêtement inutile. "Bouvard semble faire de la résolution de l'assassinat de Laetitia Doussaint une affaire personnelle. N'est-ce pas contraire aux intérêts de l'enquête et ne risque-t-il pas de se noyer à force de nager à contre-courant ? s'interrogeait un journaliste du Midi libre, *dans un éditorial qui fit grand bruit. La cellule Laetitia, de plus en plus mise en doute, continuait l'enquête, au milieu des critiques. Des gens qui avaient déjà été interrogés, et pour certains à de nombreuses reprises, furent*

à nouveau convoqués. Des voix s'élevèrent, relayées par la presse : ce n'était plus de l'entêtement mais du harcèlement. »

« Tu entends ça, relève-t-il, c'était du harcèlement !

— Il fallait bien qu'ils s'acharnent, réplique-t-elle. Laisser courir un monstre pareil...

— Un fiasco, oui. Le monstre, comme tu dis, il est bien tranquille ce soir !

— Je n'en suis pas si sûre. »

Elle commence vraiment à l'agacer avec ses petites remarques. Il faudra mettre les choses au point avec elle quand ce programme à la con sera terminé. Il lance :

« En attendant, je vais me servir un petit whisky, moi ! »

C'était en février 2005. Ils étaient en train de dîner avec les enfants (du jambon et de la purée, il s'en souvient parfaitement) le soir où les policiers étaient venus le chercher. Sa femme était encore plus furieuse que lui : « Qu'est-ce que vous lui voulez encore, il vous a déjà tout dit. C'est de l'acharnement ! » leur avait-elle craché au visage. Sans se démonter, les flics avaient répondu qu'ils ne faisaient qu'obéir aux ordres. Patientant dans le salon, ils les avaient laissés terminer leur repas. Elle lui avait préparé un café qu'il avait bu lentement, pour retarder le moment du départ. Lorsqu'il s'était levé pour les suivre, elle l'avait retenu par le bras et lui avait soufflé à l'oreille : « Surtout, ne t'énerve pas. Ils n'attendent que ça. Reviens vite. »

Son anxiété était si palpable qu'il l'avait prise contre lui. « Il n'y a rien à craindre », avait-il murmuré.

Lui aussi, il avait peur. Si lors de sa dernière convocation, il s'était rendu au commissariat assez tranquille, sûr de lui, il avait senti cette fois que la partie s'annonçait délicate. Ce n'était pas par hasard qu'ils étaient venus le chercher chez lui, le soir et devant ses enfants. Ils voulaient l'impressionner. Et un interrogatoire de nuit est plus difficile à supporter, et les défenses plus faibles avec la fatigue de la journée et l'accumulation des heures sans sommeil. Il avait pris conscience de tout ça tandis que le conducteur démarrait en faisant crisser les pneus de la Renault. Tout juste s'ils n'avaient pas lancé leur sirène ! Par chance, il faisait nuit et personne dans le quartier n'avait remarqué leur petit manège.

Mais cette nouvelle convocation, la troisième, ne lui laissait rien présager de bon.

Pendant tout le trajet, il s'était torturé les méninges à se demander ce qu'ils avaient pu trouver de nouveau. Il savait qu'ils avaient exhumé le corps de la gamine. Il avait dû se soumettre à une prise de sang. Il avait entendu parler d'histoires de groupe sanguin et d'analyse ADN.

Dans la voiture des flics, il avait senti cette fois que le danger était réel. Petit à petit, tandis qu'ils approchaient d'Avignon, il s'était cru foutu. Il avait revu dans un flash l'image de Verdière, s'était soudain vu comme lui, contraint d'affronter la haine et le mépris de tous. Il avait pensé à ses gosses. Leur désarroi, leur honte, leur dégoût peut-être. Les flics avaient forcément trouvé de nouveaux éléments contre lui, sinon ils ne seraient pas venus le cueillir ainsi à la maison. Ils allaient lui sortir le grand jeu. Il avait beau tenter de se convaincre qu'il devait tenir bon, il commençait à s'affoler. *Nier, nier, nier !* s'était-il répété durant tout le trajet, et avec plus de force encore lorsqu'ils étaient enfin entrés dans la cour du commissariat.

Quand il était descendu de la voiture, il se sentait battu.

Ils lui avaient signifié sa garde à vue dès qu'il était entré dans le bureau de Grosse Tête, puisque c'est ainsi que tout le monde l'appelait désormais, avec une nuance d'ironie. Ils lui avaient expliqué que le placement en garde à vue était juste une formalité, qu'il était là en tant que témoin et qu'il n'avait pas d'inquiétude à avoir. Il n'en avait pas cru un mot. Pas davantage quand Grosse Tête avait demandé à ses hommes de sortir et s'était tourné vers lui d'un air presque complice pour lui dire qu'il comptait sur lui pour l'aider.

Bouvard lui avait confié qu'ils étaient dans le flou le plus complet et qu'ils reprenaient l'enquête à zéro.

« Nous revoyons tous les témoins de ce drame, lui avait-il expliqué.

— Et pourquoi me mettre en garde à vue ? avait-il demandé.

— La procédure... » s'était contenté de répondre Bouvard.

Bien sûr, avait reconnu le commissaire, ils auraient dû l'avertir avant de venir le chercher chez lui, c'était une erreur de ses services. Alors puisqu'il était là, autant commencer. Il avait précisé sur un ton très amical qu'ils ne le soupçonnaient absolument pas.

À ce moment-là, il s'était senti vraiment mal. Ils avaient des éléments contre lui et ce flic jouait au con. *Nier, nier, ne pas craquer*, se répétait-il. Il avait fait semblant de tout gober, avait accepté le café qu'on lui proposait. L'ayant avalé, il avait ouvert le feu : « Allez, maintenant, on s'y met. Plus tôt on commencera, plus vite je serai rentré chez moi. » Il n'y avait pas d'avocat à cette époque, pendant les gardes à vue. Il fallait se débrouiller seul.

D'entrée, il avait compris une chose : Bouvard allait jouer le bon flic.

Quand, ce soir, il repense à ces heures passées au commissariat, il se félicite. Il ne s'est pas mal débrouillé. *Ils auraient bien voulu me baiser, mais j'ai été meilleur qu'eux !* se flatte-t-il. Pourtant, ce n'est que longtemps après le début de l'interrogatoire qu'il avait fini par comprendre qu'ils n'avaient rien de sérieux contre lui. Les histoires d'analyse de sang et d'ADN dont ils lui farcissaient la tête, ce n'était que de la poudre aux yeux.

Revenant inlassablement sur les mêmes éléments, les policiers s'étaient succédé la nuit entière. Certains agressifs, d'autres conciliants.

Ils avaient soufflé le chaud et le froid, selon la bonne vieille méthode, lui accordant de brefs moments de repos, invariablement interrompus par un type qu'il n'avait pas encore vu jusque-là, et qui le réveillait brutalement. Il l'interrogeait sur un détail, insistait, se fâchait de ses réponses imprécises et finissait par le menacer : « Je sais que c'est toi qui as tué la petite. On a ton ADN ! » assenait-il.

« Je n'ai rien fait à la petite », répétait-il pour seule défense. Une fois, un flic s'était énervé : « Putain de salaud, tu vas me dire que c'est toi ! Regarde ! » Alors il avait étalé les photos de Laetitia sur la table et l'avait forcé à regarder son visage massacré. Il était certain que les autres l'observaient derrière la vitre sans tain, dans l'espoir qu'il finisse par craquer, à l'affût de la moindre faille. Il protestait qu'il n'avait rien fait, il s'était même mis à pleurer, cherchant à gagner un peu de répit. « Garde tes larmes pour ta bonne femme, moi ça ne m'impressionne pas... Crois-moi, j'en ai fait craquer des plus coriaces », lui avait lancé le flic avec agressivité.

« Gentil Bouvard » était revenu à ce moment. Il avait fait l'étonné, demandé pourquoi le témoin pleurait, et avait engueulé son lieutenant : « Qu'est-ce qui t'a pris ? Débarrasse le plancher, je ne veux plus te voir ! » Puis quand ils avaient été seuls à nouveau, il s'était excusé du comportement de son collègue : « C'est un jeune, lui avait-il expliqué d'une voix aimable. Ils se croient tous plus malins que les autres. Je vous promets que vous n'aurez plus affaire à lui. » Lui avait continué à pleurer, les accusations du lieutenant paraissaient l'avoir anéanti. Le commissaire semblait sincèrement désolé, il lui avait proposé du café et une cigarette. Il avait refusé, disant sur un ton suppliant : « Je préférerais qu'on en finisse au plus vite avec ce calvaire. » Il avait ajouté : « J'ai hâte de retrouver ma famille. Ils doivent être tellement inquiets, surtout mes enfants. » Bouvard, en amical confident, lui avait parlé de son fils qui allait passer le bac, de sa femme, dont il était séparé : « Vous savez, la vie de flic, c'est pas une vie pour une femme. C'est dans notre métier que l'on compte le plus grand nombre de divorces. »

Il ne s'était pas laissé avoir.

« Moi, avec ma femme, ça fera bientôt vingt ans, vingt ans de bonheur, avait-il confié, pleurant de plus belle.

— C'est beau.

— Ma famille est un cadeau du ciel.

— Vous êtes un homme heureux, alors ? »

Puis, sur un ton égal, Bouvard lui avait posé une question inattendue : « Vous aimiez bien cette petite, non ? Vous voulez que son assassin soit démasqué ? » Il avait essuyé ses larmes avec le mouchoir en papier que le commissaire lui avait tendu et il avait répondu avec sincérité, ne cachant aucune des zones d'ombre : « Bien sûr, commissaire. Tout le monde aimait Laetitia. Elle était si mignonne. Elle venait souvent à la maison jouer avec mes enfants. Elle adorait jardiner avec moi. Elle avait la main verte, cette gamine. Mieux que mes gosses... Ah ça, oui, il faut que le salaud qui l'a tué paie ! » À nouveau, il s'était effondré en larmes, avant d'ajouter : « Mais c'est si loin, je voudrais oublier tout ça. Ce drame affreux nous a tellement marqués. »

Enfin, s'essuyant les yeux, il avait renchéri : « Je comprends que vous ne voulez rien laisser au hasard. J'ai envie autant que vous que le coupable soit démasqué. Mais je ne peux pas avouer un crime horrible dont je suis innocent.

— Personne ne vous accuse », l'avait rassuré Bouvard du même ton patelin.

Un de ses hommes les avait alors rejoints dans la salle d'interrogatoire et avait tendu un dossier rose à Bouvard. Le commissaire avait chaussé ses lunettes et l'avait parcouru en prenant tout son temps. Après avoir refermé le dossier, il avait posé une main sur la sienne et, comme s'il s'excusait, avait annoncé : « Malheureusement, il y a l'ADN que nous avons analysé grâce aux fragments trouvés sous les ongles de la petite. C'est le vôtre. »

Chaque fois qu'il y repense, il sait que c'est à cet instant précis de l'interrogatoire que tout s'est joué.

Après des heures éprouvantes, il était fatigué et ses défenses émoussées. Le commissaire avait alors abattu sa carte maîtresse, espérant qu'il allait tout déballer, confronté à l'évidence.

Il lui arrive encore de se demander comment il n'a pas craqué, tant la pression était forte. Une sorte de réflexe, un instinct de survie.

« C'est impossible. Je ne suis pas l'assassin de cette pauvre enfant. »

Voilà ce qu'il avait dit. Puis, jouant son va-tout, il avait demandé à voir le dossier. Bouvard avait refusé, s'abritant derrière le secret de l'instruction, et il avait rendu le dossier à son lieutenant.

Il avait saisi la lueur de défaite dans leurs yeux.

Il avait compris. Ce dossier était un faux et leur tentative avait échoué.

La garde à vue était loin d'être terminée, mais il savait à présent qu'il allait gagner.

Alors, poussant son avantage, il avait pleurniché, il avait réclamé de rentrer chez lui, avait juré de son innocence sur la tête de ses gosses.

Et Grosse Tête avait répété, posant la main sur son épaule : « Personne ne vous accuse. Reprenez tranquillement vos esprits. Nous en avons presque terminé. Je reviendrai tout à l'heure pour vous poser deux ou trois questions. Et nous en aurons fini. Ensuite, vous pourrez rentrer chez vous. »

Ils l'avaient laissé seul plus d'une heure. Il savait qu'ils étaient là, derrière la vitre, à l'observer et à le jauger. À se dire qu'il ne craquerait pas. À se demander s'il restait une chance d'obtenir ses aveux. À tenter d'élaborer un dernier plan... Il n'avait rien laissé paraître, était resté calme, rasséréné, laissant transpirer un brin d'impatience et d'inquiétude, bien légitimes. Et quelques sanglots, encore.

Chaque seconde passée était un pas vers la victoire.

Il les avait entendus revenir, avait levé vers eux ses yeux encore humides. Ils étaient trois, des « gentils », qui lui avaient encore proposé du café. Cette fois, il avait refusé. « Je préfère qu'on en finisse vite », et pour la première fois depuis son arrivée il avait élevé la voix, s'indignant, disant qu'il ne comprenait pas ce qu'ils avaient contre lui. Pourquoi s'acharnaient-ils ainsi ? Il n'avait rien fait de mal, et il pourrait porter plainte pour harcèlement. Il avait bien joué, et sa sortie les avait un peu refroidis. Grosse Tête, qui n'était jamais loin, de toute évidence, s'était senti obligé d'intervenir et les avait rejoints dans la pièce :

« Allez, calmons-nous. Nous allons tout reprendre depuis le début, juste pour la forme. Vos souvenirs de cette journée sont importants. Le moindre détail peut s'avérer capital. C'est pour cela que mes hommes vous ont un peu asticoté.

— Un peu, beaucoup, vous voulez dire, commissaire ! » avait-il protesté.

Le commissaire avait tapé sur son épaule : « Allez, c'est une dernière formalité pour préciser les choses une fois pour toutes. Après, vous pourrez partir. Promis. »

Ils procédaient de même avec tous les gens présents ce jour-là, avait-il ajouté, car le moindre détail pouvait se révéler essentiel. « Vous n'avez rien à craindre, vous êtes là en tant que témoin, non comme suspect, bien sûr que non. » Ses deux acolytes avaient approuvé de la tête.

« Merci, commissaire », s'était-il contenté de répondre.

Il avait compris qu'il devrait rester vigilant jusqu'à la dernière seconde. Mais les ficelles étaient trop grossières pour qu'il tombe dans le filet.

Ensuite, Bouvard avait été le seul à parler. L'un tapait la déposition et l'autre se bornait à écouter en hochant la tête à chacune de ses déclarations, comme s'il approuvait. Ce dernier interrogatoire avait duré deux heures, précis et implacable. Il avait vu venir tous les pièges et les avait tous évités. Il s'était montré aussi sincère et exact que possible, autant que ses souvenirs le permettaient. « Bien sûr », répétait Bouvard.

Et il avait senti l'instant précis où ils avaient admis qu'ils n'obtiendraient rien et où ils avaient renoncé. Vaincus.

« Les choses sont claires, désormais », avait conclu d'un coup le commissaire. Avec un calme imperturbable, il lui avait signifié que sa garde à vue était terminée. Il était 6 heures et demie du matin.

Et il l'avait remercié pour sa collaboration. L'enfoiré.

Il avait signé sa déclaration en affirmant qu'il était soulagé. « Quand on n'a rien à se reprocher... » Il avait accepté une cigarette : « Il ne faudra pas le dire à ma femme. Elle voudrait que j'arrête », avait-il plaisanté. Personne n'avait relevé. Le flic qui n'avait pas prononcé un mot lui avait tendu ses lacets et sa veste.

« Il faudra rester à notre disposition, avait-il dit pour conclure.

— C'est la procédure », avait précisé Bouvard.

Mais cela ressemblait à un avertissement à peine voilé : il avait gagné cette fois encore, mais il ne fallait pas qu'il se réjouisse trop vite.

« Vous pouvez compter sur moi, si je peux être utile... » Ajoutant : « J'espère de tout cœur que vous allez coffrer ce fumier. »

Il avait demandé à appeler sa femme pour la rassurer et avait exigé qu'on le reconduise à Carpentras. Il avait fallu qu'il lui répète à deux reprises qu'il était libre pour qu'elle le croie. « Je n'ai pas dormi de la nuit », lui avait-elle dit. Il lui avait annoncé qu'il allait se rendre directement au boulot.

Elle avait déjà raccroché quand il lui avait demandé d'embrasser ses gosses.

ELLE, 23 h 24

Un après-midi au café de France, il y a trois ou quatre semaines, le commissaire Bouvard avait posé devant elle la déposition de son mari. Il avait commandé un café pour elle et l'avait laissée seule face aux sept pages tapées à la machine.

Elle n'avait pas pu terminer la lecture. Son dégoût avait été si puissant qu'elle avait couru vomir aux toilettes.

Lorsqu'il était revenu, une demi-heure plus tard, il l'avait trouvée hébétée, en larmes. Il lui avait pris les mains et avait seulement dit : « Il est fort. Vraiment.

— Nous n'y arriverons pas.

— Nous y arriverons. Il faudra simplement être plus fort que lui.

— Vous l'avez gardé une nuit entière, et vous n'êtes parvenu à rien.

— C'est lui le coupable, madame. J'en ai l'intime et totale conviction depuis cette nuit-là.

— Je sais qu'il est coupable, vous n'avez pas besoin de me le répéter. Mais quand je vois cette déposition, la façon dont il s'en sort... Vous vous trompez, commissaire, il va encore s'en tirer. »

Il l'avait forcée à relever la tête et il avait redit

cette phrase si souvent entendue : « Ensemble, nous l'aurons. »

Il s'était assis à côté d'elle. Il avait sorti un stylo rouge et avait repris la lecture des feuillets, ligne par ligne, soulignant les points litigieux, sans prononcer un mot. Enfin, il avait rangé le document dans son cartable.

« Qu'en pensez-vous ?

— C'est saisissant.

— Je vous l'ai dit. Tout est là.

— Mais pourquoi vous ne l'avez pas arrêté avant ?

— Parce qu'une intime conviction ne suffit pas. Le juge a déjà refusé de me suivre par le passé, là, c'est la même chose. Il veut des preuves. Je n'ai pas réussi à les trouver. Pourtant, vous le savez bien, j'ai tout tenté. Nous avons suivi d'autres pistes, ouvert d'autres dossiers. Le nom de votre mari revenait sans cesse. Voilà l'histoire... Et voilà aussi pourquoi j'ai absolument besoin de vous. Cette émission sera notre dernière chance.

— Vous pouvez compter sur moi, commissaire.

— Je le sais. »

Jamais leur détermination commune n'avait été aussi forte. À nouveau, il avait pris ses mains et les avait serrées avec force. Puis il s'était levé, la laissant là.

Elle n'avait pas quitté tout de suite le café de France, comme elle le faisait d'ordinaire. Elle avait commandé une menthe à l'eau qu'elle avait sirotée à petites gorgées, passant en revue les événements des dernières semaines depuis sa première rencontre avec le commissaire. Elle s'était souvenue de ce qu'il lui avait dit lorsqu'elle lui avait montré le butin trouvé sous le tiroir de l'établi : « Les pervers conservent leurs trophées à portée de main. Ils ne s'en séparent jamais. »

C'est alors qu'elle avait repensé à la culotte de la petite fille.

Il n'avait pas pu la jeter. Il conservait forcément son trophée dans un endroit bien à lui, où personne ne s'aventurait. *Il faut que je trouve*, s'était-elle dit. *Alors je le tiendrai.*

Elle était rentrée en toute hâte, pour se mettre en quête avant qu'il ne revienne.

Elle avait commencé par le garage, son territoire. Elle avait fouillé les moindres recoins, sans rien laisser au hasard, pendant plus d'une heure, en vain. Rien. Les jours suivants, elle avait continué à fureter, des heures et des heures. Sans négliger un seul espace. Sans renoncer, sûre de ne pas se tromper.

Et soudain, avant-hier, les paroles du commissaire lui étaient revenues : « Les pervers cachent leurs trophées dans un endroit bien à eux où personne ne s'aventure. »

Et elle l'avait trouvée. Soigneusement pliée, dans un sachet transparent. Jamais elle n'aurait imaginé qu'il la dissimule là.

Ce soir, assise à côté de lui, elle se demande pourquoi elle n'a toujours pas pu se résoudre à faire part de sa découverte au commissaire. Pourquoi a-t-elle décidé de garder cette victoire pour elle seule ?

Ils se sont vus hier, pour la dernière fois. Le commissaire l'a félicitée pour sa détermination : « Je suis sûr de notre réussite. Et vous en êtes encore plus sûre que moi. Tout va bien se passer, vous verrez. Nous allons l'avoir. Ensemble ! »

Non, se dit-elle maintenant. *C'est moi qui vais l'avoir. Moi, toute seule*.

23 h 25

« Exclusif : l'enquête sur l'assassinat de Laetitia relancée ».

Le présentateur, toujours immobile devant le pavillon aux volets clos, montre à la caméra un exemplaire du journal *La Provence* : *« Cette une est datée du 12 avril 2005. En page intérieure, le journal expliquait que, selon une source anonyme proche des enquêteurs, les investigations menées depuis plusieurs mois à la suite de l'exhumation de la petite Laetitia avaient finalement débouché sur des résultats sérieux. Fait incroyable, il livrait en pâture une liste d'une dizaine de suspects. Certes, les noms étaient cités au conditionnel, mais le mal était fait. On imagine facilement à quel point, ici, la divulgation de ces noms fit l'effet d'une bombe. »*

Le journaliste fait quelques pas avant de reprendre sur le ton de la confidence : *« Il fut révélé bien plus tard que cette fuite avait été organisée par les enquêteurs, en accord avec le juge d'instruction. Cela nous a été confirmé par le commissaire Bouvard, qui nous a expliqué qu'il voulait ainsi relancer une enquête toujours au point mort. »*

Le commissaire apparaît à l'écran : *« J'assume*, dit-il. *Nous avons donné un bon coup de pied dans la fourmilière, quitte à faire quelques dégâts. Il fallait maintenir la pression et c'est moi, je l'assume, qui ai organisé cette fuite avec, je tiens à le préciser, l'accord des autorités judiciaires. Car, j'étais, nous étions convaincus que le coupable figurait dans cette liste. Nous avions même de sérieuses présomptions sur une personne en particulier.»* Le commissaire Bouvard s'interrompt un instant, regarde fixement l'objectif et ajoute avec détermination : *«Je ne vous révélerai pas son nom mais, ces doutes, je les ai toujours aujourd'hui. Cependant, je le reconnais, nous avons échoué une nouvelle fois. Aujourd'hui, j'espère seulement que l'assassin a tremblé en découvrant son nom.»*

«Quel salaud !» rugit Éric Bidault.

La révélation que la fuite avait été montée de toutes pièces le met hors de lui. Il éructe, répète :

«L'ordure, le salaud !

— Ne t'énerve pas, lui conseille Annie. Ça ne sert plus à rien désormais. Il a probablement cru bien faire, ce commissaire.

— Tu as la mémoire courte, Annie. Tu ne te rappelles pas à quel point ça t'a fait chialer cette histoire.

— C'est du passé...

— Je n'ai pas oublié, MOI !

— Moi non plus, crois-moi», murmure-t-elle, comme pour elle seule.

Le nom d'Éric Bidault figurait bien sûr dans la liste, parmi ceux des anciens copains du Grand-Chêne. Celui de Lemoual, de Vasseur et même de Simon Doussaint. Pour les deux premiers, il n'avait pas été étonné, mais, en ce qui concernait l'oncle de la petite, il n'avait jamais imaginé qu'il était toujours dans le collimateur des flics. Mais, après tout, il n'y avait pas de raison... En y réfléchissant, Doussaint était un gars bizarre, mal dans sa peau et jaloux de son frère, « le chef », comme on l'appelait dans la famille Doussaint.

Le journaliste reprend : « *Les réactions qui suivirent cette divulgation furent si virulentes, les personnes mentionnées faisant appel à des avocats pour porter plainte, que le parquet dut publier deux jours plus tard un communiqué de démenti sans équivoque.* »

Il le montre à la caméra et lit : « *Des informations parues dans le journal* La Provence *révélaient que des progrès substantiels auraient été obtenus dans l'enquête sur l'assassinat en 1994 de Laetitia Doussaint et livraient une liste de personnes soupçonnées. Le parquet, l'instruction et la police judiciaire entendent apporter un démenti formel à ces allégations. À ce jour, aucun résultat nouveau n'est intervenu dans cette enquête qui doit se poursuivre loin du tumulte, dans la sérénité. Ce qui a été publié dans ce journal relève de la malveillance et le parquet poursuivra quiconque s'en fera l'écho.* »

« *Par crainte de poursuites, le quotidien* La Provence *céda trois jours plus tard sous forme d'un communiqué à la une comme l'avaient exigé les plaignants. Les autres journaux qui avaient relayé les accusations se sont contentés de l'information et publièrent ce communiqué en page intérieure sans commentaire* », enchaîne le présentateur, répétant d'un ton grave : *Mais le mal était fait. Même si cette dernière tentative un peu désespérée des enquêteurs avait fait chou blanc, des rumeurs insidieuses se remirent à circuler dans la ville, soudain replongée une dizaine d'années en arrière, laissant derrière elles des relents quelque peu nauséabonds. »*

Éric se souvient des ravages suscités par cette publication, chez lui, dans le quartier, partout. Sa femme pleurait du matin au soir. Les enfants avaient été bousculés à l'école. Il avait dû menacer le directeur du lycée pour qu'il intervienne.

Et bien sûr, au travail, Desjoyaux ne l'avait pas raté.

Éric l'avait surpris à la pause de 8 heures devant la machine à café, prenant les autres à témoin, le journal vieux de trois jours à la main : « Qu'est-ce que je vous avais dit ? » triomphait-il. Éric ne s'était pas dégonflé. Il s'était approché du groupe et il s'était adressé au contremaître : « Arrête de raconter des conneries dans mon dos. OK, je l'ai lu comme toi ; il y a mon nom dans ce journal de merde. J'ai fait partie des gars dont on a analysé le sang, et alors ? On a été très nombreux dans ce cas ! Ça ne prouve qu'une seule chose : que je n'ai rien à cacher. » Il avait pointé son index sur la poitrine de Desjoyaux : « Tiens-toi-le pour dit, chef. » Puis il était reparti vers son transpalette, indifférent aux ricanements du contremaître qui cherchait à se redonner une contenance face aux autres.

Desjoyaux ne l'avait pas lâché toutes ces années, et ce n'était pas maintenant qu'il allait abandonner, avec le nom de son souffre-douleur étalé dans la presse. Il était à six mois de la retraite et, jusqu'à son départ, il ne comptait pas laisser un instant de répit à Bidault. Plus l'échéance se rapprochait, plus il s'acharnait, comme si c'était sa dernière chance de le coincer. Il était de plus en plus direct dans ses attaques, jusqu'à le menacer de le « donner aux flics », jusqu'à lui dire un jour :

« Je vais suggérer au père de la gamine de te foutre une balle entre les deux yeux. Les fumiers, c'est tout ce que ça mérite !

— Le père ? Il a disparu de la circulation ! avait répliqué Éric avec un ricanement.

— Je le retrouverai ! Et il te fera la peau ! »

Éric aurait pu se plaindre auprès de la direction de ce harcèlement quasi quotidien et il aurait eu gain de cause. Mais il avait préféré n'en rien faire, et invariablement, avec une constance exemplaire, il avait répondu à l'acharnement de son chef par des sourires et des remarques ironiques, qui le mettaient en rogne. Et plus Desjoyaux perdait les pédales, plus Éric jubilait.

« Tu vas me manquer, chef, lui avait-il finalement soufflé, le jour de son pot de départ, où il s'était invité.

— Ne te réjouis pas trop vite, l'assassin. Tu n'as pas fini de m'avoir sur le dos.

— Bonne chance, chef ! » avait répliqué Bidault, en hochant la tête d'un air si désolé qu'il avait mis Desjoyaux hors de lui.

Le tirant à l'écart, ce dernier avait sifflé, le visage rouge de colère :

« J'aurai ta peau, Bidault !

— Faut pas t'énerver à ton âge, chef. C'est mauvais pour le cœur et tu ne vas pas profiter longtemps de ta retraite...

— J'aurai ta peau, avait-il répété. Fumier !

— Qui est un fumier ? Moi ? Ça se saurait ! Le fumier, c'est celui qui a massacré la gamine, chef, ne confonds pas.

— C'est toi, je le sais parfaitement. Et tu le sais aussi ! »

De fait, même après être parti en retraite, Desjoyaux continua, des mois durant, à venir l'attendre à la sortie de l'usine, juste pour lui faire signe qu'il l'avait à l'œil. Parfois, il le rejoignait au moment où il montait dans sa voiture, et recommençait ses insultes. Éric y répondait par son éternel sourire, le traitait de « vieux taré », s'étonnait qu'il ne soit « pas encore dans la tombe », lui disait qu'il devait se ménager et lui promettait de se rendre à son enterrement.

Toutefois, l'obstination de Desjoyaux finit par rendre Éric méfiant. Il apprit que Desjoyaux était allé voir plusieurs fois les enquêteurs et qu'il copinait avec Bouvard. À deux reprises, il les aperçut ensemble au café de France. Bidault en était certain : ces deux-là complotaient contre lui. Il était clair que Desjoyaux avait ses entrées au commissariat et accès à certains éléments de l'enquête : il s'était mis à faire des sous-entendus à propos de choses qu'il n'aurait pu connaître autrement. Le contremaître venait moins souvent, mais était plus précis dans ses allusions et ses attaques. « Tu as avoué une fois, lui lançait-il. Ce que j'ai lu est sans appel. C'est toi qui as fait le coup et les flics le savent. Ils t'ont à l'œil, ne te fais aucune illusion... »

Au bout de quelque temps, Éric n'eut plus envie de jouer. Il se rendit au commissariat pour déposer plainte contre Desjoyaux. Ayant demandé à parler à Bouvard, il dut patienter deux heures avant que le commissaire n'accepte de le recevoir. Faisant mine d'ignorer la connivence qu'il avait constatée entre les deux hommes, il se plaignit du harcèlement dont il était victime. « Ce vieux timbré ne sait pas comment s'occuper pendant sa retraite, il n'a rien d'autre à faire que de pourrir ma vie et celle de ma famille. » Bouvard lui assura qu'il allait convoquer « ce... comment dites-vous ? Desjoyaux, c'est bien cela ? »... Éric lui donna l'adresse de son ancien chef, tout en se montrant magnanime : « Je ne lui veux aucun mal. Je crois qu'il est malade. Si vous pouviez lui faire un peu peur pour qu'il arrête de m'empoisonner l'existence, ça serait parfait. » Tandis que Bouvard renouvelait sa promesse de s'en occuper, Éric le remercia : « Je compte sur votre pouvoir de persuasion », avant de demander au commissaire où en était l'enquête au sujet de Laetitia. « C'est long, mais nous avançons, j'ai bon espoir, répondit Bouvard sobrement.

— Je croise les doigts », répliqua Éric. Il n'était pas dupe : il savait que Bouvard ne l'avait pas écarté de la liste des suspects. Éric avait bien vu qu'il semblait embarrassé par sa visite inopinée, et il s'était demandé si le commissaire ne s'était pas servi de Desjoyaux pour le tester et tenter de le faire craquer. À ce moment, il s'était senti si sûr de lui qu'il osa poser la question : « Vous me soupçonnez toujours commissaire ?

— Bien sûr que non, avait protesté Bouvard avec un superbe aplomb. Vous êtes définitivement hors de cause, monsieur Bidault. »

Il avait même eu le culot d'ajouter que cette histoire lui avait causé suffisamment de torts et qu'il allait s'occuper en personne de ce Desjoyaux. Éric était convaincu de tout autre chose : ce tordu de flic était dans la panade, et il n'hésiterait pas à utiliser tous les moyens, même les plus déloyaux. Ce type était vraiment dangereux. Quand il quitta le commissariat,

Bidault avait compris que Bouvard n'abandonnerait pas. Cette affaire l'obsédait. Et, surtout, il avait compris que le commissaire le soupçonnait vraiment.

Et quand le tour de sa femme était venu, il s'était demandé si ce n'était pas Desjoyaux lui-même qui avait donné l'idée à « Grosse Tête » de convoquer Annie.

Éric se concentre sur l'émission :

« L'épisode des prises de sang n'apparut bientôt plus que comme une péripétie supplémentaire dans la recherche infructueuse que menaient les policiers depuis des années. Petit à petit, le tumulte suscité par l'article paru dans La Provence *se calma, même s'il laissa des cicatrices. Trois juges s'étaient succédé à la tête de l'instruction et l'enquête s'enlisait, faute d'éléments nouveaux. Seul le commissaire Bouvard semblait y croire encore. Voici ce qu'il déclarait le 14 mars 2005 à nos confrères de France 3, à l'occasion du onzième anniversaire de l'assassinat de l'enfant. »* En bas, à gauche de l'image, apparaît l'inscription : « Document France 3 ». Bouvard porte un costume sombre. Déjà, il paraît vieilli. Il n'a pourtant que 48 ans. À ses côtés, le juge Matthieu, tout juste sorti de l'École de la magistrature et qui vient de succéder à Peltier. Rien qu'à le voir, on sent son ambition de marquer son passage au tribunal d'Avignon. Il acquiesce d'un mouvement de tête en écoutant le commissaire réaffirmer sa détermination à trouver le coupable, ajoutant : *« Aujourd'hui, je pense aux parents de Laetitia. Je refuse qu'ils puissent croire que celui qui a massacré leur enfant reste impuni. Je leur dis avec fermeté qu'ils ne doivent*

pas désespérer. Ils doivent savoir que nous n'avons pas abandonné et que nous n'abandonnerons jamais. Le monstre qui a commis ce crime sera tôt ou tard arrêté. Je leur fais ce serment.»

«Avec ce sinistre anniversaire, avec la venue d'un nouveau juge, poursuit le commentaire, *l'enquête semblait prendre une fois de plus un nouvel essor. Malgré tout, bien peu, à l'époque, crurent aux paroles du commissaire Bouvard. Le lendemain,* Le Parisien *titrait sur "le fol espoir des enquêteurs". Sur deux pages, dans une implacable démonstration, le quotidien de la capitale revenait en détail sur dix ans d'échecs et de ratages policiers, dont, à mots à peine couverts, il rendait responsable le commissaire Bouvard.»*

«Je sais, admet le commissaire, interrogé des années plus tard dans son bureau, sous la photo du président Hollande, *que mes paroles ont alors paru présomptueuses. Cependant, en parfaite entente avec le juge Matthieu, nous abattions une nouvelle carte. Je vous rappelle que nous avions une dizaine de suspects potentiels. Et moi, je gardais mon idée quant au coupable. Le juge, qui avait longuement étudié l'ensemble des dossiers, partageait ma conviction : le coupable était l'un d'eux et il fallait se concentrer dessus. Nous avons donc décidé de convoquer leurs épouses. À défaut de parvenir à faire craquer les hommes, leurs femmes auraient peut-être des choses à nous révéler. Il était impossible qu'aucune n'ait rien vu, rien soupçonné. Pour être honnête, je me demande encore comment nous avions pu négliger cette piste jusque-là. Ces nouvelles investigations ont duré jusqu'à l'été et elles ont porté*

leurs fruits. Nous sommes parvenus à réduire notre liste de suspects à quelques noms seulement. »

Éric sait qu'il en faisait partie.

Il se souvient aussi de cette fin d'après-midi de mai où il était allé chercher sa femme à sa sortie du commissariat. Il aurait voulu savoir ce qui s'était passé, mais durant tout le trajet elle avait sangloté, et il n'avait pas insisté. Lorsqu'ils étaient arrivés devant leur pavillon, elle avait finalement dit : « Les policiers croient que c'est toi, Éric.

— Tu sais bien que c'est faux, avait-il protesté.

— Bien sûr, avait-elle murmuré.

— Tu leur as dit, j'espère !

— Évidemment. »

Elle s'était blottie dans ses bras, et ses pleurs s'étaient apaisés. Éric avait vu son expression résolue, tandis qu'elle regardait leurs enfants sortis sur le porche.

Il se souvient de ce moment lointain comme si c'était hier. Il se souvient aussi que, après l'avoir libérée de son étreinte, il s'était demandé s'il l'avait vraiment convaincue.

Prisonnier de ses pensées, il n'a pas entendu le téléphone sonner.

« Réponds », ordonne Annie en lui tendant le combiné.

Il obéit. Il n'a pas le choix.

ELLE, 23 h 26

«Pauvre type, tu n'as rien d'autre à foutre que de m'emmerder ?» attaque son mari en raccrochant violemment.

Cette fois, il ne l'a même pas laissé parler.

Il est vraiment coriace, s'inquiète-t-elle. *Le commissaire se heurte à un mur.* Elle se demande dans quel état d'esprit est son allié. Abattu ? Ou toujours aussi combatif ? *Combatif, c'est sûr. Bouvard n'est pas homme à s'avouer vaincu.*

Malgré elle, elle ne peut s'empêcher de craindre qu'il n'arrive à rien ce soir, face à ce monstre froid et calculateur.

Pourtant, elle a compris depuis le début que Bouvard est le seul qui pourrait parvenir à ses fins. Elle avait déjà senti sa volonté de ne jamais capituler, sa détermination le jour où elle avait été convoquée au commissariat.

C'est à ce souvenir vieux de presque dix ans qu'elle s'accroche.

C'est Bouvard en personne qui l'avait reçue. D'abord, il l'avait rassurée : elle n'avait rien à redouter, il n'avait rien contre son mari et il la recevait comme d'autres femmes du quartier.

Elle s'était laissé convaincre et s'était même sentie

en confiance, face à cet homme amical et à l'écoute. Puis, longuement, patiemment, il l'avait amenée à parler.

Lorsqu'elle était sortie du commissariat, quatre heures plus tard, elle avait eu le sentiment de n'avoir rien dit d'important. L'homme ne l'avait pas impressionnée. Elle se souvient même d'avoir dit à son mari qu'elle n'était pas étonnée que l'enquête n'avance pas plus.

Pourtant, il y a une quinzaine de jours, au café de France, il lui avait confié : « Ce que vous m'avez raconté ce jour-là a renforcé la conviction que je m'étais forgée lorsque j'ai entendu votre mari. »

Elle s'en était étonnée.

« Oui, j'avais eu l'intuition, alors que vous l'aviez défendu sans faiblir, que vous saviez déjà que c'était lui.

— Je l'ignorais, avait-elle protesté.

— Je ne crois pas. Au fond de vous, vous le saviez. Mais, à l'époque, vous n'étiez pas encore prête à affronter la vérité. »

23 h 27

Le reportage approche de sa fin. Antoine Vasseur le sent, il regarde sa montre. Combien reste-t-il ? s'agace-t-il. Quatre ou cinq minutes ? Au final, tout ça l'a bien ennuyé.

« C'est du vent agité par les journalistes, pour remuer la merde », peste-t-il.

Ils ne leur ficheront donc jamais la paix, ces charognards ? Voilà à quoi pense, à 23 h 25, Antoine Vasseur, tandis que le présentateur égrène : *« Les rendez-vous ratés de l'affaire Laetitia Doussaint avec la vérité.* »

« Oui, c'est aberrant. Ils ont été nuls, approuve Eugénie. Mais je crois que ce commissaire a raison. Ils vont finir par démasquer l'assassin.

— Tu divagues complètement. Encore une fois, c'est bien trop tard. Il n'y a que les imbéciles pour y croire encore. C'est fini !

— Tu verras... »

C'est plus fort qu'elle : il faut toujours qu'elle l'ouvre. Ça ne lui a pas suffi que je me sois mis en rogne, tout à l'heure ! songe-t-il.

« En tout cas, c'est vraiment chiant, cette émission. » Il ne peut pas se résoudre à lui laisser le dernier mot.

« Ah non, je ne suis pas d'accord ! proteste-t-elle. C'est vraiment bien fait.

— C'est nul, rien de neuf sous le soleil de Carpentras. J'espère que c'est bientôt fini.

— Apparemment, les flics n'ont pas renoncé, en tout cas. Il est têtu, ce commissaire.

— C'est de l'histoire ancienne, je te dis.

— Quand même... Ça réveille tant de souvenirs. C'est presque fascinant, je t'assure.

— Je ne vois pas ce qu'il y a de fascinant là-dedans, tranche-t-il. Nous habitions le quartier et j'ai participé aux recherches pendant toute la nuit. J'étais avec ceux qui ont retrouvé la petite. Crois-moi, ce sont des souvenirs qu'on préfère oublier. Pour moi, l'histoire s'arrête là.

— Tu ne peux pas dire ça, on la connaissait bien, la petite.

— Pas tant que ça.

— Tu plaisantes ? Elle était tout le temps fourrée à la maison !

— Je ne m'en souviens pas... »

Mais il s'en souvient parfaitement. Elle était mignonne, quand elle venait jouer à la maison, ou qu'il la croisait dans les allées du lotissement, sur son petit vélo. Mais bien sûr, il ne va pas lui dire ça, elle poserait encore ses questions à la con.

Mais elle insiste, sans agressivité, seulement comme elle l'est souvent avec lui, un peu naïve et surtout curieuse :

« Quand même, tu te rappelles que tu as été interrogé par la police ?

— Tout le monde a défilé au commissariat. Moi comme les autres. »

Il s'interrompt, la regarde fixement et ajoute, hostile :

« Toi aussi, d'ailleurs, tu es allée papoter chez les flics. Est-ce que ça a servi à quelque chose ? Des clous ! » Il triomphe : « L'assassin peut pioncer tranquillement !

— Et ça te fait sourire ?

— Ouais, rigoler même ! Qu'est-ce que tu as, à fouiner, là ? »

À la brutalité de son ton, elle comprend qu'elle doit se méfier. Mais la curiosité est plus forte, elle brûle de lui demander s'il pense qu'il est toujours soupçonné.

« Comment se fait-il qu'ils ne soient arrivés à rien ? poursuit-elle. Tu réalises, Antoine, que l'assassin est en liberté ? Moi, je n'arrive pas à m'y faire... Si ça se trouve, il est en train de regarder la télé, bien tranquille chez lui, avec sa femme et ses gosses. C'est dingue, non ?

— Pour être dingue, c'est dingue. J'aurais été content qu'on arrête ce fumier.

— Tu penses qu'il regrette ? Je me demande comment on peut vivre en ayant fait une chose pareille.

— Qu'est-ce que tu veux que j'en sache ? Ces types-là, ils ne pensent pas comme nous... »

Il est temps de calmer le jeu. « Approche », murmure-t-il. Eugénie s'exécute et il dépose un baiser rapide au coin de sa bouche. Elle ne lui donne pas envie d'en faire plus... Il pense au cul de Christine...

« C'est vrai que moi aussi j'ai été interrogée par la police. Je ne pensais pas que tu t'en souvenais. »

Il s'en souvient. Parfaitement.

Eugénie avait été convoquée le 3 juin 2005. C'était un vendredi. Il était en déplacement professionnel pour la semaine, à Toulouse et dans le Gers. La semaine la plus longue de sa vie. Ce sont les enfants qui l'avaient alerté. Ils avaient appelé à sept heures du soir : ils étaient inquiets parce que « maman n'était pas encore rentrée ». Pamela avait ajouté qu'ils regardaient la télé et qu'ils commençaient à se faire du souci. Antoine avait réalisé en l'entendant au téléphone que, à son âge, elle parlait encore comme un bébé. Son bébé chéri.

« Et tu ne sais pas où est maman ? » avait-il demandé.

Non, Pamela ne savait pas où était maman.

« Elle ne va pas tarder, les avait-il rassurés. Occupe-toi bien de ton frère et surtout dis à ta mère de me téléphoner quand elle rentrera.

— Oui, papa. »

Il n'avait pu s'empêcher d'ajouter avant de raccrocher : « Ta mère exagère, quand même. »

Pamela avait rappelé une dizaine de minutes plus tard :

« J'ai eu maman !

— Elle est où ?

— Avec les policiers.

— Avec les policiers ? C'est quoi cette histoire ?

— Maman a dit qu'elle allait rentrer bientôt et qu'on ne doit pas s'inquiéter. »

Antoine avait téléphoné un quart d'heure plus tard, puis toutes les cinq minutes. Enfin, un peu après 20 heures, c'est Eugénie qui avait répondu. Elle venait juste d'arriver et avait besoin de prendre « une bonne douche », lui avait-elle dit. « Je te rappelle après », lui avait-elle promis. Mais c'est lui qui l'avait fait, à 20 h 30. « Je suis en train de faire manger les enfants », s'était-elle excusée. Antoine sentait que quelque chose clochait. N'y tenant plus, il avait encore rappelé dix minutes plus tard.

« Monsieur Deltil m'attend pour aller dîner », avait-il prétexté pour expliquer son impatience.

Eugénie ne lui avait pas dit grand-chose au téléphone. Juste qu'elle avait reçu une convocation, elle devait aller au commissariat cet après-midi. Les policiers avaient été très aimables et ne l'avaient gardée « que quelques heures cet après-midi ». En réalité, il devait apprendre plus tard qu'elle y était restée une journée entière. Il avait insisté, voulait savoir dans les détails ce qui s'était passé. Elle avait éludé :

« Rien d'important, j'ai perdu ma journée avec eux, s'était-elle bornée à répondre. On en parlera à ton retour. Tu es où, là ?

— À Toulouse. Ne change pas de sujet, pourquoi tu ne m'as pas dit que tu étais convoquée par les flics ?

— Je croyais que c'était juste une formalité.

— Avec eux, ce n'est jamais "juste une formalité", Eugénie ! Bon sang, je ne comprends pas pourquoi tu ne m'as pas averti !

— Quelle importance ça peut avoir ?

— Si ça n'est pas important, qu'est-ce qui est important ? Il fallait m'en parler ! »

Elle avait haussé le ton à son tour : « Eh bien, moi, je croyais que c'était sans importance, Antoine !

— Tu as été interrogée par les flics, Eugénie ! Tu réalises ? s'était-il soudain inquiété.

— Et alors ?... il ne s'est rien passé », lui avait-elle répondu, d'une voix blanche.

Elle fuyait, il l'avait perçu au timbre de sa voix. Il l'avait sentie épuisée. Il aurait dû insister et elle aurait craqué. Mais il lui avait laissé quelques secondes de répit, et elle avait dit qu'elle devait s'occuper de faire à manger aux enfants, lui avait souhaité dans la foulée une « bonne soirée » et avait raccroché sans attendre. Antoine, les nerfs à vif, avait aussitôt recomposé le numéro, mais le téléphone avait sonné dans le vide. Il avait insisté une bonne dizaine de fois. Lorsque Eugénie avait finalement « daigné répondre », comme il lui en avait fait le reproche, elle avait expliqué qu'elle était en haut avec les enfants et qu'elle n'avait pas entendu. Il était revenu à la charge : qu'est-ce qu'ils voulaient, les flics, à la fin ? « Mais rien d'important, je te l'ai déjà dit, Antoine. Je ne comprends pas pourquoi tu persistes comme ça. Je te dis qu'il ne s'est rien passé. Ça te va ? Tu es rassuré maintenant ? » Elle avait ajouté qu'elle était fatiguée et qu'elle avait besoin de dormir. Il était persuadé que ce n'était qu'un prétexte pour ne pas lui répondre.

Antoine n'avait pas obtenu davantage de réponses à son retour trois jours plus tard. Tout ce qu'il avait réussi à lui arracher, c'est que la police avait convoqué plusieurs habitantes du quartier. « Ils m'ont demandé si j'avais des soupçons sur quelqu'un. Je leur ai répondu que non, que voulais-tu que je leur réponde d'autre ?

— Et sur moi, ils t'ont posé des questions ? » avait-il demandé, d'un ton qui se voulait détaché.

Ils n'avaient pas beaucoup parlé de lui. Ils avaient seulement voulu vérifier avec elle son emploi du temps le soir du crime et ils lui avaient demandé si elle avait remarqué quelque chose de spécial, s'il s'était comporté de manière bizarre.

« Rien d'autre ?

— Je leur ai dit que tu étais comme d'habitude. Et puis c'est tellement loin. Je ne me souviens plus si tu étais bizarre ou pas. »

Il n'avait pas aimé l'accent avec lequel elle avait prononcé ces derniers mots.

Il n'avait plus insisté. Il ne savait pas pourquoi, mais il avait senti que sa femme lui mentait sur ce qui s'était réellement passé au commissariat. Il y avait quelque chose qui clochait. Il était sorti se promener avec ses enfants.

Pendant les semaines suivantes, il était revenu à plusieurs reprises sur le sujet, à l'improviste. À chaque fois, elle répondait à côté, changeait de sujet. Il était clair qu'elle évitait ses questions. Dans ces moments-là, Antoine avait peine à se contenir. Un soir, elle l'avait mis tellement à cran avec ses dérobades qu'il avait senti en serrant les poings que ses ongles lui entaillaient les paumes. Elle avait perçu le danger et l'avait menacé :

« Si tu me tapes, je retourne voir les flics !

— Tu es malade, s'était-il défendu, en reprenant ses esprits.

— Va-t'en, avait-elle supplié. Laisse-nous tranquilles. »

Puis, au début de l'été, Eugénie avait disparu avec les gosses. Du jour au lendemain, sans le prévenir, laissant seulement un mot sur la table de la cuisine.

La suite, il s'en souvient dans les moindres détails.

Il s'était fait prendre dans les filets de cette fille.

Il avait voulu revoir ses gosses et les emmener avec eux à Arcachon, où il avait loué un appartement les quinze premiers jours d'août. Il s'était remué dans tous les sens pour les retrouver mais elle avait disparu de la circulation. Même ses parents ignoraient où elle était. C'est, du moins, ce qu'ils avaient affirmé. Ils avaient même osé lui reprocher d'avoir trompé leur fille et de n'avoir recueilli que « ce qu'il avait semé ». Alors, hors de lui, il les avait injuriés. Ils avaient dû informer Eugénie, car, le 25 juillet, il avait reçu une lettre dans laquelle elle disait qu'elle ne voulait pas que ses enfants partent en vacances avec sa putain. Au bas de la lettre, elle avait écrit le nom et l'adresse de son avocat.

Antoine s'était demandé si elle n'avait pas saisi le prétexte de cette histoire d'adultère pour le quitter. Ce n'était pas la première fois qu'il la trompait. Elle l'avait souvent su et s'en était toujours accommodée. Est-ce que son départ pouvait être lié à ce qui s'était passé dans les bureaux des flics ? Qu'avaient-ils pu raconter pour qu'elle ait peur de lui au point de le fuir ?

Et puis, lorsque Christine était partie avec son comptable, Eugénie avait repris sa place.

Les années passant, leurs relations avaient fini par s'apaiser et, surtout, il avait rapidement oublié toutes ses interrogations.

Je m'étais fait des idées, se dit-il ce soir, satisfait.

Avec « sa vieille », tout va bien désormais.

Il sursaute à la sonnerie du téléphone. Eugénie s'empare du combiné. Il l'entend demander, plus agacée que furieuse : « Qu'est-ce que tu veux, après tout ce temps ? » Il cherche à deviner qui est en ligne. D'un coup, Eugénie se calme. Elle écoute, puis elle dit, attendrie : « Pauvre gamine, c'est horrible. Et les parents, ces malheureux... » Son interlocuteur parle longuement. Eugénie approuve : « incroyable », « terrible », « c'est affreux ».

« Tu sais qu'il ne m'en a jamais parlé ? » poursuit-elle, sur un ton étonné.

Antoine s'impatiente : « C'est qui ? » Eugénie lui tend l'appareil et annonce d'une voix forte :

« C'est elle.

— Qui ça, elle ?

— Christine », lâche-t-elle, comme si prononcer ce prénom lui écorchait les lèvres.

Il pose la main sur l'écouteur et demande :

« Qu'est-ce qu'elle veut ?

— Sais pas.

— Christine ? » interroge-t-il.

Le son de la télévision empêche Eugénie de saisir ce que dit l'ancienne compagne de son mari. Après un instant, elle le voit blêmir. Il se lève. Il hurle dans le téléphone : « Arrête de dire des conneries ! » Eugénie baisse le son. À l'autre bout du fil, Christine a haussé le ton. Que peut-elle lui raconter pour mettre son mari dans cet état ? Elle croit entendre « monstre », mais n'en est pas certaine. Il éructe : « C'est ça, va voir les flics, ils vont te rigoler au nez, pauvre conne ! » Puis : « Tu sais rien du tout ! », avant de raccrocher. Eugénie se dit qu'il vaut mieux ne pas s'en mêler. Elle remet le son précipitamment et se fait toute petite, recroquevillée dans son fauteuil. Quand il est dans cet état, elle a peur de lui. Il ne se maîtrise plus, il est capable du pire.

Du coin de l'œil, elle surveille Antoine. Il file à la cuisine. Elle entend couler l'eau dans l'évier, l'entend se rincer le visage, à grand bruit. Il revient, dégoulinant, le tee-shirt trempé. Puis il se rassoit, il est en nage. Il pue la sueur, elle le sent d'où elle est.

« Elle m'a vraiment foutu en rogne », commente-t-il,

à présent très calme, en se servant un plein verre de whisky.

D'ordinaire, elle lui aurait reproché de boire, mais elle se tait. D'un coup, il est redevenu si maître de lui qu'il en est effrayant.

Eugénie a compris : Christine a appelé pour l'accuser d'avoir tué la petite et elle l'a menacé d'aller le dénoncer aux flics. *Qu'est-ce qu'elle sait ?* se demande-t-elle. Alors, rassemblant tout son courage, elle pose sa main sur celle de son mari et dit : « Tu as bien fait. »

Il la regarde avec étonnement, l'air de dire : « Mais de quoi tu te mêles ? »

Le téléphone sonne à nouveau. Il dit :

« Réponds. Si c'est elle, je ne veux pas lui parler. »

Elle décroche, inquiète, puis elle se tourne vers lui, rassurée :

« Non, ce n'est pas elle. C'est Pamela. »

Il l'entend demander : « Ça va, ma chérie ? Ce n'était pas trop dur de revoir tout ça ? »

Puis : « Moi ? C'est l'enfer. Ces souvenirs m'ont bouleversée. » Et enfin : « Tu veux parler à ton père ? »

Il lui arrache l'appareil des mains avec impatience et sort dans le jardin. Il s'éloigne vers son potager, le téléphone collé à l'oreille. Il revient après un long moment.

« Ferme la porte, demande-t-elle. J'ai froid. »

C'est vrai qu'elle frissonne. Pourtant, il fait si chaud, dans le pavillon.

ELLE, 23 h 28

Elle se sent prête. Impatiente de le voir s'effondrer, elle attend que l'émission s'achève.

Le commissaire est là, dehors, tout près. Il a fait tout ce qu'il avait promis. Elle a fait tout ce qu'il lui avait dit de faire. Lui, il résiste toujours.

Elle sait que le téléphone va encore retentir, dans une ultime tentative pour le faire craquer. Mais elle redoute la défaite.

Elle l'observe. Il va triompher, comme toujours. Elle l'entend déjà : « C'était vraiment nul, cette émission, quelle perte de temps ! Et le fumier peut continuer à dormir sur ses deux oreilles. »

Mais elle ne le laissera pas monter se coucher. Cette fois, elle aura le dernier mot.

Le commissaire peut échouer, mais elle, non.

Elle va lui jeter la vérité au visage.

Peu importe ce qui surviendra ensuite. Va-t-il sauter sur elle, la massacrer, ou, au contraire, pleurer, la supplier de ne rien dire, lui promettre de disparaître ? Lui demander de penser aux enfants, à elle, à la honte ? Continuera-t-il à nier l'évidence ? Est-il capable de tout ? Elle s'en moque.

Je ne pourrai pas vivre un jour de plus à ses côtés.

Elle se méprise de lui avoir donné son existence.

Épilogue

23 h 28

L'émission va bientôt se terminer.

« Un pétard mouillé, ce programme à la con. »

J'annonce à ma femme que j'en ai ma claque, je vais me coucher, j'ai sommeil. La voilà repartie avec ses questions stupides : est-ce que je ne suis pas bouleversé par ce qu'on vient de voir ? Je n'ai aucune envie de répondre, je bougonne : « Bien sûr, que ça me touche ! Qu'est-ce que tu crois ? Que je n'ai pas de cœur ? Mais, franchement, on n'a rien appris de nouveau. »

Du coup, je remplis mon verre de whisky :

« Allez, un dernier pour la route ! Avec ça, je vais dormir comme un loir ! »

D'accord, je suis un peu bourré. Je fais le compte : j'ai bu au moins six verres ce soir et elle ne m'a pas engueulé du tout. Je me demande même si elle ne m'a pas resservi, une fois ou deux... Elle se bonifie avec les années, la vieille ! Bientôt, on trinquera ensemble ! Je garde la plaisanterie pour moi, je ne crois pas qu'elle apprécierait... Je la regarde, sagement assise dans son coin. J'ai eu de la chance, dans la vie, finalement. J'ai échappé au pire. J'ai deux beaux enfants super et une femme qui m'aime. Fidèle, contente de son sort : que demander de mieux ?

Je tends la main vers la sienne, à l'autre bout du canapé. Elle s'esquive. Je finis par l'attraper et je la porte à mes lèvres.

« J'ai eu de la chance de t'avoir dans ma vie, tu sais.

— Je sais.

— Eh bien, tu n'es pas très bavarde. »

Je ne suis pas mécontent : je sors indemne de cette soirée. Je peux bien l'avouer, maintenant que l'émission est presque terminée, j'appréhendais un peu ce moment. Un peu normal, on n'a fait que parler de moi toute la soirée, finalement ! Mais cette connerie (et je reconnais que c'était une belle connerie, que j'ai faite...) est trop ancienne pour m'atteindre aujourd'hui. Le passé, c'est le passé, à quoi bon revenir là-dessus ?

Même les appels du connard n'ont pas réussi à gâcher ma soirée. Je me fous pas mal que ce soit ce flic ou qui que ce soit d'autre. Je suis plus fort qu'eux tous. Si j'ai tenu dix-neuf ans, ce n'est pas pour flancher ce soir. Qu'est-ce qu'il croyait, cet abruti ?

Je dis tout haut :

« Bon, moi, je rêve de mon lit. Je vais bien dormir cette nuit !

— Eh bien, moi, non. Après ce qu'on vient de voir.

— Allons, il faut passer à autre chose, chérie...

— C'est impossible. »

Il faut toujours qu'elle larmoie, cette bonne femme ! Elle m'agace à la fin. Je lui balance : « Fais comme moi. Profite de la vie ! »

Soudain, alors que l'idée m'était presque sortie de

la tête, je mets enfin un nom sur la voix qui m'a appelé toute la soirée. Forcément ! Alors c'est plus fort que moi : j'éclate de rire. C'est tellement grotesque.

« Qu'est-ce qui t'arrive ? » me demande-t-elle, l'air un peu alarmé.

Je réponds sur le ton de la plaisanterie : « Rien, c'est nerveux ! »

À quoi bon lui parler ? De toute façon, elle n'a jamais rien pigé ! Je ris de plus belle. Quel con je fais ! Comment je n'ai pas pensé à lui avant ? Il m'a pourri la vie pendant des années et il a remis ça ce soir. Je ne risque vraiment rien avec cette vieille raclure !

L'effet du whisky sans doute, je me prends à prier pour qu'il appelle à nouveau ! Je vais me le payer. Le remettre à sa place une bonne fois pour toutes, et après j'irai me coucher. Les émotions, ça fatigue !

De fait, comme s'il m'avait entendu, le téléphone retentit à nouveau. Pour le coup, je suis plus prompt qu'elle. Je m'amuse à lui brandir le combiné sous le nez : « Hé ! Hé ! Je suis le premier ! »

Je vois qu'elle m'observe attentivement. Avec un mélange bizarre de curiosité et de dégoût. Qu'elle fasse la gueule, je m'en contrefiche ! Je triomphe : « C'est pour moi ! »

Cette fois, je ne le laisse pas parler et j'attaque, sourire aux lèvres : « Alors tu as décidé de me faire chier jusqu'au bout ? Moi qui croyais que tu étais mort ! La dernière fois que je t'ai vu, tu étais dans un sale état. »

Je me régale. Je lui laisse le temps de répondre, histoire de bien en profiter :

« Eh bien, non, tu vois, je suis bien vivant et tu vas

m'avouer que c'est toi qui as violé, martyrisé et tué la petite. Allez, sois courageux, pour une fois.

— Ta gueule, Desjoyaux !

— Oh ! C'est ça que tu crois ? Tu fais fausse route !

— Je sais que c'est toi, fumier !

— Eh non, l'assassin ! Ce pauvre Desjoyaux est mort l'an dernier. Tu ne l'as pas su ? Il ne s'était pas trompé, c'est bien toi qui as tué Laetitia. »

J'accuse le coup. Si ce n'est pas Desjoyaux au bout du fil, qui ? Mais je me reprends très vite.

« Oh, il est crevé ? Tant mieux !

— Tu as regardé l'émission, hein ? Tu réalises tout ce malheur dont tu es responsable ? »

À présent, il ne cherche plus à masquer sa voix. En effet, ce n'est pas celui auquel je pensais, celui qui m'a fait chier pendant des années. Qui, alors ?

Il faut que je le laisse parler. Je dois savoir.

« Mais moi aussi, je sais que c'est toi, depuis des années. Mais je voulais te laisser profiter de l'émission de ce soir ! Je l'ai trouvé excellent, ce reportage, pas toi ? Tu es une vraie vedette, je t'ai vu à plusieurs reprises, tu devrais faire du cinéma : dans le rôle du salopard, tu es parfait !

— Arrête ton cirque. Dis-moi qui tu es.

— Je vais te donner un indice : nous nous sommes vus à plusieurs occasions...

— Quand ?

— Dans des circonstances jamais agréables. Ni pour toi ni pour moi. »

Je me concentre sur les intonations de cette voix, parfaitement distinctes désormais. Soudain, en un éclair, l'évidence me saute à la figure : c'est lui, c'est le flic ! Le timbre de sa voix est imprimé là, dans ma tête. Il m'a si souvent interrogé...

« Sale putain de flic, je t'ai reconnu !

— Maintenant, fini de plaisanter. » Sa voix est grave et très calme, à présent. « Tu avoues et je viens te chercher.

— C'est ça, viens, je t'attends ! »

Comme de juste, ma femme choisit ce moment pour s'en mêler :

« Qu'est-ce qui se passe ? Tu es tout pâle. C'est qui, ce flic que tu as reconnu ? Qu'est-ce qu'il dit ?

— Tais-toi !

— J'ai l'impression qu'il t'accuse d'avoir tué Laetitia. Dis-moi que je me trompe ?

— Tais-toi donc et laisse-moi régler ça entre hommes. »

J'entends le flic répliquer : « Entre hommes, non. Entre un homme et un monstre qui a violé, martyrisé et massacré une gamine de 10 ans. Non, nous ne sommes pas "entre hommes". »

Il répète que je dois payer, que le jour est venu, qu'il ne me lâchera pas, qu'il possède toutes les preuves. D'un coup, j'en ai assez de l'entendre.

« Cause toujours ! T'as que dalle.

— J'ai les preuves qu'il me faut, crois-moi, et ce soir tu vas dormir en taule.

— Tes preuves, tu peux te les mettre dans le cul. Cette nuit, je dormirai, comme d'habitude, dans mon pieu !

— C'est moi qui viendrai te border, mais dans ta cellule... Prépare tes affaires, et pour longtemps. Tu vas prendre perpète, mon gars.

— Je t'emmerde ! »

Ma femme s'approche : « Pourquoi tu t'énerves, si tu n'as rien à te reprocher ? »

Je n'aime pas son regard ni le ton de sa voix.

« Ferme-la, je t'ai dit, ça ne te regarde pas.

— Bien sûr que ça me regarde.

— Si tu ne te tais pas... »

J'entends le flic : « Allons, avoue, soulage ta conscience. Il n'est jamais trop tard. »

Il commence à me taper vraiment sur les nerfs. Il me cherche, eh bien, il va me trouver ! Je persifle : « C'est ça, c'est moi qui ai violé et tué la petite, là... Tu es content ? »

Je regarde fixement ma femme. Elle baisse les yeux. Je reprends mon calme et je dis fermement : « Et maintenant, tu vas nous foutre la paix. » Et je raccroche.

« Voilà, je lui ai fermé son clapet à ce connard de flic ! »

Elle relève la tête, bouche bée. Je vois la peur sur son visage.

Je n'ai pas envie de l'entendre geindre à nouveau, alors je conclus : « Le type qui nous a fait chier toute la soirée, c'était le flic. » Je laisse ma phrase en suspens, mais elle reste muette. « Ce taré m'accuse d'avoir tué la gamine, mais tu as entendu : je lui ai bien coupé la chique, à ce connard. Mais il va me payer ça. Demain, j'irai porter plainte chez les flics. Tu viendras avec moi ?

— Bien sûr, murmure-t-elle d'une voix blanche.

— Enfin une parole sensée ! »

Pourquoi demeure-t-elle muette désormais ? Comme incapable de prononcer le moindre mot ? Ce n'est plus seulement de la peur que je vois dans ses yeux. La panique sort par tous les pores de sa peau. Elle a peur, je le sens.

Une sensation monte en moi. Je la reconnais. Une sensation de jouissance, la même que celle que j'avais éprouvée lorsque je m'étais couché sur la gamine. Je la domine, je suis le plus fort, je ne risque rien. Je l'achève :

« Ça te laisse sans voix, dis donc ! »

Elle a l'air perdue. Elle parvient à articuler dans un souffle :

« Non. Mais quand même, ce policier, pourquoi est-ce qu'il t'accuse ? Pourquoi lui as-tu dit que c'est toi qui as tué Laetitia ?

— Mais pour qu'il ferme sa gueule ! Tu ne comprends pas ? Il a eu ce qu'il voulait. Il ne m'emmerdera plus, maintenant ! »

J'ironise :

« Merci. J'ai besoin du soutien de ma femme, dans un moment pareil. »

Puis j'ajoute, durement :

« Tu ne m'as pas cru quand je lui ai balancé ces conneries ? Pas toi ?

— Non, non.

— Tu me le jures ? »

Elle se lève.

« Tu vas où ?

— À la cuisine, me servir un verre d'eau. »

C'est elle qui transpire maintenant. J'ai presque pitié :

« Tu ne préfères pas un petit whisky ? J'ai l'impression que tu en as besoin !

— J'ai soif. »

Elle passe devant moi, tout près, à me frôler. Je

l'attrape par le bras, je serre fort, pour qu'elle ne s'échappe pas.

« Tu le sais, que ce n'est pas moi, hein ?

— Évidemment.

— Je suis incapable de faire du mal à une mouche, alors, à une gamine... »

Je la relâche, elle s'écarte aussitôt.

« J'ai soif, répète-t-elle.

— Tu ne veux pas voir la fin du reportage ?

— Je reviens. »

Un doute m'assaille : et si elle était de mèche avec ce putain de flic ?

Je la regarde quitter la pièce : c'est ça, prends-moi pour un con. Si tu crois que je n'ai pas compris votre petit jeu. J'en ai fini avec lui, mais pas avec toi. Je devrais m'inquiéter, pourtant je ne me suis jamais senti aussi serein. Si quelqu'un doit avoir peur, ce n'est pas moi.

Je l'entends s'affairer dans la cuisine. Je réfléchis : non, ce n'est pas possible. Pas elle. Je hausse les épaules. Elle m'aime trop ! Elle est incapable de me trahir.

Je deviens parano. J'en rirais presque : le jour où elle comprendra quoi que ce soit, celle-là, les poules auront des dents !

Je repense à l'appel du flic. Quel nul, ce mec ! C'est pas étonnant qu'il ait foiré son enquête. S'il n'a rien trouvé de mieux pour me faire craquer, il se fourre le doigt dans l'œil !

Je ricane. Il pensait vraiment que j'allais me déballonner ? Après dix-neuf ans ? Je me demande à nouveau s'il a entraîné ma femme dans son traquenard à la con...

Elle avait un comportement bizarre, ce soir. Plus j'y pense... Elle n'avait pas une attitude normale. Surtout quand le téléphone sonnait. Oui, c'était comme si elle attendait ces appels. Je la revois en train de m'observer, de m'écouter. Je me raisonne : ce n'est pas possible qu'elle soit de mèche avec lui. Elle est trop naïve.

Demain, je mettrai les choses au clair avec elle, et tout continuera comme avant. Satisfait, je me ressers un verre et je le vide d'un coup.

J'ai hâte que l'émission se termine mais je me demande s'il va encore rappeler. J'aimerais bien me le farcir une dernière fois.

J'entends couler l'eau du robinet. Elle boit. Je lui crie : « Il doit se bouffer les couilles, ce connard de flic. Demain, il va entendre parler de moi. » Elle ne répond pas.

Je me replonge dans le reportage. Le journaliste a pris un ton solennel.

« Il ne se passa rien de probant dans les années qui suivirent. Un cinquième juge fut nommé en 2007. Comme les précédents, il promit que l'enquête sur l'assassinat de Laetitia ne serait pas abandonnée. Mais sa déclaration n'eut droit qu'à un entrefilet dans le journal local. L'affaire n'intéressait plus grand monde. C'était de l'histoire ancienne, et les témoins et les acteurs du drame s'étaient dispersés. Pourtant, nous voulons avec cette émission servir à quelque chose et perpétuer le souvenir de la petite Laetitia Doussaint, 10 ans, ignoblement violée et assassinée par un monstre qui est toujours en liberté, impuni et qui nous regarde peut-être, ce soir. »

Je ne l'ai pas vue approcher. Elle se tient devant moi. Je lui demande pourquoi elle pleure.

« Qu'est-ce que tu tiens dans la main ? »

Puis je ressens une douleur fulgurante à l'estomac, puis une seconde, encore plus violente, à la poitrine. Elle se recule, son grand couteau de cuisine, celui qui nous sert à découper le poulet, à la main. Il est couvert de sang.

Je n'ai pas la force de lui demander pourquoi elle fait ça. Les mots restent dans ma gorge qui se remplit de sang. Je la regarde, stupéfait. La sonnerie du téléphone retentit à cet instant, elle le saisit. Je n'ai même plus l'énergie de tendre la main.

Elle me tourne le dos.

« C'est moi. Annie Bidault », dit-elle entre deux sanglots.

Mais elle ne pleure plus quand, après un interminable silence, elle dit : « Nous l'avons eu, commissaire. Venez vite. »

Puis j'entends le téléphone tomber sur le carrelage rouge du salon.

Je trouve la force de la suivre du regard. Elle s'éloigne dans la lumière du jardin qu'elle vient d'allumer. Je la vois marcher vers le fond. Je la distingue à peine, maintenant, mais je l'entends s'acharner à coups de pied sur mes plantations de ce matin. Elle creuse dans la terre meuble.

Elle revient dans le salon. Mon regard se brouille, elle n'est plus qu'une silhouette floue. Elle tient dans sa main un sachet en plastique. Elle l'ouvre et en sort un triangle de tissu blanc, qu'elle brandit comme un trophée, à quelques centimètres de mon visage.

« Tu sais ce que c'est ? » demande-t-elle.

Aucun son ne s'échappe de ma gorge. Oui, je sais ce que c'est.

Je détourne la tête vers la télévision. Je devine sur l'écran Nathalie, la maman de Laetitia. Devant la tombe de sa fille, elle répète : *« J'espère, je crois, qu'il souffre, lui aussi. Voilà ce qui me permet de tenir : me dire que ce monstre est aussi malheureux que moi. »*

Le reportage s'achève sur le visage de Laetitia, souriante. Si jolie avec ses longs cheveux blonds et soyeux.

J'ai mal.

Un homme se penche sur moi, pose sa main sur mon cou. Je l'entends hurler : « Bon sang, mais qu'est-ce que vous avez fait ? »

Je crois que je vais mourir maintenant.

Jacques Expert
dans Le Livre de Poche

Adieu n° 32934

2001, Châtenay-Malabry. Une mère, son fils et sa fille sont retrouvés assassinés à leur domicile. Le père est porté disparu. Les recherches s'organisent, sous la direction du commissaire Langelier. Un mois plus tard, une seconde famille est abattue dans des circonstances identiques. Là aussi le père est introuvable.

Ce soir je vais tuer l'assassin de mon fils n° 32206

Quand son fils est renversé par un chauffard qui a pris la fuite, Antonio Rodriguez jure qu'il le vengera. Tandis que l'enquête piétine, il suspecte un cadre supérieur de sa propre entreprise. Pourtant, un jour, les gendarmes l'informent qu'ils viennent d'arrêter le coupable.

La Femme du monstre n° 31522

Quand elle l'a épousé, elle n'avait que 22 ans. Elle admirait sa force, son charme, n'en revenait pas qu'il ait pu la choisir. Quand la police est venue arrêter le monstre, le pays tout entier s'est soudain intéressé à elle.

La Théorie des six n° 31956

Selon la « théorie des six », énoncée en 1929, tout individu sur terre peut être relié à n'importe quel autre par une chaîne de connaissances ne comptant pas plus de cinq intermédiaires. Son auteur ne s'attendait certainement pas à ce qu'elle devienne un jour le mode opératoire d'un tueur en série.

Du même auteur :

Chez Sonatine Éditions

Adieu, 2011.

Chez d'autres éditeurs

La Femme du monstre, Anne Carrière Éditions, 2007.
La Théorie des six, Anne Carrière Éditions, 2008.
Ce soir je vais tuer l'assassin de mon fils, Anne Carrière Éditions, 2010.
Grands criminels, L'Express éditions, 2012.

PAPIER À BASE DE FIBRES CERTIFIÉES

Le Livre de Poche s'engage pour l'environnement en réduisant l'empreinte carbone de ses livres. Celle de cet exemplaire est de :
350 g éq. CO_2
Rendez-vous sur www.livredepoche-durable.fr

Composition réalisée par MAURY IMPRIMEUR

Achevé d'imprimer en mars 2014, en France sur Presse Offset par
Maury Imprimeur – 45330 Malesherbes
N° d'imprimeur : 187956
Dépôt légal 1re publication : avril 2014
LIBRAIRIE GÉNÉRALE FRANÇAISE – 31, rue de Fleurus – 75278 Paris Cedex 06

31/7608/8